A SUMMER TO REMEMBER
by Mary Balogh
translation by Seiko Yazawa

忘れえぬ夏を捧げて

メアリ・バログ

矢沢聖子［訳］

忘れえぬ
夏を
捧げて

おもな登場人物

キット（クリストファー・バトラー）	レイヴンズバーグ子爵
ローレン・エッジワース	独身の貴婦人
エリザベス	ローレンの叔母。ポートフレイ公爵夫人
シドナム・バトラー	キットの弟
ウルフリック・ベドウィン	ビューカッスル公爵
フライヤ・ベドウィン	ビューカッスル公爵の妹
クララ	ローレンの伯母。 先代キルボーン伯爵未亡人
グウェンドレン	ローレンのいとこ。レディ・ミュア
レッドフィールド伯爵	キットの父親
ゴールトン男爵	ローレンの祖父
ウィルマ・フォーセット	ローレンの義理のいとこ

1

ロンドンのハイドパークは、五月の朝の晴れやかさに輝いていた。真っ青な空から降りそそぐ日光に無数の露がきらきら光り、木々も草も洗いたてのようにすがすがしい。絶好の散歩日和だ。ハイドパークコーナーからクイーンズゲイトに続く広い乗馬道、ロットンロウには、頑丈な柵で仕切られた遊歩道があって、ゆったりと馬を駆る上流階級の男女のそばを散策する人の姿が見られた。

だが、そんな平穏な情景におよそそぐわない出来事が、乗馬道のそばの草地で起こっていた。野次馬がどんどん集まってくる。決闘ではなさそうだ。争っているのは四人だし、決闘なら早朝に行なわれるはずだ。どうやら、ただの喧嘩(けんか)だ。

騎手たちもなにごとかと馬を近づけた。大半の紳士が好奇心をそそられて、なりゆきを見守るべくその場にとどまったが、女性連れの数人は急いで通りすぎた。レディの目に触れさせられる光景ではなかったからだ。散歩していた人々も近づいてきたが、あたふたと通りすぎるか、身を乗り出すかは、おおむね男女差で決まった。

「嘆かわしい！」野次馬の喚声に混じって、ひときわ大きな声がした。「巡査を呼んでこい。下々の者を公園に立ち入らせて、品位ある人間の感性を傷つけるなどもってのほかだ」

たしかに、草地の三人は粗末な身なりで、下層階級の人間なのは明らかだった。だが、残る一人は、わずかに身につけている衣類は高価そうで、態度も堂々としていた。

「あれはレイヴンズバーグですよ」チャールズ・ラッシュ氏が、憤慨しているバーリー侯爵に耳打ちした。

　名前を聞いただけで侯爵は納得したようだ。片眼鏡を引き上げると、馬上から歩行者の頭越しに眺めた。子爵はもろはだ脱いで、今しも最悪の事態に直面していた。両腕を襲撃者に押さえられ、あとの一人が腹部に猛烈なパンチを食わせている。

「嘆かわしいことだ」侯爵は憤懣をもらしたが、まわりでは紳士たちが喝采ややじを飛ばし、どちらが勝つか賭けを始める者も現われた。「この目で見ても信じられんよ。あのレイヴンズバーグが下層民と喧嘩するほど落ちぶれたとはな」

「恥を知れ」誰かが赤毛の大男に叫んだ。狙いを腹部から顔に変えて、右目に鉄拳を見舞ってのけぞらせたからだ。「三対一とは不公平じゃないか」

「加勢すると言ったんですが」アーサー・ケラード卿が憤然として言った。「闘いを挑んだのは子爵のほうです。三対一ならおあつらえむきだと言って」

「レイヴンズバーグが下層民に闘いを挑んだだと？」侯爵は侮蔑をあらわにした。

「あの三人組が乳しぼりの女にしつこく言い寄るのを見て、子爵がとがめると、不遜にも言い返してきたんです」ラッシュ氏が説明した。「鞭で思い知らせてやればいいと言ったんですが、それだけではおさまらずに――ああ、なんてことだ！」

最後の絶叫は、右目をやられた子爵の反応が引き起こしたものだった。攻撃されたにもかかわらず笑い声をあげながら、ほっそりした脚を突き出して、油断している相手の顎をブーツの爪先で蹴り上げたのだ。骨が砕け、歯ががちがち鳴る音がした。その瞬間、子爵は両側から腕を取っている二人の隙に乗じて、体をよじって縛めを解いた。そして、さっと向きを変えるなり、身を低くして、薄笑いを浮かべながら手招きした。

「かかってこい、くそったれ。それとも、三人がかりでも歯が立たないと気づいたか？」

顎を砕かれた男は遅ればせながら気づいたかもしれないが、形勢を考えるより、晴れ渡った朝の空でちかちかしている星を数えるのに忙しかった。

見物人のあいだから賞賛の声があがった。

中背で細身の子爵は、最初、三人組にはやわな相手と映ったにちがいない。だが、上質の革の乗馬ズボンとトップブーツに包まれた細い脚は、意外なほど筋肉質だった。あらわな胸も肩も腕も、日々鍛錬して、極限まで鍛え上げているのがよくわかる。前腕や胸の無数の白い傷跡と左顎の下の長い創痕は、軍人として戦場で戦ったことを物語っていた。

「公共の場でなんと下品な」侯爵が吐き捨てるように言った。「しかも、不用意に肌を見せて。それもこれも、たかが乳しぼりの女が原因というのか？　レイヴンズバーグの名がすたるぞ。父の伯爵がさぞ立腹されるだろう」

しかし、誰も侯爵の嘆きなど聞いていなかった。一人で公園を歩いていた乳しぼりの娘に言い寄った三人組の二人が、かわるがわる子爵に向かっていく。子爵は平然と笑いながら、二人が近づくたびにジャブを繰り出して撃退していた。ほとんど毎日のようにジャクソンのボクシングサロンに通って、自分より身長も体重もある相手とスパーリングしているのを子爵の友人たちは知っていた。

「二人いっぺんにかかってこい」子爵が二人を挑発する。「半人前の頭しかないおまえたちをくっつけて一人前にしてやるぞ」

「ご婦人がたにはとても見せられん」侯爵がつぶやいた。「そういえば、ポートフレイ公爵夫人が姪御(めいご)さんと散歩しているのをさっき見かけたが」

それを聞いて一人の紳士がそそくさと――おそらくは、しぶしぶ――その場を離れたが、侯爵の非難は、またしてもどよめきにかき消された。二人が挑発に乗って突撃していったのだ。子爵はさっと腕を伸ばして、二つの頭を思いきりぶつけ合わせた。四本の脚から力が抜けて、へなへなとその場にくずれ落ちる。

「ブラボー!」口笛と喝采があがった。

「顎を割りやがった」赤毛の大男が両手で顎を押さえながら、草の上に血と少なくとも歯を一本吐き出した。目の前の星を数えるのはやめたが、もう闘う気力はなさそうだ。

子爵は笑いながら手のひらを乗馬ズボンでぬぐった。「張り合いのない連中だな。ロンドンの労働者が相手なら、いい勝負ができると思ったのに。わざわざ馬からおりるほどのこともなかった。ましてや、シャツを脱ぐ値打ちなんか。半島にいたら、さっさと前線に送って、もっとましな連中の弾よけにしたところだ」

一件落着のはずだったが、まだ続きがあった。この騒ぎの原因となった乳しぼりの娘が、草地をまっすぐ子爵に向かってきて――見物人たちは反射的に道を開けた――首に腕をまわしたのだ。

「なんてお礼を申し上げたらいいか。おかげで、女の操を守ることができたわ。あたし、ふしだらな女じゃないんです。なのに、あいつらときたら、あたしからキスを、悪くしたらもっと大切なものを盗もうなんて。でも、あなたにはキスしたいの。助けてもらったから、それぐらいのお礼はしなくちゃ」

頬の赤いふくよかな娘が言うと、野次馬のあいだから甲高い口笛や卑猥(ひわい)な冗談がとんだ。子爵は娘に笑いかけると、かがんで顔を近づけた。そして、やがて顔をあげると、無事なほうの目でウインクしながら十シリング金貨を投げて、きみはふしだらな女なんかじゃないと保証した。

娘がえくぼを見せて、腰を振り振り離れていくと、口笛がいっそう高くなった。

「なんと嘆かわしい！」侯爵がまた憤慨した。「レイヴンズバーグのすることはわからん」

それを聞きつけて、子爵が振り向いて会釈した。「これでも世のため人のために尽くしているんですよ、閣下。天気と国家のことぐらいしか話すことのない社交界のみなさんに格好の話題を提供していますからね」

「話題にものぼらないさ。無視されるのがおちだ」侯爵が憤然と立ち去ると、ラッシュが言った。「それより、早くその目に生肉を当てたほうがいい。あの悪党、派手な痣をつくってくれたもんだ」

「ずきずきするよ」子爵は明るい声で応じた。「人生、いいことだけじゃないな。シャツをくれないか、ファリントン」

ファリントン卿に預けておいたシャツを受け取ると、子爵はあたりを見まわした。集まっていた人々が三々五々散っていく。

「朝の散歩に来たご婦人たちを追い返してしまったようだな」誰かを探すかのようにロットンロウに目を向けた。

「衆人環視の場で、上半身裸で喧嘩したんだからな」ファリントン卿が笑った。

「たしかに」子爵はこともなげに言うと、上着を受け取って袖を通した。「ぼくは奔放な生き方で有名だから、期待に応える義務があるんだ。今朝は充分その義務を果たしたよ」そう言うと、眉をひそめた。「この二人はどうしよう?」

「気絶してるだけだ。そのうち目が覚めるさ」アーサー卿が答えた。「それより朝食に遅れたし、その目もなんとかしたほうがいい。見てるだけで食欲がなくなるよ」

「おい、おまえ」子爵はポケットから金貨を出して、三人組のうち唯一意識のある赤毛の男に投げた。「仲間を近くの酒場へ連れていってやれ。巡査に別の場所に連れていかれないうちに。エールを大ジョッキに二杯も飲めば、空元気が出るだろう。それから、忘れるんじゃないぞ。女がいやだと言ったら、言葉どおり受け取れ。簡単だろ。イエスはイエス、ノーはノーだ」

男は片手で顎を支えながら、もう一方の手を金貨にのばした。「乳しぼりの娘には目もくれませんよ、旦那」

子爵は声を上げて笑うと、ラッシュ氏が手綱を押さえていた馬にひらりとまたがった。「いざ朝食へ」子爵は陽気な声を出した。「そして、ぼくの目に肉汁たっぷりのステーキ肉を。先導してくれ、ラッシュ」

ロットンロウの周辺は、またふだんの洗練された場所に戻り、場違いな喧嘩の名残はすっかり消えた。悪名高いレイヴンズバーグ子爵、クリストファー・〝キット〟・バトラーが、長い愚行リストにまたひとつ新たな項目をつけ加えただけだった。

「言葉にできないぐらいうれしいわ、ローレン」ポートフレイ公爵夫人が姪に言ったのは、草地の騒ぎがおさまる少し前のことだった。「結婚生活は思ったよりずっと楽しいし、ロンドンも、わたしがこんな状態でも、とてもやさしい街だわ。でも、夫はいつもそばにいてくれるわけではないでしょう。だから、あなたが快く招待を受けてくれて、お産までそばにいてもらえることになって、本当に喜んでいるの」

ミス・ローレン・エッジワースはほほ笑んだ。「わかってらっしゃるはずよ、エリザベス、ご好意に甘えているのはわたしのほう。あのままニューベリー・アビーにいるのは、どんなにつらかったか」

ロンドンに来て二週間になるが、どちらもこれまでそのことに触れたことはなかった。表向きは、二カ月後に第一子の出産を控えた公爵夫人の話し相手となっているが、それは口実にすぎなかった。

「人生には思いがけないこともあるわ、ローレン。あなたの経験が誰にでも起こることだなんて言うつもりはないのよ。今のわたしが――幸せを手に入れたわたしが言っても、慰めにしか聞こえないでしょうけど、去年の秋、リンドンと結婚したとき、わたしは三十六歳になっていたのよ」

ポートフレイ公爵が妻を心から愛しているのは、そばから見ていてもよくわかる。ローレンは叔母の言葉をかみしめた。二人はハイドパークを散歩しているところだった。ローレンが来てから、雨が降った三日間を別にすれば、この散歩は日課になっている。両側を広い草地に囲まれた散歩道は、ここがどこか忘れそうになるほど牧歌的だ。田園の一部を切り取ってきて、世界最大の商業都市の真ん中に空から落とし、それがそのまま根づいたかのようだった。

ロットンロウに向かっていたが、ローレンは最初からここが苦手だった。朝のうちは午後ほど人出は多くないとはいえ、知り合いと顔を合わせることが、正確に言うなら、顔を見られることがしょっちゅうあるからだ。去年、あんなことがあって以来、社交界からは遠ざかっていたのに。

去年の春、ローレン・エッジワースとキルボーン伯爵ネヴィル・ワイアットの結婚を祝うために、社交界の半数がドーセットシャーのニューベリー・アビーに集まった。婚礼前夜には盛大な舞踏会も開かれ、ローレンはこれこそ幸せの絶頂なのだと感動したものだ。しかし、その直後に、まさにそのとおりだったと思い知らされるはめになった。翌日、村の教会で執り行なわれた結婚式は、おりしもローレンが祖父の腕にすがって祭壇に向かおうとした瞬間に中断されたのだ。亡くなったはずのネヴィルの妻が、突然、姿を見せたからだ。新婦側は、ローレンはもちろんのこと、誰ひとり彼が結婚していたことすら知らなかった。

この春、ロンドンに出てきたのは、ネヴィルがその妻リリーと住む屋敷からわずか二マイルのところで、彼の母である先代伯爵未亡人や彼の妹グウェンドレンと暮らすのに耐えきれなくなったからだった。かといって、ほかに行くところはなかった。母が先代伯爵の弟と再婚し、新婚旅行に出かけたきり帰国しなかったときから、ローレンはニューベリー・アビーでネヴィルとグウェンと兄弟のように暮らしてきたからだ。エリザベスからの招待は、まさに渡りに船だった。叔母は臨月近いから、ロンドンの社交シーズンとは無縁だと思ったのも、招待を受けた一因だった。実際、その点では期待どおりだったが、新鮮な空気に触れるための散歩までは考えがおよばなかった。

「あら、なにかしら?」ゆるやかな坂を登りきってロットンロウに近づくと、エリザベスが言った。「あんなに人が集まって。病人でも出たのかしら。それとも、落馬かしら」

前方の草地のそばの小道に人や馬が群がっている。大半が男性だ。誰か怪我をしたのなら、女性の手助けは歓迎されるだろう。応急処置なら、女性のほうがはるかに得意だ。二人は歩調を速めた。

「今朝、リンドンは馬で出かけたのよ。まさか、あの人が……」

「そんなはずないわ」ローレンは即座に言った。「それに、落馬ではなさそう。にぎやかな声がするもの」

「まあ」エリザベスは姪の腕に触れて歩調をゆるめると、笑いを含んだ声で言った。「喧嘩よ、きっと。見なかったみたいな顔をして通りすぎなくちゃ」

「喧嘩？」ローレンは目を丸くした。「ここはハイドパークでしょう？　まだ朝なのに……」だが、実際、そのとおりだった。あわてて視線をそらせて通りすぎる前に、一瞬、その光景がまぶたに焼きついた。野次馬が集まっていたにもかかわらず、なぜか草地の真ん中で進行中の出来事が見えた。ぎょっとするほど鮮明に。

　男が三人。もう一人、草の上に倒れているらしい。三人のうち二人は、労働者らしい粗末な身なりだったが、まだまともだった。目が釘づけになったのは第三の男だ。身をかがめながら手招きして、二人を挑発しているらしい。だが、ショックを受けたのは、その行動ではなく、その姿だった。革のトップブーツと乗馬ズボンをはいているから、貴族なのだろうが、上半身にはなにもつけていない。引き締まった裸体を堂々とさらしている。笑いながらどぎまぎして顔をそむけたとき、男の顔が見えた。金髪で端整な顔立ちだ。笑いながらからかう声も聞こえた。

「かかってこい、くそったれ」

頬から首筋にかけて見る見る赤くなるのを感じながら、ローレンは真っ先に身重の叔母を気づかった。今の言葉が彼女の耳に届かなかったことを、半裸の男が彼女の目に入らずにすんだことを願った。

だが、エリザベスはおもしろそうに笑っていた。「お気の毒に、バーリー侯爵は今にも卒中の発作を起こしそう。さっさと通りすぎて、子供の喧嘩なんか放っておけばいいのに。男って愚かな生き物ね。ちょっと考えが違うからって、すぐ殴り合ったりして」

「見なかったの？　あの人……聞こえなかった？　さっきの……」

「あら、わたしは目も耳もまともよ」伯母はまだ笑っていた。

そのとき、背の高い黒髪の紳士が現われて、二人に手を差し出した。

「エリザベス、そして、ローレン。すばらしい朝ですね。今日はかなり暖かくなりそうだ。あなたがたをロットンロウに案内して、居合わせた男たちの羨望の的になることをお許しいただきたい」

黒髪の若い紳士は、アッティングズバラ侯爵、ジョゼフ・フォーセットで、キルボーン伯爵未亡人の甥に当たる。しばらく前から見物していたようだが、二人に気づいて、ここから連れ出しに来たのだ。ローレンはほっとして彼の腕を取った。

「なぜ女に生まれたのかしらって腹が立つときがあるわ」エリザベスがジョゼフのもう一方

の腕を取りながら言った。「あそこで喧嘩している紳士がどなたで、なぜあんなまねをしているのか、教えていただける？」

彼は笑顔でエリザベスを見おろした。「喧嘩ですって？」

エリザベスはため息をついた。「そんなふうに見えたわ」

「わたしは知りたくないわ」ローレンはまだ頬を紅潮させたままだった。

ジョゼフがいたずらっぽく笑いかけた。「今日の午後、母がグローヴナー広場に行くそうですよ。あなたのために計画を立てているらしい、ローレン。ご用心を」

きっと、夜会か音楽会か舞踏会だ。ジョゼフの母であるアンベリー公爵夫人、セイディに、今年は社交的催しに出席したくないと納得してもらうのは至難の業だ。娘のレディ・ウィルマ・フォーセットを社交シーズンが本格的に始まる前に名門のサットン伯爵と婚約させたので、今度はローレンのために縁結び役を買って出るつもりらしい。

ジョゼフがエリザベスと話しているあいだに、ローレンは肩越しに振り返った。少し前に大きな歓声があがっていた。喧嘩は終わったのだ。人垣が崩れて、あの半裸の男が見えた。さっきあれだけショックを受けたのに、今回の衝撃はそれ以上に大きかった。若い娘を抱いている。腰に腕をまわして。娘は男の首に腕を巻きつけて、キスしていた。おおぜいの人の前で堂々と。

男が顔を上げた。反射的にローレンが目をそらすまでの何分の一秒かのあいだに二人の目が合った。

また頬にかっと血がのぼった。

「ひどいざまだな、レイヴンズバーグ」その翌日の夜更け、ファリントン卿はサイドボードに近づいてグラスの中身を補充すると、また席に着いた。「酔ってるのか？　いや、きっとその目のせいだ。黒に紫、それに黄色まで混じって、ありえないような色合いだよ。きみが世界を眺めている真っ赤な細長い隙間は別としても」

「そういえば」アーサー卿もそばから言った。「今朝、腎臓料理が食卓に出たが、その目を思い出して食べる気になれなかったよ——いや、あれは昨日の朝のことだったか」

「このマントルピースが」チャールズ・ラッシュも言った。「ぐっと押してもびくともしなかったら、もう一杯飲むことにしよう。で、いったい今、何時だ？」

「四時半」ファリントン卿が友人のすぐ上にある時計に目を向けた。

「なんだって！」ラッシュが叫んだ。「夜はどこに行ってしまったんだろう」

「夜は朝に道を譲ると決まってるんだ」アーサー卿はあくびをした。「さてと——たしか、今夜は伯母の夜会に出たはずだが——つまらない集まりだったが、義理というか、まあ、しかたなく。長居はしなかったがね。伯母がぼくの肩越しに見て、レイヴンズバーグがいっしょじゃないか確かめてた。そして、いないとわかると、つき合う友人は選ぶものだ、朱に交われば赤くなると説教した。きみには近づくなということらしいよ、レイヴンズバーグ、わが身のためを思うならね」

だらしなく笑いくずれる友人たちのそばで、キットはにこりともしなかった。セント・ジェームズ広場の独身用アパートメントで、暖炉のそばの椅子に寝そべって、火の消えた石炭を腫れあがっていないほうの目で見つめている。

「きみたちを解放するよ、ぼくの友人という汚名から。アルヴズリーに呼び戻されたんだ」

ファリントン卿はグラスに口をつけた。「父のレッドフィールド伯爵に？」

「ああ」キットはうなずいた。「祖母の七十五歳の誕生日に祝賀会が開かれることになったんだ」

「そりゃ、帰らないわけにいかないな」ラッシュが言った。「ところで、このマントルピースは、ぼくが支えるのをやめたら倒れるだろうか？」

「支えられてるのはきみのほうだ」アーサー卿が言い返す。「ふらついてるのはマントルピースじゃなくて、きみの脚だ」

「昔から祖母には頭があがらなくてね」キットがまた言った。「父はそれを知ってるんだ。おいおい、ラッシュ、グラスの中を見てみろよ。まだ半分残ってる」

ラッシュは手にしたグラスを見ると、うれしそうに中身を飲みほした。「今のぼくになによりより必要なのはベッドだな。そこまで脚が動いてくれればだが」

「よく言うよ」キットは憂鬱そうな目を火の消えた暖炉に戻した。「今のぼくになにより必要なのは花嫁だ」

「もう寝ろ」アーサー卿が言った。「眠ればすっきりする。朝になったら、すっかり忘れてるさ——保証する」

「父から祖母への誕生祝いは、跡継ぎの婚約発表なんだ」

「跡継ぎというのは、きみのことじゃないか」

「運のつきだな、気の毒に」

アーサー卿とラッシュが同時に言った。

「やれやれ」ファリントン卿が憤然と言った。「相手はもう決まってるのか？」

キットは声を上げて笑うと、椅子の肘掛けに手をのせた。「もちろん。ほかのもろもろと同様、亡くなった兄の婚約者も受け継ぐことになってる」

「で、その相手って？」酩酊（めいてい）しているはずのラッシュが、支えなしですっくと立った。

「ビューカッスルの妹だ」

「ビューカッスル？　公爵の？」アーサー卿が聞き返す。

「父には逆らえない。半島から引き上げ、将校の地位も売るしかなかった」キットは言った。「三年前に勘当されて以来、アルヴズリーには足を踏み入れていないというのに、今回も言いつけに従うしかないんだ。ただし、ぼくはぼくのやり方でやる。自分で選んだ花嫁を連れていくつもりだ。それなら、いくら父でもどうすることもできない。ぼくとしては庶民の娘を選びたいが、そういうわけにもいかないだろう。父の思う壺（つぼ）だからね。父が文句のつけようのない相手でなくては。つまり、退屈で、堅苦しくて、評判のいい貴族の娘というわけだよ」

友人たちはあっけにとられたように彼を見つめていた。やがて、ファリントン卿が頭をのけぞらせて笑いだした。「退屈で評判のいい貴族の娘と結婚するって？　父上を出し抜くためだけに？」

「よく考えたほうがいいぞ」ラッシュはしっかりした足取りでサイドボードに向かった。「結婚するのは父上ではなく、きみなんだから。そんな女性に我慢できるわけがない。賭けてもいい。庶民の娘のほうが、おもしろいに決まってるさ」

「いずれは身を固めなければならないんだ」キットは痛む目に手を当てた。「兄の死によって、伯爵の地位と広大な地所を引き継ぐはめになったらなおさら。義務を果たすしかない。不平もこぼさず一家を切り盛りし、跡継ぎをもうけるには、おとなしくて退屈で立派な女性がいちばんじゃないか」

「しかし、きみの計画にはひとつ大きな障害がある」ファリントン卿は深刻な顔で言ってから、また笑顔になった。「どこにそんな立派な女性の知り合いがいる？　たしかに、きみは美男だよ。というか、少なくとも、女性たちはそう思っているようだ。しかも、きみには子爵の称号があるし、将来は伯爵だ。だが、軍職を売って退役して以来、きみには放蕩者というかんばしからぬ評判がついてまわってるんだ」

「かなり控え目な表現だがね」アーサー卿がグラスに口を当てたまま言った。

「狭量な連中ばかりなんだな、この世は」キットは言った。「言っておくが、ぼくは本気だからね。これでもレッドフィールドの跡継ぎだ。それだけでも、ぼくが妻を物色していると世間にわかれば、ほかのすべてを補って余りあるはずだよ」

「なるほど」ラッシュはグラスに酒を満たしてから、背もたれのまっすぐな椅子に腰かけた。「しかし、それはきみが探している花嫁候補には必ずしも通用しない。高い教育方針を持つ親やその産物である娘なら、ロットンロウの目と鼻の先で不潔な労働者と喧嘩したうえ、群衆の目の前で上半身裸で乳しぼりの娘とキスするような男を相手にするはずがない。賭けに勝つために、どぎつい化粧の娼婦を両脇にはべらせて、社交クラブの立ち並ぶセント・ジェームズ通りを二輪馬車で駆け抜けるような男を」

「誰かいないか？」キットは友人の批判にはとりあわず、暖炉の石炭に注意を戻した。「ちょうど社交シーズンが本格的に始まるから、良縁を求める女性たちが続々と集まってくる。その中でいちばん退屈で、堅苦しくて、おつにすましていて、評判がいいのは誰だ？　きみたちなら知っているだろう。ぼくと違って社交界に出入りしてるから」

友人たちは真剣に考えた。そして、それぞれ何人かの名をあげたが、いずれもほかの二人から、さまざまな理由でしりぞけられた。

「ミス・エッジワースはどうだろう」候補者がほぼ出つくしたところで、アーサー卿が提案した。「少々薹が立ってるが」

「ミス・エッジワース？」ファリントン卿がおうむ返しに言った。「ニューベリー・アビーの？　キルボーン伯爵と結婚しそこなった女性か。いや、妹のマギーがあの婚礼に出てたんだがね。去年はその噂でもちきりだったよ。祭壇の前の花婿のもとに花嫁が一歩踏み出そうとした瞬間、みすぼらしい身なりの女が現われて、長年行方不明だった伯爵の妻だと名乗ったんだ。しかも、驚いたことに、それが事実だったというんだからな。花嫁は地獄の番犬に追いたてられたように教会から逃げ出したとマギーが言ってた。ふだん、おおげさな物言いをするやつじゃないんだがね。その娘が今年出てきたって?」

「ポートフレイ家に滞在してる」アーサー卿が答えた。「公爵夫人がキルボーン伯爵の伯母でね。ミス・エッジワースも親戚に当たるんだ」

「聞いたような気がする」ラッシュも言った。「だが、めったに姿を見せないそうじゃないか。公爵夫妻や親戚連中ががっちり守備を固めて。たぶん、ひそかに縁づけようとしてるんだろう。今度はちゃんと」そう言うと、薄笑いを浮かべた。「きっと、あくびが出るほど退屈な女性だ。きみには向かないよ、レイヴンズバーグ」

「それに」と、アーサー卿がとどめを刺した。「望んだところで無理だ。ポートフレイにしろ、アンベリーにしろ、アッティングズバラにしろ、彼女の親戚は、きみのような男を近づけるわけがない。それに、その難関をくぐり抜けられたとしても、本人に断られるに決まってる。その場で氷柱になりそうなほど冷ややかに。きみは向こうが望むような相手ではないし、なによりも彼女自身が関心を示さないだろう。誰かほかの候補者を考えることだな。それにしても、どうしてまた——」

「つまり、挑戦する価値はあるわけだ」キットが笑いながらさえぎった。「だったら、諦められるはずがないだろう。ぼくが放蕩者で身持ちが悪いから、ミス・エッジワースに近づけないというんだな。盛りをすぎた繊細な花は、なんとしても守らなくてはならないから。彼女の純潔な厳しい目で見られたとたん、その場に凍りついてしまうって？　彼女は清く正しいのに、ぼくは不品行を絵に描いたような人間だから。決めた、彼女を手に入れる」そう言うと、平手で椅子の肘掛けを叩いた。

ファリントン卿が頭をのけぞらせて笑いだした「賭けよう。手に入れられないほうに百ギニー」

「ぼくも百」と、アーサー卿。「言っておくが、気位の高い女性だぞ。先週、誰かが――名前は忘れたが――彼女を大理石の彫像にたとえた。ただし、大理石よりもっと冷たいそうだ」

「ぼくも百出すとするか」ラッシュが言った。「相手はレイヴンズバーグだから、もしもという気がしないでもないがね。そうそう、あれはブリンクリーだよ、ケラード。母を亡くした子供たちのために再婚相手を探していてね。彼女がこっちにいると聞いたのも彼からだ――やっと思い出したよ。ブリンクリーが結婚話を切り出したとたん――ある朝、彼女とロットンロウを散歩してたというんだ。ちょっと想像がつかないが――誰とも一生結婚するつもりはないときっぱり言い渡されたそうだ。彼は言葉どおり受け取った。曖昧な表現をする女性じゃないらしい。そのときだよ、彼女を大理石の彫像にたとえたのは。ブリンクリーは身持ちがいいことで有名なんだ」

「ぼくは違う」キットはまた笑った。「それでも、三百ギニーと父の鼻を明かすために彼女に結婚を決める。それで決まりだ」

「六週間もないのに？　よし、受けた」ファリントン卿は決然と立ち上がった。「さて、寝るとするか。寝室の場所がまだわかっていて、一人で行けるうちに。来いよ、ラッシュ。ついでにきみの寝室も教えてやる。ちなみに、レイヴンズバーグ、ぼくがきみなら、あと一週間は行動には出ないよ。深窓の令嬢なら、きみのその目を見ただけで卒倒する。ということは、実質、五週間ほどだな」

「六月末までにミス・エッジワースとの結婚を決めるんだな」アーサー卿は賭けを確認すると、友人たちとドアに向かった。「無理だよ、レイヴンズバーグ。いくらきみでも——いや、きみだからこそ。ぼくらの勝ちに決まってる。しかし、一応行動は起こすんだろ？」

「もちろんだ」キットは友人たちに笑いかけた。「必ず成功してみせる。ところで、まずはなにをすべきかな。一週間後ぐらい先に彼女に会える機会はないだろうか？」

「レディ・マナリングの舞踏会がある」少し考えてからファリントン卿が答えた。「毎年、シーズン最高の出席者を誇る催しだよ。この舞踏会に出ない人間はまずいない。といっても、ミス・エッジワースが来るとはかぎらないが。来たとしても、顔がわからないが、それは誰かに教えてもらえばいい。彼女はいまだに注目の的だからね」

「レディ・マナリングの舞踏会か」キットは友人たちを見送るために椅子から立ち上がった。「彼女が出席するかどうか確かめよう。ちなみに、美人か？　それとも、酔いも一気にさめるほどとか？」

「自分で確かめることだな」ファリントン卿が言った。「二目と見られぬご面相だったら、いい気味だ」

2

翌週、ローレンはアンベリー公爵夫妻とアッティングズバラ侯爵に付き添われて、レディ・マナリングの舞踏会に出た。最初はずいぶん抵抗したものの、結局、社交界のほぼ全員が出席するとわかっていながら承知した。いや、だからこそ、出る決心をしたのかもしれない。自尊心を守るために。

社交シーズンにロンドンにいるのに、ずっと引きこもっていたら、人前に出るのを怖がっていると思われてもしかたがない。あれが捨てられた花嫁だと、ひそかに物笑いの種になるのを恐れているのだと世間は思うだろう。実際、そのとおりだったけれど、貴婦人としての誇りがそれを許さなかった。ばつが悪いとか、みじめだとか、魅力がないから誰からも求められないとか、そんな弱い気持ちに屈してはいけない。

だから、勇気を出して、社交界屈指の大舞踏会に出ることにした。堂々と顔を上げて、あの運命の日からずっと離れない暗い影に立ち向かおう。そして、エリザベスが無事に出産するまでここにいて――公爵が新妻をロンドンに連れてきたのは最高の医療を受けさせるためだった――あとはひっそりと生きよう。ささやかながら財産もあるから、バースあたりに家をかまえて、ごく少数の友人とだけつき合って。そのためにも、この舞踏会には出なくては。これでもう誰からも臆病者と思われずにすむのだから。

アンベリー公爵の紋章入りの馬車が、キャヴェンディッシュ広場にあるマナリング屋敷の前で止まった。車寄せにはたくさんの馬車が並んでいる。屋敷の窓という窓に明々とキャンドルの灯が輝き、開け放たれた玄関から漏れる灯が、階段から舗道まで敷きつめた赤い絨毯を照らし出していた。馬のいななきや蹄の音、車輪の音にまじって、挨拶を交わす陽気な声が聞こえてくる。

ローレンは十四カ月前の婚礼前夜の舞踏会を思い出さずにいられなかった。あのときはネヴィルと結婚して伯爵夫人になることになんの疑問も感じていなかった。でも、今夜は、単なるミス・ローレン・エッジワースとして、社交界での居場所を見つけなければならない。無意識のうちにつんと顎をそらせたのは、できることならここから逃げ出したいという内心の思いを隠すためだった。

しかし、もちろん、逃げ出すことなどできなかった。従僕が扉を開けると、まず紳士たちがおりた。公爵のウェブスターが妻のセイディに手を貸し、ジョゼフがローレンに手を差し出した。その手を取って赤い絨毯におり立つと、ローレンは姿勢や表情に細心の注意を払った。今夜のドレスは、布地選びやデザインから装身具にいたるまでエリザベスに相談して、彼女の仕立て屋に作らせたものだ。彼女の趣味のよさは有名だったが、その点ではローレンも引けをとらなかった。

「まるで女王のようだよ、ローレン」ジョゼフが笑顔でささやいた。「いや、これまでに見たどの女王よりずっと美しい」

「あら、何人見たの？」ジョゼフの上着の袖に手をのせ、もう一方の手でスカートをつまみながら、ローレンは内心の緊張を隠そうとした。

「さて、何人だったか」ジョゼフは考えるふりをした。「正直に言うと、たった一人、現在のシャーロット女王だけなんだ。きみのほうが百倍はきれいだよ」

「声を落として。誰かに聞かれたら、反逆罪で首を刎ねられるわよ」ローレンは感謝の目を向けた。ジョゼフはそれとなく気遣ってくれているのだ。

彼に導かれて階段をのぼり、ゆっくりと進む列に加わった。ローレンは何度も深呼吸して、視線をそらせたいという衝動を押し殺した。この階段に何人、そして、その先の舞踏室にさらに何人の客がいて、そのうち何人が、あの屈辱の結婚式に参列していたのだろう。

きっと、相当な数になるはずだ。それでも、習慣とはありがたいもので、階段をのぼると、並んで待ち受けている主催者に落ち着いて挨拶できた。舞踏室に入ってからも、あとから来た人の品定めに余念のない出席者の前を平然と通ることができた。

気持ちを落ち着かせるために、ローレンは豪華な舞踏室を見まわした。天井からさがる大きな三つのシャンデリアと壁に取りつけた燭台で何百というキャンドルが燃え、いたるところに飾られた花が淡い色合いとかぐわしい香りを添えている。緊張がほぐれてくると、知人を見つけて会釈することもできた。

だが、好意あふれる親戚は、彼女をそっとしておいてくれなかった。アンベリー公爵夫妻が、娘のウィルマと婚約者のサットン伯爵とともに、背の高い若い男を連れてきたのだ。そのバートレット・ハウ氏は、ローレンに二曲目のダンスのお相手をと頼んだ。一曲目はジョゼフと踊ることに最初から話が決まっていた。二曲目が終わると、今度はサットン卿が、ミス・エッジワースと三曲目を踊りたいという紳士を連れてきた。

久しぶりに出た舞踏会で壁の花にならないようにと、数日前にローレンが出席を承知したあと、みんなでせっせとダンスの相手をかき集めたにちがいない。

一年ほど前に婚礼前夜の舞踏会で踊ったときは、キルボーン伯爵の花嫁として、誰からも賞賛され、うらやましがられた。自分の魅力にひそかに自信も持っていた。なのに、今夜は一人ではダンスの相手も見つけられず、このまま放っておいたら、結婚もできずに寂しい一生を送ることになるだろうと、親戚がよってたかって面倒を見ようとしている。少なくとも、ローレンにはそう感じられた。

なんという屈辱だろう。エスコート役をつとめてくれるジョゼフのやさしさにも素直に感謝できなかった。

無意識のうちに傲慢(ごうまん)そうな笑みを浮かべると、ローレンはゆっくり扇を使った。

キットとファリントン卿が着いたのは、舞踏会が始まってしばらくたってからだった。五月半ばにしては暖かい晴れた夜で、屋敷の正面扉は開け放たれていた。階段や玄関広間から、にぎやかな談笑の声が聞こえる。上の舞踏室からは、楽団が奏でる威勢のいいカントリーダンスの曲が流れてきた。

「たしかに、大盛況だな」鬘をつけたお仕着せ姿の従僕に夜会用の外套とシルクハットを渡しながら、キットは興味深そうに玄関広間を見まわした。「舞踏室もここと同じぐらい混んでいるだろうか」

「当たり前だろ。ここ以上だ」ファリントンも外套と帽子を預けると、きちんと折りたたんだネッククロスを点検した。「さあ、上がって確かめよう」

階段をのぼりながら、キットは愛想よく知り合いに会釈した。大半が男だった。舞踏会に出るのはリスボンから帰って以来初めてで、最後に出たのがいつだったか思い出せないぐらいだ。もちろん、ロンドンに出てから招待は何度も受けた。常識はずれの放蕩者と噂されているとはいえ、なんといってもレイヴンズバーグ子爵で、いずれレッドフィールド伯爵となる身なのだ。しかも、今は良縁を探すのに絶好の社交シーズンだから、少しでも地位のある人間は、どこでも引っ張りだこだ。

「本当に来るんだろうな?」舞踏室に入りながら、キットは念を押した。階下よりいっそう混み合っていて、周囲の声もいちだんと高い。室内は蒸し暑く、ふんだんに飾られた花の濃厚な香りに招待客がつけている高価な香水の匂いが混じり合って、息苦しいほどだった。

「ああ」ファリントン卿はドアのそばで足を止めて室内を眺めた。「サットンに聞いたから間違いない。彼の婚約者のウィルマ・フォーセットは、彼女の親戚だからね。そりゃあ、急病とか、脚を折ったとか、単に気が変わったといった事態にならないとはかぎらないが。おや」そう言うと、片眼鏡を目に当てた。

「彼女か？」

キットはさっきから周囲の目が気になってしかたなかった。久しぶりに出た舞踏会ということもあるが、おおぜいの客があからさまに彼を見ていたからだ。片眼鏡や柄つきのオペラグラスが詮索（せんさく）好きな目に当てられた。若い女性もちらりちらりと盗み見ている。あれが悪名高いレイヴンズバーグ卿ですって！　ささやき合っている声が聞こえるような気がする。他人にどう思われようが、さほど気にしたことなどなかったが、今夜だけはそうはいかなかった。

「麗しのミス・マクリンガーだ。ほら、あそこ。あのえくぼに波打つ金髪。ふくよかな胸」キットは笑いながら、片眼鏡を通してその問題の美女をとくと眺めた。「しかも、まだ十八歳ぐらいだ。だが、彼女は無理だ。ファリントン、きみの好みのタイプじゃない」

「残念ながら」ファリントンはため息をついた。「まあ、目の保養というところかな。おい、見つけたぞ、ミス・エッジワースだ」

ファリントンはまたゆっくりと室内を見まわした。ちょうど一曲終わったところで、踊っていた男女がフロアから離れて、壁ぎわに向かっていく。

「三、四日前の朝、公園でケラードに教えてもらったから、見ればすぐにわかる自信があったんだ」

「だが、正式に引き合わせてもらったわけじゃないんだろ。それなら、ぼくを紹介できないじゃないか」

「いずれにせよ、そこまでやる気はないよ。これが賭けだということを忘れないでくれ。ほら、あそこだ。アッティングズバラ家に縁のあるステンソンが、相手をしてる。これは手ごわそうだな。アンベリー公爵夫妻もそばにいる。最強の護衛団に守られているわけだ」

「ステンソン？　あの棒みたいなやつか？」キットは友人の視線を追った。アッティングズバラ侯爵も、ジョージ・ステンソンも知っているから、かなり離れた場所にいても、すぐにわかった。そばにいる中年の夫婦が公爵夫妻にちがいない。そして、二人の紳士にはさまれた女性が、めざす相手、未来の花嫁だ。キットは片眼鏡を引き上げた。

背は高いほうで、ほっそりしているが、かといって女性らしい曲線に乏しいわけではない。賭けてもいいが、流れるように裾を引くハイウエストのドレスに隠された脚は、長くて引き締まっているはずだ。物腰は優雅で、きれいなラインを描いている背筋は、エスコートした男性が思わず手を伸ばしそうだ。キャンドルに輝いている黒髪は、頭の上に高く結い上げて宝石をちりばめた櫛でとめ、首筋とこめかみにやわらかいカールが揺れていた。卵型の顔に高い頬骨、まっすぐな鼻と大きな瞳。目の色はここからではよくわからない。濃い菫色の光沢のあるサテンのドレスをまとい、銀色の手袋にダンス靴、そして、薄い菫色の扇を持っていた。

　申し分なしの美人だ。キットは口笛を吹きたくなった。

　談笑しながら、扇を使ったり、それとなく周囲を見まわしたりしている。しばらく眺めていると、笑みを浮かべたので、キットはびっくりした。大理石の彫像みたいに冷たいなんて、あれは嘘じゃないか。だが、観察しているうちに、表情がほとんど変わらないことに気づいた。要するに、あれはほほ笑んでいるのではなく、周囲の連中を内心軽蔑していて、尊大にかまえているだけなのだ。

「最高級のダイヤモンドだ」キットはつぶやくと、片眼鏡をおろした。

「たしかに」ファリントン卿が言った。「だが、難攻不落の要塞だな。あのお高くとまった感じだと、王族以外の人間は洟（はな）もひっかける価値はないと思ってるようだ」

「あいにく」キットはあたりを見まわして、主催者のレディ・マナリングを探した。都合のいいことに、笑みを浮かべながら近づいてくるところだった。「ぼくは難攻不落の要塞に弱くてね。なにがなんでも陥落させたくなる。要塞にかぎらず、無理だと言われると、かえって挑戦せずにいられないんだ」

「ファリントン卿、そして、レイヴンズバーグ卿」レディ・マナリングは手袋をはめた手を二人にそれぞれ差し出して、会釈を受けた。「おそろいでいらしてくださるなんて光栄ですわ。でも、もっと早く来ていただきたかったわ。お嬢さまがたに一曲目のお相手を見つけてさしあげるのは頭痛の種なのに、若い紳士は必ず遅れてらっしゃるんですものね」

「わたしが踊りたいのは若い貴婦人ではないからです」ファリントン卿が持ち前の人なつこい笑顔を向けた。「最初のうちはお客さまに相手を見つけてさしあげるのにお忙しいとわかっていましたからね。これぐらい遅れてくれれば、わたしのために時間を割いてくださるのではないかと思って」

レディ・マナリングは笑いながら、閉じた扇で彼の腕をぴしゃりと叩いた。「お口がお上手ですこと。それにしても、よくレイヴンズバーグ卿を誘い出してくださったわね。聞くところでは、男らしい刺激的な活動にお忙しいそうで、退屈な舞踏会などには来てくださらないものと思ってましたわ。でも、おかげで、今夜の成功は決まったも同然ね」そう言うと、今度は閉じた扇でキットの腕を叩いた。

キットは軽く頭をさげた。「今夜はぜひうかがいたかったんです。母の親しいお友達からのご招待ですからね」

「このところ、お母さまにはお目にかかってないの」レディ・マナリングは言った。「なかなかロンドンに出てらっしゃらないんですもの。それでは、お二人にパートナーを見つけてさしあげましょうか。といっても、レイヴンズバーグ子爵をひと目見た瞬間、心配性のお母さまがたがお嬢さんを連れ帰られたとしても、不思議はありませんけど」

「さしつかえなければ」キットはとっておきの笑顔を向けた。「ニューベリーのミス・エッジワースにお引き合わせいただけないでしょうか」

レディ・マナリングは眉を上げた。「やんちゃな美丈夫のお相手をしたがるお嬢さんなら、ほかにいくらでもいらっしゃるのに。それに、ミス・エッジワースの今夜のパートナー選びは、わたくしではなく、お身内がなさってますのよ。でも、たってのお望みなら」

「お願いします」キットはまた頭をさげた。

「あなたのお望みでもあるのかしら?」レディ・マナリングがファリントン卿に聞いた。

「いえ、せっかくですが、向こうに知り合いを見つけまして、挨拶してこようかと――奥さまのお邪魔をしては申しわけないので」

キットがレディ・マナリングのあとについて舞踏室を横切ると、居並ぶ人々はさっと道をあけた。すでにみんなの噂にのぼっているらしい。キットは喜ぶべきか悲しむべきかわからなかった。ずうずうしくやって来たものだと非難されているのか、どういう風の吹き回しかと憶測がとんでいるのかわからないが、それはもうどうでもよくなった。ちょうどそのとき、なんという幸運か、ミス・エッジワースが一人でいるのに気づいたからだ。アンベリー公爵夫妻はどこかの男女と話に夢中で、ステンソンは姿を消し、アッテイングズバラはダンスフロアから出てきた若い内気そうな女性に話しかけていた。ミス・エッジワースは、相変わらず顔にはりつけたような淡い笑みを浮かべながら、あたりを見まわしていた。

「ミス・エッジワース」レディ・マナリングに呼びかけられて振り返ったとたんに、眉が上がり、扇を使っていた手がぱったり止まった。「レイヴンズバーグ子爵が、ご紹介してほしいとおっしゃってますの」

黒っぽいまつげに縁取られた菫色の目が――ドレスと同じ色の目が、キットに向けられた。並みはずれて美しい顔立ちのなかでも、きわだって魅力的な目だ。やっぱり、申し分なしの美人だ。

だが、この顔には見覚えがある。それも、まだ最近、見たばかりだ。どこで、いつ会ったのだろう。すぐには思い出せなかった。だが、次の瞬間、はっとした。先週、ハイドパークで喧嘩したとき、そして、あの乳しぼりの娘を抱いていたときだ。あの娘にキスして、ふと顔をあげると、茫然と見つめている美女と――あきらかに乳しぼりの娘の階級ではないレディと目が合った。少し離れたところに立っていた彼女を見て、今この腕に抱いているのがあの女性だったらと不埒なことを考えたのを覚えている。だが、笑いかける間もウインクする暇もないうちに、彼女はさっと身を翻し、しゃれたボンネットだけが見えた。気づいたときは、ロットンロウを散策する人たちの中にまぎれていた。

あれ以来、思い出したことはなかった――たった今まで。

キットは心をこめて会釈した。

・

ひと目見た瞬間、ローレンは愕然とした。あのときの人だ。もっとも、今夜はあのときと違って、ちゃんと服を着ている。それも、一分の隙もない身なりだ。ぴったり体に合った黒い燕尾服にクリーム色のシルクの半ズボン、刺繍入りのチョッキ、そしてレースのついた真っ白なリネンのシャツ。

とびきり端整というわけではないし、意外にも、ローレンより二、三インチ上背があるだけだったが、それでも、なぜか世にもハンサムな男のような印象をあたえる。日焼けした明るい顔立ちで、灰色の目が生き生きと輝いていた。

どうして、この人がわたしに……。膝を折ってお辞儀を返しながら、ローレンは心の中ですばやく考えた。あの公園でのひと幕を目撃しなかったとしても、どことなく荒々しさを感じずにいられなかっただろう。ウィルマとサットン卿が次々引き合わせてくれる穏やかな紳士とは明らかに違う。公爵夫妻とジョゼフが心配そうに見守っているのに気づくと、ローレンは思わず笑いだしそうになった。わたしがうぶな小娘で、自分の身も守れないとでも思っているのかしら。少し離れたところにいたサットン卿まで、生真面目そうな太った若い男を連れて足早に近づいてくる。誰かあてがっておかなければと言わんばかりに。

でも、目の前の子爵はあてがわれたわけではない。

「初めまして」ローレンは小声で挨拶した。

「ミス・エッジワース、お目にかかれて光栄です」輝く目に浮かんでいた笑みが、顔じゅうに広がって、白い歯がこぼれ、目元に笑い皺(じわ)ができた。とたんに、とびきり端整な顔立ちではないという第一印象が変わった。「レディ・マナリングに無理を言って紹介していただいたのは、あなたのドレスが瞳と同じ色か確かめるためにお近づきになりたかったからです。やはり同じだった」

ローレンは扇で頬に風を送った。この舞踏室はやけに暑い。バルコニーに面したフランス窓は二つとも開け放ってあるのに。こんな見え透いたお世辞にわたしが顔を赤らめるとでも思ったのかしら？　先週、その同じ口からどんな言葉が出たか、ちゃんと知ってるんだから。かかってこい、くそったれ。

　ジョゼフがわざとらしく咳払いした。

「次の曲を踊っていただけないでしょうか、ミス・エッジワース」子爵が言った。レディ・マナリングはそばでにこやかに見守っている。

「実は、彼女を食堂に案内するところだったんです」ジョゼフが穏やかだが、きっぱりした口調で言うと、ローレンに腕を差し出した。「喉も渇いただろうし、ひと休みしたいだろう、ローレン？」

　それでも、子爵は彼女から目を離さなかった。目に笑みを浮かべたまま、問いかけるように眉を上げげた。返事は彼女の口から直接聞きたいというわけだ。やっぱり、常識はずれだ。エスコート役のジョゼフが代わりに断ってくれたのだから、ローレンには答える義理はない。ジョゼフの腕に手をおいて、見下したような微笑を浮かべながら立ち去ればいいだけだ。でも、ローレンはそうしたくなかった。

　レイヴンズバーグ子爵はあてがわれた相手ではない。陳腐とはいえ、瞳をほめてくれた。それに、魅力的なのはたしかだ。

「せっかくだけど、ジョゼフ、あと一曲踊るぐらいのエネルギーはまだ残ってるわ」

　そう言うと、ローレンは子爵の燕尾服の袖に手をおいた。こんな大胆なまねをしたのは、ジョゼフが保護者ぶって口を出したのが気に入らなかったから？　それとも、サットン卿にまた新しいパートナーを押しつけられそうだったからだろうか？　自分でもよくわからなかった。気づいたときはもう遅かった。しかも、次はワルツだ。厳格な人からは密着しすぎるダンスだと眉をひそめられるけれど、ローレンにはとてもロマンチックに思えた。といっても、それはネヴィルと結婚式前夜の舞踏会で踊ったときのことだ。ワルツを踊ったのは、あれが初めてだった。

「お疲れのようですね」子爵がローレンの顔を見て言った。「やはり、食堂にお連れしましょうか？」

「いいえ、だいじょうぶ」ささやかな抵抗を示したことで、不思議なほど気持ちが明るくなった。ワルツでよかったとさえ思えた。今夜は少なからぬ数の人を仰天させそうだ。

楽団の演奏が始まると、ローレンは左手を子爵の肩にのせ、もう一方の手を彼の手に預けた。彼の右手を背中に感じる。さほど身長差がないせいで、長身のネヴィルと踊ったときよりも体を寄せ合った形になる。視線が自然に彼の顔に向くし、温かい手の感触やコロンの麝香の香りが、もろに伝わってくる。ふっと息をつくと、ローレンは彼の目をのぞきこんだ。

やさしい微笑がすぐ返ってきた。ローレンの複雑な心の中を見抜いているかのように。ひと筋縄ではいかない相手、無難にすごせるような相手ではなさそうだ。

そんな相手とワルツを踊ろうとしている。

この前ダンスを踊った夜とその翌日の苦い思い出がよみがえってきて、胸がつぶれそうになった。ステップを数え、音楽や足の運びに神経を集中するようにして、気を鎮めようとした。それでも、パートナーがダンスの名手だと気づくのに時間はかからなかった。彼のステップに合わせ、優雅な動きでフロアを回るリードについていくのは、簡単なことだった。背丈があまり違わないから、彼の肩ごしに周囲が眺められるのも悪くなかった。

ついさっきまでは、この舞踏会を楽しめるなんて思ってもいなかった。こういう社交の場に顔を出しておけば、陰でとやかく言われずにすむと割り切ったつもりだ。ところが、突然、思いがけず楽しんでいる自分に気づいた。あちこちに飾られた花や華やかなドレスがかもしだす万華鏡のような華やかさを、シャンデリアの無数のキャンドルが投げかける光の渦を。そして、なによりもワルツの魅力を知っている相手と踊ることを楽しんでいることに。

しかし、やがて現実に引き戻された。わたしは今、レディ・マナリングの舞踏会で、つい一週間前に醜態を演じていた男と踊っている。ジョゼフはわたしが彼と踊るのに反対だった。子爵の称号を持ち、有名な舞踏会に招待される身分でも、この人は世間から敬意を払われてないのだろうか。わたしの直感が当たっていて、とんでもない放蕩者だとか。

でも、それならそれでいいし、かえって刺激的だ。心のどこかでそう思っているのに気づいて、ローレンはぎくりとした。今までこんな不謹慎なことを考えたことはなかったのに。

「舞踏会にはよくいらっしゃいますの?」当たりさわりのない話題を選んだ。「実は、わたし、今年はこれが初めてですの」

「いえ、それほど。それに、そのことは知っています」

意外なほどそっけない返事だった。社交的な会話を知らないのかしら? それから、やっと、どこか変だと気づいた。それほど舞踏会に出ないのなら、なぜわたしが今夜が初めてだと知ってるのだろう？

「それにしても大変な人出ですわね。大盛況で、レディ・マナリングもさぞご満足でしょう」

「おっしゃるとおりです」笑いを含んだ目はローレンから離れない。

「お花も飾りつけもきれいで、趣味がよくて」なんとか話をつなごうとした。「そう思われません？」

「ぼくはまだ見ていませんが、あなたがそうおっしゃるなら」

ローレンは息苦しくなってきた。「なにか話題を提供していただけないかしら？」内心の動揺を隠そうとして、つっけんどんな口調になった。

子爵が低い声で笑った。「美しい女性と踊っていたら、会話など必要ありませんよ。男は全身全霊で感じられれば満足なのです。五感をフルに働かせて。会話は邪魔なだけだ」

ローレンの鼓動が速くなったのは、このきざな言い草のせいではなかった。いかにも思わせぶりな低い声――無防備な彼女をベルベットでくるみこむようなその声の調子だった。まるでこの舞踏室に、あるいは人気のない場所に、二人きりでいるような錯覚にとらわれた。

そして、実際、薄暗い場所で二人きりになっていた。フランス窓のそばで踊っていたと思ったら、いつのまにか回転しながら開いた窓からバルコニーに出ていたのだ。キャンドルの灯の届かないバルコニーには、ほかに人影はなかった。

ショックのあまり口もきけなかった。

「明かりもときとして邪魔になります」そう言うと、背中にまわした手に力をこめた。乳房が彼の胸に触れたらと、ローレンは心配になった。彼が顔を近づけてささやくと、温かい息が頬をくすぐった。「それに、人の目も」

さっき会ったばかりなのに、臆面もなくよく言えるものだ。やっぱり、わたしの勘は当たっていた。この人は紳士なんかじゃない。

それでも子爵はダンスをやめようとはせず、二人は相変わらずくるくる回りながら、さっき出たのとは別のフランス窓を通って、また舞踏室に戻っていた。出かかった非難の言葉を呑み込んで、ローレンはまた魅力的なパートナーと踊る楽しさに夢中になった。この人は筋金入りの女たらしにちがいない。わたしは男の人からおおっぴらに言い寄られるようなタイプではない。若くて自信に満ちていたときでも、一度もそんな経験はなかった。

ずうずうしい男だと思う一方で、まんざらいやがってもいない自分に気づいた。といっても、あっさりその気にさせられるほど若くもお人よしでもないけれど。

ローレンはもう話題を探そうとはしなかった。子爵も黙っていた。

ワルツが終わると、レイヴンズバーグ子爵は腕を貸して、ローレンを身内の人たちのところに連れていった。

「食堂に誘うのはやめておきます、ミス・エッジワース」目と同じように笑いを含んだ声だった。「喉が渇いたでしょうが。ご親戚がてぐすね引いて待ってますよ、悪名高い遊び人とワルツを踊ったりして、妙な噂が立ったらどうするんだと説教しようと」

「それは本当なの？」

「評判の悪い男とワルツを踊ったことですか？　ええ、本当です」

「ありがとうございました、子爵さま」セイディのそばに戻ると、ローレンは丁寧に礼を言った。セイディは冷ややかに子爵を見つめていた。

「こちらこそ、ミス・エッジワース」そう言うと、ローレンの手を取って、唇に近づけた。

手袋をはめているとはいえ、こんな馴れ馴れしいまねを人前でしていいはずがない。熱湯でも浴びたみたいにとっさに手を引っ込めたくなったが、我慢した。ますます周囲の関心を引くばかりだ。それほどみだらな行為をしたわけではないし。

子爵はすぐ離れていった。そのまま舞踏室から出ていったのだ。後ろ姿を見守りながら、安堵のため息をつくと同時に今夜はもうおもしろいことなどなにもないと思った。

たぶん、この先ずっと心をときめかすこともないのだ。そんな極端なことまで考えた。

3

舞踏会から帰ったのが深夜だったにもかかわらず、翌朝、ローレンはいつもどおりに起きて、日課になっているハイドパークの散歩につきあった。空気はまだ肌寒かったけれど、晴れた暖かい日になりそうだ。

「体を動かすと気分がいいわね」散歩を終えて帰りながら、エリザベスが言った。「どんどんぶかっこうになっているくせに、とっても調子がいいの。きっと散歩と戸外の新鮮な空気のせいだわ、リンドンはそんなに動いてだいじょうぶかって心配するけれど」

結婚生活が性に合っているのだろうとローレンは思った。七カ月前に初めて結婚して、すぐ妊娠したのもよかったのかもしれない。エリザベスは幸せに輝いていた。

屋敷に入ると、従僕がうやうやしく頭をさげて告げた。「ミス・エッジワースに花束が届いております。客間に運びました」

「わたしに？」ローレンはびっくりして聞き返した。

エリザベスが笑いながら玄関広間に続く客間に向かった。「舞踏会の翌朝に花束が届くなんて。ローレン、いい方ができたのね」

「きっと、バートレット・ハウさまよ。ゆうべ二度踊って、お食事もごいっしょしたから。でも、その気にさせるようなことは言わなかったのに。困ったわ」

「若い紳士に想いをかけられて困ることはないでしょう。たとえ、そのお気持ちに応えられないとしても」

客間に入ると、少なくとも二ダースの赤い薔薇の蕾がふんだんに添えられたシダの中におさまって、クリスタルガラスの花瓶に生けられていた。ローレンは近づいて、花瓶に立てかけてあるカードを手に取った。甘ったるい賞賛の言葉で埋めつくされていないことを心から祈りながら。

「みごとな花束だこと」エリザベスが後ろから声をかけた。「この季節に薔薇はなかなか手に入らないのに。きっと、目の玉が飛び出るほどのお値段でしょうよ。バートレット・ハウさまもお気の毒に。真面目で立派な方よ」

〝残念ながら〟カードはそんな文句で始まっていた。〝あなたの瞳にふさわしい菫を見つけることができませんでした〟そして、太いぞんざいな署名。〝レイヴンズバーグ〟

きらきら光る灰色の目と不敵な笑顔、すっきりとした男らしい体つき、そして、影のようにつきまとう危険な香り。舞踏会のあと眠りにつこうと目を閉じると、子爵のおもかげがまぶたに焼きついていた。でも、その同じ男が、半ズボンだけの半裸で罰当たりな言葉を口にしたのを見たことがある。それに、さもうれしそうに若い娘を抱いていた。

「バートレット・ハウさまじゃなかったわ。レイヴンズバーグ子爵さまから。ゆうべ、ワルツを踊ったの」

エリザベスはカードを見た。「まあ、あなたに夢中ね。瞳をほめてあるわ。どなた？　聞き慣れないお名前だけれど」

「本人によると」ローレンはカードをまた立てかけた。「わたしに紹介してほしかったのは、ドレスの色が目の色と同じか確かめたかったからですって。そんなばかばかしい話があるかしら？」

「たしかに、サットン伯爵が引き合わせてくださるような紳士じゃなさそうね」エリザベスはおもしろがっているようだった。「きっとジョゼフでしょ。あの人ならやりかねない」

「レディ・マナリングのご紹介なの。セイディ伯母さまとウィルマは顔色を変えて、一曲踊って戻ってくると、これ以上お近づきになってはいけないって。ウェブスター伯父さまは、子爵は一族の持て余し者とおっしゃるし。ジョゼフの話では、最近まで騎馬隊の将校でいらしたとか。レッドフィールド伯爵の跡継ぎですって」

「思い出したわ」エリザベスはうなずいた。「伯爵のご長男が二年ほど前に亡くなられたの」

「それだけじゃないの」ローレンはなぜか頬に血がのぼるのを感じた。「先週、公園で喧嘩を見たでしょ。あのときの紳士だったの」

「なんですって？」驚きがおさまると、エリザベスはまた笑いだした。「大変だったわね、ローレン。レディ・マナリングのご紹介なら、義理でもいっしょに踊らなくてはいけないし――ワルツを踊ったんですって？　それで、すぐ花を贈ってくるとは。もちろん、わたしも覚えてるわ。あのとびきりハンサムな紳士でしょ」

「それほどでも……」ローレンはまた頬を染めた。「次に会ったら――次があるかわからないけど――礼儀正しく薔薇のお礼を言ってから、これ以上おつきあいするつもりがないとはっきりお断りするわ」

「あらあら」エリザベスはおかしそうに目を輝かせた。「あなたほど完璧なレディはいないわ、ローレン」そう言うと、姪に腕をからませた。「さあ、朝食にしましょう。花瓶はあなたの部屋に運ばせましょう。そうすれば、これから数日間、あなたの目に魅入られて、その美しさにふさわしい花を探しまわったあげく、薔薇で満足するしかなかった紳士がこの街にいることを忘れずにいられるわ」

「笑いごとじゃないわ」ローレンは恨みがましい声を出したが、思わず頬をゆるめて笑いだした。

キットはグローヴナー広場で二輪馬車の高い座席からとびおりると、御者台からおりて馬の前にまわっていた馬番に手綱を投げた。そして、ポートフレイ公爵のタウンハウスに近づいて、ノッカーを叩いた。今日の午後のこの時間に公爵夫人が客を迎えるために屋敷にいることは調べてあった。

ローレン・エッジワースは並みはずれた美貌の持ち主だった。あのきらきら光る菫色の目が忘れられない。もう若くはないが、重ねた年月は品位を高めこそすれ、美しさを損なってはいなかった。キット自身もうすぐ三十歳になるから、愛想だけいい若い娘にはさほど興味がない。それよりも、ギリシャの女神像のような謎めいた微笑を浮かべた誇り高い美女のほうが、はるかに魅力的だ。しかし、ゆうべの感じでは、男の魅力やユーモアは通じないし、求愛に応じるつもりはさらさらないらしい。あの冷ややかな態度にはさすがのキットも、いくぶん調子が狂ったほどだった。あれでもし近づいた目的がばれたら……。

いや、それでこそ挑戦しがいがあるというものだ。

扉が開き、執事が尊大な態度で頭をさげた。場慣れしていない若者なら、公爵が出てきたのかと勘違いしそうだったが、キットは執事が手にした銀盆に名刺を投げ入れた。

「レイヴンズバーグ子爵がミス・エッジワースにお目にかかりたいと伝えてほしい」そう言うなり玄関広間に入った。

案ずるより産むが易しだ。社交的集いの日に客が追い返されたためしはないから、執事はまず二階に上がって、通していいか許可を求めようとは思いつかなかった。ひょっとしたら、今朝届いた薔薇の贈り主だと気づいて、歓迎されるものと思い込んだのか。それとも、ポートフレイ公爵夫妻は――アンベリー公爵夫妻とは違って――レイヴンズバーグ子爵が訪ねてきても通すなと指示を出さなかったのだろう。

「どうぞ、こちらへ、子爵さま」執事はもう一度頭をさげると、階段に向かった。

近づいてきた二人を見て、客間の外に控えていた従僕がドアを開けたとたん、なごやかに談笑する声が聞こえてきた。執事が戸口に足を踏み入れた。

「レイヴンズバーグ子爵さまが、ミス・エッジワースを訪ねていらっしゃいました」

ぎこちない沈黙の中でキットは客間に入った。すばやく見まわすと、サットンとアッティングズバラがいた。窓際に座っていたローレン・エッジワースが、驚いて立ち上がったところだった。キットはその女性に会釈した。ひと目で身重とわかる気品のある女性が、笑みを浮かべながら右手を差し出した。

「初めまして、公爵夫人」彼は差し出された手を取った。

「ようこそ、レイヴンズバーグ子爵さま」いきなり客間に入ってきた彼にショックを受けたとしても、許可も求めず通してしまった執事に腹を立てたとしても、それを顔に出すようなまねはしなかった。

「よくいらしてくださった」キットも顔だけは知っているポートフレイ公爵が近づいてきて、夫人のそばに立った。妻以上に平然としている。

「ミス・エッジワースに敬意を表するためにうかがいました。ゆうべ、いっしょに踊っていただいたので」キットは言った。室内は半分ほど客で埋まっていたが、その大半がまだ声も出ない様子で彼を見つめていた。執事が煙突掃除の男を客間に通すという失策をしでかしたとでもいうように。きっと、夕方までに、あちこちの屋敷の客間で格好の話題にされるだろう。

ローレンが近づいてくると、公爵夫妻はほかの客に注意を戻した。客たちも礼儀をわきまえて、中断された会話を再開した。

「わざわざいらしていただいて恐縮です。薔薇をありがとうございました。とてもきれいですわ」

あの薔薇がいま彼女の目の前にあったとしたら、蕾のまま凍りついてしまっただろうとキットは思った。それほど冷たいまなざしだった。

「ドレスのせいだけではなかったのですね」キットはつぶやいた。「今日のドレスは緑色だが、あなたの瞳はまがうかたなく菫色だ」つややかな黒髪は今日はずっと簡素な結い方だが、それでもゆうべと同じように美しかった。

「おかけください」さりげない褒め言葉を無視して硬い声で言うと、振り返って、さっきまで自分が座っていた椅子のそばのあいた椅子を指した。「お茶を運ばせますわ」

もとの席に戻っても、背筋をぴんと伸ばしたまま、椅子の背にもたれかかろうともしない。そして、音楽を論じている周囲の話の輪に入って、作曲家の比較をしたり、さまざまな楽器の長所を数えあげたりした。

キットは会話には加わらず、ひそかにまわりの人を観察していた。彼の出現によって何人かが平静を失ったのは明らかだった。赤毛のレディ・ウィルマ・フォーセットはやけに取り澄ましているし、サットンはとげとげしい。アッティングズバラは興味深そうな、どことなくおもしろがっている感じ。名前は思い出せないが見覚えのある痩せた若い男はいらいらしているし、ジョージ・ステンソンはあからさまに敵意を示した。彼がそこにいることを意識していないのは、ミス・エッジワースだけのようだった。キットは紅茶をひと口飲んだ。

「ミス・エッジワース」しばらくして会話がとぎれたのをきっかけにキットは切り出した。

「今日の午後、馬車で公園にお連れしたいのですが、その願いをかなえていただけませんか？」

　菫色の目が見開かれ、唇がかすかに開いた。そして、表情こそ崩さなかったが、冷ややかに見つめ返した。あきらかに拒絶する気だ。短兵急に進めすぎたようだ。ここで断られたら、賭けに勝つ可能性は限りなくゼロに近い。

「これはこれは」痩せた紳士がそばから言った。「わたしも同じお願いをするためにうかがったんですよ、ミス・エッジワース。ただ礼儀にかなった行動をとろうと、おいとまする際に二人になってからお願いするつもりでした。わたしのほうがレイヴンズバーグ子爵より先にお訪ねしたことをお忘れなく」気弱な声でつけ加える。

　キットは眉をあげた。「失礼しました。礼儀にはずれたことをしたようですね。長年、外地にいたので、細かいエチケットに関しては自信がないのです」そう言うと、ローレンに笑いかけた。

「非難したつもりはありません」さっきの紳士が不快をあらわにした。「なにもそんなつもりで――」

「そういえば」アッティングズバラがさりげなく口をはさんだ。「図書館に行く約束をしていたのは今日の午後じゃなかったかね、ローレン。それとも、ぼくの記憶違いかな」

「サットンはお茶のあとで、あなたとわたしを新しい幌つき四輪馬車に乗せたくてうずうずしてるのよ、ローレン」レディ・ウィルマがカールした赤毛を揺らしながら、とってつけたように笑った。「あなたに付き添い役をしてもらわなきゃ」

キットはローレンに笑顔を向けたままだったが、菫色の目はそらされなかった。もっとも、笑みを返す気配はまったくなかったが。

ようやく彼女が視線をはずした。「あなたの勘違いよ、ジョゼフ。今日じゃないわ。それから、ウィルマ、婚約者と馬車で遠出するのに付き添い役はいらないでしょ。またあらためて誘っていただけます？　バートレット・ハウさま。ありがとうございます、レイヴンズバーグ卿。楽しいひとときをすごせるでしょう」

もちろん、これはみんなのおかげだ。いとまを告げるために立ち上がりながら、キットは思った。彼女は断る気でいたのに、みんなが寄ってたかって評判の悪い放蕩者とつきあわせまいとするから、プライドを傷つけられて、つむじを曲げてしまったのだ。この未来の花嫁は冷静で自制心の強い女性かもしれないが、一方的に決めつけられると逆らわずにいられないらしい。

おもしろいことになりそうだ。

「では、のちほど、ミス・エッジワース」頭をさげると、その場の誰にともなく会釈してから、ポートフレイ公爵夫人にいとまごいをするために近づいた。

数分後、屋敷の階段を駆けおりて、広場で馬を歩かせていた馬番を呼んだときも、キットはまだ笑みを浮かべていた。ローレン・エッジワースの堅い守りを突きくずすのは、わくわくするほどやりがいがある。親戚や友人たちが彼女を守ろうとすればするほど、いい結果が出そうだ。彼女の親戚には感謝しなければ。

今日の午後は、腕の見せどころだ。

ローレンは背筋をのばして子爵の隣に座り、両手で日傘を握って頭の上にかざしながら、有害な太陽光線から肌を保護していた。こんな車体の高い二輪馬車に乗りつけていないから、地面がやけに遠くて怖くてたまらない。でも、手綱を取っている紳士の力量を疑うかのように手すりにしがみつくわけにもいかなかった。

鮮やかな手綱さばきを見せる手袋をはめた手は、ほっそりしている。手袋の色は目と同じ灰色。淡い茶色の乗馬ズボンに磨きこまれた軍用ブーツをはいている、しなやかそうな脚もつくべきところには筋肉がついているようだ。

そんな観察をしている自分に驚いて、ローレンは日傘の柄を握りなおすと、決然と目をそらせた。ちょうど社交界の男女が騎馬や徒歩やさまざまな馬車で公園に繰り出してくる時間で、見たり見られたり、最新の噂の交換や収集に熱心な人々があふれていた。

ウィルマの言うとおりだとすれば、また新しい話題を提供することになる。ゆうべ子爵とワルツを踊っただけでも顰蹙（ひんしゅく）の的になった。それなのに、翌日には連れ立って公園に来ている。しかも、こんな目立つ馬車で、メイドも連れずに。ウィルマはあきれて物も言えないから、ローレンに言い聞かせてやってほしいとジョゼフやサットンやエリザベスに頼んだ。だが、それに応じたのはサットン卿だけだった。子爵が迎えに来たら、体調不良を口実にして断ればいいと彼は忠告した。礼儀に反するというだけの理由であんな男につきあって、非の打ちどころのない評判をだいなしにすることはない、と。

「ローレンの評判を問題にしたいなら」ポートフレイ公爵が片眼鏡をサットンに向けながら、にこりともせずに言った。「直接わたしに言ってもらいたい」

思い出しただけでローレンは吹きだしそうになった。でも、みんなが黙って子爵の招待を受けるかどうかわたしに決めさせてくれたら、今ここに来ていたかしら？　わたしはこんなに意固地な性格ではなかったはずなのに。たしかに、ロンドンに来てからずっと、この時間に公園に来るのは避けてきた。でも、もうその必要はない。ゆうべ堂々と社交の場に出たのだから。そこで正式に紹介された紳士と——たとえそれが評判の悪い紳士だとしても——公共の場を馬車で通るのは非常識なことではないはずだ。

「さて、ミス・エッジワース」巧みに角を曲がって公園に入ると、子爵が顔を向けた。「天気の話題も尽きたようですね」

ローレンは日傘をくるくるまわした。無作法にも、話しかけられてもずっと無視していたのだ。あの笑顔は鏡の前で練習を重ねたものなのかしらと、ふと思った。目だけでにこやかに笑いかけて、口元は引き締まったまま。あの目で見られると落ち着かなくなって、なにも考えられなくなる。きっと、あれが女たらしの武器なのだろう。

「レッドフィールド伯爵さまのご子息なんですってね」ローレンは聞いた。

「ええ、跡取りです。生き残った二人の息子のうちで年上なので。兄は二年ほど前に亡くなりました」

「お気の毒に」

「最後に兄のジェロームに会ったのは、ぼくが兄の鼻を折って、父にアルヴズリーから追放されたときです」

ローレンはなんと言っていいかわからなかった。よく知らない相手に――それも上流階級の女性に、なぜこんな内輪の恥を打ち明けるのだろう。

「ショックを与えてしまったようですね」子爵は笑いかけた。

「最初からそのつもりだったんでしょう。お聞きしなければよかったわ」

「お返しをしましょうか。あなたはこれまでの人生の大半をニューベリー・アビーですごしてきたが、そこの一族の血縁ではない。あなたは誰の娘さんですか？」

「ウィットリーフ子爵です。わたしが二歳のときに亡くなりました。それから一年たたないうちに、母がニューベリーのキルボーン伯爵の弟さんと再婚したの」

「そうだったんですか。それで母上はご健在で？」

「婚礼の二日後に新婚旅行に出かけたきり戻ってきませんでした。しばらくのあいだはたまに手紙や小包が届いたけれど……そのうちぱたりと」

子爵の顔からは笑みが消えた。「ということは、わからないんですね、お母さんが生きているかどうか。それに、義理のお父さんも」

「たぶん、もう生きていないでしょうね。いつ、どこで、どんな死に方だったかはわからないけど」母のことを誰かに話したことはなかった。見捨てられた悲しみや真相がわからないつらさは、とっくの昔に心の奥に封印してしまった。

馬車がロットンロウに近づいた。午後の散歩に繰り出した人々が、ゆっくりと歩いたり馬を駆ったりしている。

「ここにはよくいらっしゃいますの？」ローレンは話題を変えた。

子爵が声を出して笑った。「午前中だけでなくという意味ですか？」

ローレンは頰に血がのぼるのを感じて、また日傘をまわした。知れば知るほど、この人は紳士とはほど遠い。あの日、わたしに見られたのにちゃんと気づいていたのだ。それでも、恥ずかしいともなんとも思っていない。いったい、どういう神経の持ち主だろう。

「午前中によくこのあたりを通るのね」

子爵は話をそらす気はなさそうだった。「あのキスは乳しぼりの娘の精いっぱいのお礼だったんです。しつこくつきまとっていた三人のならず者をやっつけてやったので」

ローレンは声も出なかった。その娘の名誉を守るために三人の労働者に闘いを挑んだというの？

「過分な報酬でしたよ」なにか言わなければと言葉を探しているうちに子爵がまた言った。

わざとショックを与えるようなことばかり言っている。でも、どうして？　子爵が鞭を握った手を帽子の縁に当てて会釈した。馬番を連れた二人の貴婦人が馬で通りすぎていったのだ。二人の目にはありありと好奇心が浮かんでいた。

「紳士は報酬など求めないんじゃないかしら」

「しかし、善意から提供されたものを拒むのは失礼ですよ。紳士ならそんなことはできない」

「紳士ならおおっぴらに見せつけたりしないわ」ローレンが憤然と言い返すと、子爵は頭をそらせて笑いだした。あいにく、見物人には事欠かない場所にさしかかっていたから、周囲の注意を引かずにいられなかった。ローレンはつんとして日傘をまわしながら、これ以上この話題を続ける気のないことを示した。最初から話に乗らなければよかった。

それから十五分ほどは、馬車や馬に囲まれてろくろく進むことができなかった。少し進んだかと思うと、知り合いに笑顔で会釈し、ひと言、二言、言葉を交わす。ウィルマとサットン卿ももちろん来ていたし、ジョゼフにも会った。ローレンの知り合いも来ていた。この三週間のあいだに顔見知りになったエリザベスの友達や、ゆうべの舞踏会で紹介された人たちだ。子爵の友人にも会って、二輪馬車を脇に寄せて挨拶を交わし、ローレンも紹介された。

思ったほど苦痛ではなかった。ゆうべ思いきって人前に出たおかげだろう。天気のいい暖かい日だったせいかもしれない。あのバートレット・ハウ氏と来るより楽しかったような気がする。ローレンはひそかに心の中でそんなことを考えた。それにしても、子爵はなぜあの喧嘩のことを自分から言い出したのかしら？　女性のために、それも、乳しぼりの娘のために闘うなんて。たいていの男性は身分の低い女が困っていても気にもとめないものなのに。

　子爵の知人たちは、みんなうれしそうに声をかけてくる。貴婦人たちは無視するか、せいぜいそっけなく会釈するだけだ。それでも、年齢に関係なく、そのうちの多くがそれとなく盗み見ていた。なぜか気になる存在なのだろう。そんな彼が、ゆうべはわたしとしか踊らなかった。しかも、今日は公園に誘い出した。自分で言うのもおかしいけれど、わたしは面白味のない女なのに。

　といっても、彼に誘われたことを手放しで喜ぶわけにいかないのはよくわかっている。

　馬車がようやく雑踏から抜け出した。もう少しでグローヴナー広場に戻る。ローレンは意外にもがっかりしていることに気づいた。広場に着いたら、これ以上の交際は遠慮したいとはっきり告げなくては。でも、その前に、礼儀に反するとしても、どうしても聞いておきたいことがひとつあった。

「なぜわたしをダンスに誘ったの？」思いきって聞いてみた。「あのあとすぐ帰ってしまったでしょ。それに、一度お会いしただけなのに、なぜ薔薇を贈ってくださったの？　なぜ公園に誘ったの？」

　ひとつのつもりが、立て続けに聞いてしまった。それも、聞いてはいけないことばかり。

　長い沈黙が続いて、ローレンはいてもたってもいられない気持ちになった。おかげで、馬車が街路に出る広い道ではなく、公園の木々に囲まれた人通りの少ない一画に向かっていることに気がつかなかった。気づいたときは遅かった。これでは世間の噂にならないはずがない。自堕落な遊び人で通っている男とワルツを踊った翌日に公園に連れ出されただけでなく、人気のない場所に行ったのだから。

「最近、鏡を見たことがないんじゃありませんか」子爵がようやく口を開いた。

「でも、あの舞踏会には、わたしよりきれいな女性がたくさんいたわ。それに、ほとんどの女性がわたしより若かった」

「ぼくが惹かれたのは、あなたの若さではなく美しさだ。あの舞踏会で誰よりも美しいと気づかなかったのなら、やはり最近ずっと鏡を見ていないんでしょう」

「ばかばかしい！」ローレンは見え透いたお世辞には我慢できないほうだ。くだらない賛辞を聞きたがる女性にも。両側から大きなオークの木が覆いかぶさっている窪地に出た。

「その瞳があなたの美しさをひときわ引き立てている。こんなきれいな色の目を見たことはありません」

「わたしのことはご存じでしょ。去年、なにがあったか。それで、興味を持ったわけかしら？」

子爵は心の底を見透かすような目を向けた。「結婚式が突然中止になったことですか？ニューベリーの公園が広いことを祈りますよ。キルボーンは、おそらく一時の気の迷いでほかの女性と結婚してあなたを失ったことに気づいて、鞭を振りまわして地団駄踏んでいるだろうから」

その言葉に慰められた自分をローレンは軽蔑した。一年以上、ずっと自分は魅力のない女だと思いつづけてきた。「キルボーン伯爵夫妻は、愛し合って結婚したんです」木陰にさしかかったので、ローレンは日傘を膝にのせたが、たたもうとはしなかった。

「あなたは伯爵を愛していなかったんですか？」

ローレンは顎を上げて前を見た。どこでこんな話になってしまったのだろう。「お答えする必要はないわ」

彼は低い声で笑った。「これは失礼。しかし、キルボーンのおかげで、ぼくに運がまわってきた。あなたを誘ったのは、あの広い舞踏室の中で、ひときわ輝いていて、どなたなのか知りたくなったからです。薔薇を贈ったのは、あなたとワルツを踊ったあと、ベッドで天井を見上げながら、ひと晩じゅうあなたのことを考えていたからです。今日の午後、あなたを訪ねて公園に誘い出したのは、もう一度お会いしないかぎり、この夏のあいだ、寝ても覚めてもあなたのことしか考えられないとわかっていたからです」

ローレンは啞然として見つめていたが、彼が話しおえるより先に無言の怒りをこめてにらみつけた。どこまでわたしをからかうつもりだろう。

「女性をからかうなんて」ローレンは冷ややかに言い返した。こうしてプライドを保つことで、傷つきやすい自分を守ってきた。「紳士のすることじゃないわ。あなたが紳士じゃないことはさんざん聞いていたけど、今日、この目で確かめました。耳でもね。今すぐグローヴナー広場に送っていただけませんか」

どこまで鉄面皮なのか、子爵はローレンを見つめて笑いだした。「聞いたのはあなたですよ」そう言うと、手綱をきちんと束ねて右手で握った。そして、左手でローレンの手を取ると、唇に当てた。「レディに嘘をつくのは紳士ではないでしょう?」

「わたしが捨てられた花嫁だからなの?」さっきよりもっと冷たい声で聞いた。「なにかの遊びのつもりかもしれないけれど、その手には乗らないわ。街に来たのは、お産を控えたポートフレイ公爵夫人のお相手をするためです。伴侶(はんりょ)探しをするつもりも、そもそも結婚する気もないわ。たとえその気があったとしても、あなたみたいな人は選びません」

いつのまにか馬車は公園の入口に向かっていた。「ぼくのことで、いろいろ聞かされたんですね。それに、ぼくが半裸で派手にやりあったところも、乳しぼりの娘とキスしているところも見た。兄の鼻を折ったことも、少年時代をすごした家から追い出されたことも打ち明けた。これ以上のお近づきを願える望みはなさそうですね」

「ええ、まったく」木陰から出ると、まぶしい日差しが二人をあざけるように降りそそいだ。

「胸が張り裂けそうだ」子爵は深刻なおももちで見つめたが、その目にはどこか笑いの影が浮かんでいた。

「簡単に張り裂けるとは思えませんけど」

その後は二人ともなにも言わなかった。数分後に公爵夫人のタウンハウスの前に着くと、広場で待ち受けていた馬番が馬車の前にとんできた。ローレンは高い座席に腰かけたまま、子爵がひらりと降り立って、馬車をまわって手を貸しにくるまで待っているしかなかった。最後まで子爵はローレンの威厳を保たせてくれなかった。両手をウエストに当てて、くるりと回転させてから舗道におろしたのだ。さすがに抱き寄せるようなまねはしなかったものの、おろされた場所は彼のすぐそばだった。ローレンは怒りにこわばった顔で彼を見上げた。

「ありがとうございました、子爵さま」氷のような冷ややかな声で言った。「失礼します」

「こちらこそ」満面に笑みを浮かべながら、ようやく手を離すと、優雅に一礼した。「ごきげんよう、ミス・エッジワース」

玄関の扉はすでに開いていた。ローレンはわざとゆっくりと階段をのぼった。背後で扉が閉まるまで、一度も振り返らなかった。

4

「サットン？」ファリントン卿は聞き返した。「ああ、よく知ってる。オックスフォードでいっしょだった。よく悪ふざけをした仲だよ。彼が爵位を継いで家長となり、地域の柱石となって、鼻持ちならない男になる前だがね」

「きみは来週、劇場に持っているボックス席に友人たちを招く予定で、彼も招待する」キットが言った。「もちろん、彼の婚約者も」

「ぼくが？」ファリントン卿がけげんな顔をした。二人はロットンロウで馬を走らせているところだった。早朝のせいか、あたりに人気はない。「その理由を教えてもらえるかな？」

「婚約者のレディ・ウィルマ・フォーセットがミス・エッジワースのいとこだからだ」キットは説明した。「正確には、義理のいとこだが。彼女も招待する」

「ミス・エッジワースを？　そういうことだったのか。そして、きみも招待するんだろ。それとも、それはすでに決定済みかな。だがね、どうしてきみが賭けに勝つ手助けをして、みすみす百ギニーふいにしなくちゃいけないんだ?」

「ぼくの求婚のなりゆきを見守りたいという好奇心に勝てないからだよ」キットは笑った。

「それにきみを喜ばせたくはないが、勝算はほとんどないよ。舞踏会の翌日から、公園に連れ出したり、あれやこれや気を引いてみたが、頬を染めるでも、はじらうでもなく、前に聞かされたとおり、氷柱みたいに冷たい。北極のてっぺんに取り残された気分だよ」

「きみの魅力をもってしても?」ファリントンは笑いだした。「腕が落ちたか、レイヴンズバーグ」

「あれから一週間半、うんざりするほどあちこちに顔を出した。舞踏会に夜会に、音楽会にも二度ほど行ったが、一度も彼女を見かけなかった。こうなったら、積極的に出るしかない。ぼくたちで劇場に招待しよう」

「ぼくたちだって?」ファリントン卿はロットンロウのクイーンズゲイト側の突き当たりで引き返した。

「ほかにひと組か二組招待したほうがいいだろうな。あまりにも魂胆が見え透いているのもよくないから。わざわざ言うまでもないだろうが、身分のある評判のいいカップルにしてくれよ」

「それで、当日になってから、ぼくがうっかり悪名高いレイヴンズバーグも招待したことを伝え忘れていたと釈明するわけか?」

「そんな卑劣な手は使わない。ぼくも行くとわかったら、彼女はぜったいに来ない。サットンと婚約者も、ぼくのことを知ったら、少なからぬ影響力を行使して、行くなと彼女を説得しようとするに決まってる。アンベリー夫妻も、アッティングズバラも、ポートフレイ公爵と夫人も。いや、公爵夫人だけは味方になってくれそうな気もするが——いたずらっぽい目をして、話がわかりそうだったから。とにかく、みんなが寄ってたかって反対したら、彼女は意地を張って招待を受けるはずだ」

「やれやれ。さっさと賭け金を払って、父上の選んだ花嫁を受け入れることだな」ファリントン卿は首を振ると、馬の速度を上げて、楽観的すぎる友人を砂煙の中に残した。

あの賭けにはどうしても勝ちたい。キットは決意を新たにすると、友人のあとを追った。おつにすましたユーモアのかけらもない女性だが、高慢で美しくて、おとなしく親戚の言いなりになるとは思えない。公園でこれでもかと賛辞を捧げても、一蹴(いっしゅう)するだけの知性と気骨を見せた。ああいう女性はベッドでどんな姿を見せるのだろう？　ふと、気になった。想像するのはなかなか楽しかった。

どうしてももう一度会わなくては。賭けのために、自分で選んだ花嫁を連れてアルヴズリーに戻るために。そして、あの淑女然とした冷たい仮面の下に隠れたものを見たいという欲望のために。ただし、隠れたものがあるとすればの話だが。

薔薇は二、三日でしおれてしまった。それでも、一階の図書室からローレンの居間に運んだあとも、蕾がひとつだけ数本の開ききった花のあいだに残っていた。ひっそりと枯れるには美しすぎるのかしら。ローレンはそんなことを思った。

舞踏会と翌日の公園行きのあと、招待はすべて断った。運動のために買い物や散歩に出る以外は、公爵の図書室の本やフックハム会員制図書館から借りた本を読んだり、刺繍やレース編みをしてすごした。グウェンや彼女の母のクララには、ほとんど毎日手紙を書いた。リリーにも手紙を書いて、彼女の父親である公爵の手紙も同封した。日々の生活がなんとなく張り合いがないとしても、貴婦人の生活はそんなものなのだろう。

だが、今夜は久しぶりに社交の場に出る。ファリントン卿から、シェイクスピアの『リア王』を観劇する夕べに招待されて、サットン伯爵の馬車で伯爵やウィルマと劇場に行くことになったのだ。レイヴンズバーグ子爵も参加するという。

「向こうに着いたら、サットンとわたしのあいだに座るのよ」馬車が劇場に近づくと、ウィルマがまた念を押した。

ウィルマはこの招待を受けることには断固反対で、婚約者の伯爵にも同調させた。だが、二週間ほど前から、ローレンは夢にも思っていなかった頑固な一面が自分にあることに気づいていた。たとえ善意から出たものでも、自分の行動を人に指図されると頑なに逆らいたくなるのだ。これまでずっとレディらしくふるまうことばかり考えてきた。でも、その結果、あんな悲惨なことになった。ウィルマには、ファリントン卿にはお目にかかったことはないけれど、ご招待はお受けすると告げた。ウィルマがサットン卿ともども同伴するのが義務だと思ってくれなかったら、どうなっていたか自分でもよくわからない。

馬車が劇場の前に止まり、ドア係がドアを開けてステップをおろすと、扉の前で待ちかまえていた紳士が歩み寄って、手を差し出した。

「ミス・エッジワース」レイヴンズバーグ子爵だった。「お手をどうぞ」

流行の観劇用の外套にシルクハットをかぶった子爵は、驚くほど小粋で魅力的だ。ウィルマとサットン卿が止めようとしたが、ローレンはお礼を言って彼の手を取った。

「外套も菫色ですね。そして、その下のドレスも。だが、今夜はあなたの瞳より淡い色だ――それに、あなたの瞳ほど輝いてもいない。お会いできなくてつらかったですよ。考えうるかぎりのところに顔を出したのに、あなたはいなかった。それで、こんな手段までとってしまったのです」ロビーの人ごみを縫って、ボックス席に通じる階段に案内した。

「なぜ？」ローレンは聞いた。

子爵は逆に問い返した。「なぜ招待を受けてくれたんですか？」

「シェイクスピアの劇が大好きだから」

レイヴンズバーグは愉快そうに笑った。

「ローレン」ウィルマが後ろから呼びかけた。「忘れないでサットンとわたしのあいだに座ってちょうだいね。舞台がどうなってるか、あなたに教えてもらわなくちゃ。わたしは学がないから、昔の言葉なんてさっぱりなの」

「ほらほら」子爵が小声で言った。「ぼくの魔手から逃れる口実が提供されましたよ。あなたが隣に座ったら、ぼくはひと晩じゅうみだらなことを耳元でささやいたり、闇にまぎれて触れてはいけないところに触れるだろうから」

なんと大胆なことを口にするのだろう。それも、まんざら冗談でもないらしい。公園で賛辞を浴びせかけたときも、騙(だま)すというより挑発している感じだった。それなら、目をむいて怒るよりも、向こうの術中に陥ったふりをすればいい。でも、わたしのような女に言い寄ってなにがおもしろいのかしら。それだけがどうしてもわからなかった。

「あなたの魔手から逃れたかったら、のこのこ出てきたりしませんわ」

「これは一本取られたかな」そう言うと、彼はボックス席の前で立ち止まってドアを開けた。

数分後には、ファリントン卿、ミス・ジャネット・マクリンガー、そして彼女の両親のマクリンガー夫妻に紹介された。ローレンは前の列のベルベットの椅子に腰かけた。マクリンガー夫人と話していたウィルマは、腕をつかんで止めようとしたけれど。

レイヴンズバーグ子爵が隣に座った。

冷静なつもりでも、ローレンは子爵に近いほうの腕に電流が走ったような感覚を覚え、興奮に似た胸の高鳴りを感じた。手をのばしたり、無礼なまねをしたりしたら、やりこめてやろう。子爵と知恵比べをするのが楽しみになってきた。

人生は退屈で予測できることばかりだから、たまにはこんなことがあってもいい。

予想どおり、彼女は背もたれに体を預けずに端然と座っていた。だが、しゃちこばったという形容は当たらない。背筋はゆるやかな弧を描いているし、全身から優雅さが漂ってくる。訓練して身につけた優雅さで、たぶん本人は意識していないだろう。両手を膝におき、閉じた扇を持って、身じろぎもせず舞台に神経を集中している。

キットはそんな彼女を見つめていた。

ぼくの視線を感じているだろうか？　ファリントン卿のボックス席に姿を見せた二人を見て、一階席でざわめきが起こったのに気づいただろうか？　片眼鏡や柄つきオペラグラスがいっせいにこちらに向けられ、あちこちで頭を寄せ合って小声でささやきかわす観客の姿が目に入っただろうか？　舞踏会の翌日、ハイドパークに連れ出したときも噂は広がっていた。ラッシュの話では、通常のルートを回らずに、人気のない場所に馬車を向けたことが格好の話題になったそうだ。だが、あれから二週間、世間の噂をあおるようなことはなかった。

どうやら、彼女は関心の的になっていることに気づいていないようだった。一心に舞台に向けていた視線をそらせたのは、一幕が終わってからだった。

「忘れていたわ、生の舞台がどんなものか。自分の存在すら忘れてしまいそう」

「ぼくは舞台を見ていたわけじゃない」キットは意味ありげに声を落とした。

ローレンはかすかに口元を引き締めて、膝の上で扇を広げた。ぼくがなにを言おうとしているか彼女はちゃんとわかっている。そして、こんな軽薄なやり方を軽蔑している。ぼく自身、そう思っているぐらいだ。もっと効果的な口説き方もできなくはないが、どこまで追いつめたら平静さを失うか見てみたかった。

ボックス席の二人以外は立ち上がった。ファリントン卿はミス・マクリンガーを誘ってレモネードを飲みに行った。当然ながら、彼女の両親も二人のあとからついていく。

「ローレン」ウィルマがいとこの肩に手をおいた。「サットンがわたしたちをブリッジズ卿のボックス席に案内すると言っているから、アンジェラにご挨拶してきましょう。いっしょに来てちょうだい」そう言うと、キットにほほ笑みかけた。「ごめんなさいね、一人にしてしまって。幕が上がるまでに戻ってきますから」

レディ・ブリッジズはサットンの姉だ。キットは見送ろうと立ち上がったが、ローレンは立ち上がらなかった。ゆっくりと扇で顔に風を送りながら、もう一方の腕を椅子の肘掛けにのせている。

「わたしは残るわ、ウィルマ。レディ・ブリッジズによろしくおっしゃって」

おもしろいことになった！　キットはひそかににんまりした。

サットンと婚約者は、ちょうど向かい側にあるブリッジズのボックス席まで二人で行くしかなかった。ローレンは一階席を見おろしながら、相変わらず頬に風を当てている。キットはまた腰をおろした。

「半島で偵察将校をつとめていらしたんですってね」前方を向いたまま彼女が言った。「要するに、スパイね」

誰かにぼくのことを聞いたらしい。「最初の名称のほうが望ましいですね。スパイという言葉から連想されるのは、短剣やマントや、身の毛のよだつような捨て身の行動だ」

ローレンが顔を向けた。「そういう生き方がお好きだと思ってましたけど」

キットは長い孤独な旅を思い出した。騎馬のときもあったが、たいてい徒歩で、夏も冬も敵の陣地をさまよった。漠然とした情報だけを頼りに、フランス軍の斥候隊を避けながら、さんざん苦労してポルトガルやスペインのパルチザンに連絡をとった。狭量な独裁者や粗野な兵士や狂信的な国粋主義者を辛抱強く説得しようとした。そして、戦線から遠く離れた場所で行なわれた想像を絶する残虐行為――拷問や略奪や処刑。心身ともにずたずたになって、人間らしい感情を失っていった。なによりも、弟のことが……。

「あなたが想像しているより、はるかに悲惨で現実的な世界ですよ」

「でも、数々の特別任務に成功して表彰されたのは、あなただけだったんでしょう。何度も祖国を救ったと聞いたわ。軍の英雄だって」

「祖国を？　それはどうかな。軍人はなんのために戦っているのかわからなくなることがあるんです」

「決まってるでしょう。正義のためだわ。正義のために悪の力と戦うんじゃありませんか」

だとしたら、なぜ軍を離れた今でも不眠に悩まされなければならないのだろう。やっと眠れたと思ったら、悪夢にうなされなければならないのだろう。

「つまり、フランス人はみんな悪人で、英国人やロシア人やプロイセン人やスペイン人は善人だと信じてるんですか？」

「いいえ。悪人はナポレオン・ボナパルトよ。だから、彼のために戦う人はみんな悪人だわ」

「フランスには息子を戦争で失って、英国兵士を悪の権化と信じている母親がたくさんいるだろうな」

ローレンはしばらく考えてから言った。「悪いのは戦争よ。でも、戦争を起こして戦うのは人間ですものね。その顎の傷は戦争で？」

左顎の関節から顎の真ん中まで届く傷跡のことだった。「ああ、タラベラで。あと二インチ下だったら、今ごろは天国で竪琴を弾いていたでしょう」笑いかけると、扇を持っているほうの手の、パフスリーブと手袋のあいだのあらわな腕を指の関節でそっとたどった。すべすべして温かい肌だった。

周囲では、幕間に席を訪ね合って、劇の感想や噂話に興じる人たちの話し声が響いていた。突然、周囲の世界が遠ざかっていった。思いもかけないことだったが、キットは目の前の女性に欲望を感じた。彼女は欲望をかきたてるようなことはなにもしていないし、美人にちがいないが、特別女らしいわけでもない。愛想笑い以外にほほ笑むのを見たことすらない。なのに、体が彼女を求めていた。

ローレンは腕を引っ込めた。「触れていいとは言っていません。それとなく誘ったつもりもないわ。なぜ……なぜ今夜のような手段をとってまで会おうとするの？」

「シーズン中ずっと社交行事に出るのにうんざりしたから。最近のぼくは驚くほど行儀よくしていますよ。この二週間、社交界はぼくの非常識な言動を話の種にできなくて困っているでしょう。行動に出るしかなかったんです」

「でも、わたしが舞踏会でにこやかに調子を合わせたり、公園で恥じらったり愛嬌(あいきょう)を振りまいたりしたら、あなたは即座にわたしに関心を失ったはずよ」

「それは神にかけてたしかだ」キットは認めた。なかなか洞察力の鋭い女性だ。

「みだりに神の名を出すのはやめて」つんと澄ました顔を見て、一瞬キットは陶然とした。

「わたしは間違った接し方をしていたようね。愛嬌を振りまくべきだったかしら」

「今からでも遅くありませんよ」そう言うと、椅子を少し近づけた。「間違いを訂正するのは」

「からかっておもしろがってるのね。いつもそんな目で見てるもの」

「それはないでしょう。ぼくの目はあなたを見るとほほ笑まずにいられないんだ。あなたほど美しい女性を見ると、もう誰も見たいとは思わない。ほかの女性を思い出そうとも、夢見ようとも考えなくなる」

　キットは大いに楽しんでいることに気づいた。最初の計画では、これほど露骨な求愛をするつもりはなかった。しかし、この女性には世間並みの方法は通じないような気がしてきた。

「もうなにも言わないでください」ローレンはかすかに頬をそめた。「わたしたち、共通のものはなにひとつないわ。昼と夜のように違うんです」

「昼と夜は、毎日、たそがれと夜明けにつかのま出合うじゃありませんか」声をひそめると、顔を少し近づけた。「昼と夜が混じり合う短い時間は、見る者に忘れがたい感動を与える。日の出と日の入りは、見る者の情熱や憧れをかきたてるのです」ささやきながら、手袋をはめた手の甲を指先でなでた。

ローレンははじかれたように手を引っ込めた。そして、急に公共の場にいることを思い出したかのように、扇でほてった頬に風を送った。「わたしは情熱とは無縁の女です。だから、時間の無駄よ、いくらおっしゃっても」

「たしかに、ここは暑すぎますね」扇に目を向けながら言う。

ローレンはぴたりと手を止めて、顔を向けると、まっすぐ彼の目を見た。いつのまにか彼がすぐそばまで近づいているのに気づいて身を引くかと思ったが、なんとか踏みとどまった。怒りをこらえているのを見ると、キットはそれを爆発させたくなった。公共の場だというのに、いや、むしろだからこそ、彼女を追いつめてみたかった。それに成功したら、たちまち注目の的になる。しかし、彼女は怒りを押し殺して話しはじめた。

「はっきり申し上げておきます。今夜かぎり、わたしを追いまわさないで。あなたが参加する集まりの招待は二度と受けません。わたしは紳士が紳士らしくふるまう世界で暮らしてきたんです」

「耐えがたいほど退屈な世界でしょうね」

「かもしれないわ」ローレンはまた扇を使った。「でも、退屈な人生に満足しています。そういう人生はあまり評価されないけれど。きっと、わたしが退屈な人間なんでしょうね」

「それなら、バートレット・ハウやステンソンのような男と結婚するといい。いつどこにいても、周囲にまぎれてしまって、いるのかいないのかわからないような男と」

ローレンが笑いだすのではないかと固唾(かたず)をのんで待った。だが、次の瞬間、彼女が息を吸い込んで罵倒を浴びせかけようとしているのに気づいた。なぜだか自分でもわからないが、あれほど彼女の口から聞きたかった怒りの言葉を。ところが、運悪く、ボックス席のドアが開いた。怒りをぶつける暇もなく、ローレンはさっと顔をそむけて、また一階席を見おろした。

キットは立ち上がって、マクリンガー夫人とミス・マクリンガーが席に着くのに手を貸しながら、一幕の感想を聞いた。そして、無表情なファリントンにウインクしてから、ローレンの隣の席についた。その直後にサットンとレディ・ウィルマが戻ってきて、レディ・ブリッジズの一行とのやりとりを延々と話しだした。

第二幕の幕が上がって、やっと解放されたときは、みんなため息が出そうだった。

5

それから五日間、断続的に激しい雨の降る日が続いた。散歩にも出られず、つかのまの雨上がりに屋敷の裏庭を歩くぐらいで、ローレンは室内で静かに暮らした。エリザベスの話相手や、針やペンを持ってすごす生活になんの不満も感じなかったが、周囲はそんな彼女をそっとしておいてくれなかった。

観劇に出かけた翌朝には、伯母のアンベリー公爵夫人が訪ねてきて、ウィルマが気をきかせて連れ出そうとしたのに、ローレンがレイヴンズバーグ子爵と二人きりでボックス席に残ったことをやんわりと非難した。二人きりといっても物見高い観客からよく見える場所にいたと説明しても、伯母は納得しなかった。レディは世間の評判を気にしすぎるほどでちょうどいいのだという。そして、とりわけあなたのような立場の女性は、とつけ加えるのを忘れなかった。

その翌日には、ポートフレイ公爵夫妻ともども晩餐会に招待して、サットン卿の知り合いの若い紳士を当然のようにローレンの隣に座らせた。二十六歳になって〝捨てられた花嫁〟と憐れまれたうえ、善意からとはいえ、次々と花婿候補を押しつけられるのは、屈辱以外のなにものでもなかった。

レイヴンズバーグ子爵の噂も、いやでも耳に入ってきた。晩餐のあとの閑談で、サットン卿が子爵の最新スキャンダルを披露したのだ。その前日、どしゃぶりの雨の中、ハイドパークのサーペンタイン池に飛び込んで泳いだという。しかも、身につけているものといったら……。さすがに、サットン卿は貴婦人の前でそれ以上くわしいことは口にしなかった。水から上がった子爵は、目を覆いたくなるような姿だったにもかかわらず、上機嫌で笑っていたそうだ。たまたま通りかかったレディ・ワディングソープとヒーリーライド夫人が、破廉恥きわまる光景を見せつけられた恥辱をぐっとこらえて、子爵のみならず彼の家名や所属していた軍隊の名誉を汚す行為だと告発するのを自分たちの義務と判断した。こうして、それから三十分とたたないうちに、この噂が社交界にぱっと広がった。

世間には家名に値しない人間もいるものだと隣に座っていた紳士がつぶやくのを、ローレンは気まずい思いで聞いていた。

ニューベリーの親戚との文通は続けていたが、その週にグウェンから手紙が届いた。三歳のときにニューベリー・アビーで暮らすようになって以来、グウェンとはいつもいっしょで、義理のいとこというより姉妹のような間柄だ。グウェンは母のクララのもとにアンベリー公爵夫人から便りがあったと知らせてきた。

〝セイディ伯母さまは、あなたに次々と求婚者を押しつけているそうね。きっと、ご立派だけど、つまらない人ばっかり。かわいそうなローレン！　これはと思う人はいなかった？　あなたが男性にあまり興味がないのは知ってるけれど、でも、ひょっとして、意中の人がいるんじゃない？〟

グウェンがいたずらっぽい笑みを浮かべながら書いているところが目に浮かぶようだ。でも、意中の人だなんて。そんな人、いるわけないのに。なぜか、レイヴンズバーグ子爵の顔が浮かんできて、ローレンは自分でもびっくりした。裸同然のかっこうでサーペンタイン池で泳ぐなんて、いったいなにを考えているのかしら。

手紙の最後の一行は、そこだけインクの色が濃かった。書き物机の前に座って、インク壺にペンをつけては書くのをためらい、またつけるという動作を繰り返したかのように。

〝今朝、リリーとネヴィルが報告に来たの。リリーはおめでたですって〟

それだけだった。リリーが幸せに顔を輝かせていたとも、ネヴィルが誇らしさではちきれんばかりだったとも書いていない。初孫が抱けるとクララが嬉し涙を流したことも、落馬して流産したあげく子供ができない体になったグウェン自身の悲しみも、ひとことも触れられていなかった。

ただ、リリーに赤ちゃんができたと知らせてきただけ。リリーもエリザベスも結婚してすぐ身ごもった。二人とも幸福の絶頂にいる。わたしは夏が終わるまでには、どこかひっそり暮らせる場所を見つけよう。わたしにはそれがいちばんふさわしい生き方だから。

リリーは父の公爵にこのうれしいニュースを知らせていた。ローレンがエリザベスと居間にいると、公爵がその手紙を持って入ってきた。

「まあ、おめでとう、リンドン」エリザベスは喜んで手を打ち合わせた。「本当によかったわ。リリーは赤ちゃんができないと思い込んでいたのに」そう言うと、ちらりと姪に目を向けた。

ローレンは明るい笑顔をつくった。「二重にお祝いを申し上げなければ」

「ありがとう」公爵は笑った。「だが、心配も倍になったよ。妻と娘が無事に出産するまでは気の休まるときがない」

ローレンはやりかけていた刺繡をかたづけると、公爵夫妻を二人きりにするために部屋を出た。

招待状が届いたのは、六日目の朝食の席だった。マクリンガー夫人から、翌日、晩餐会のあと、ヴォクソール・ガーデンズに予約したボックス席でダンスと花火見物を楽しもうという誘いだった。

マクリンガー夫妻とは劇場でもろくろく言葉を交わさなかったし、共通の知人もいない。少人数の内輪の会に招かれる理由はひとつしか考えられなかった。レイヴンズバーグ子爵も来るのだ。たぶん、つてをたどって手をまわしたのだろう。

子爵には今後いっさいかかわりを持たないとはっきり告げた。そして、それきりなんの連絡もない。心からほっとした反面、この六日間は耐えがたいほど退屈だった。ずっとそうい断りしなくては。

う生活を送ってきたのに、なぜ急にそう感じるのか、自分でも不思議だった。この招待はお

でも、ヴォクソール・ガーデンズには行ってみたい気もする。

それに、きっぱりはねつけたあとで子爵がどんな態度を示すか見てみたかった。

いずれにしても、エリザベスがお産を終えたら、わたしはロンドンを離れる。もうすぐ父親になるネヴィルのそばで暮らすことはできないから、なるべく早くどこかに家を探さなければ。そうなったら、二度と子爵と会うこともない。

「どうしたらいいと思う?」ローレンはエリザベスに相談した。

「子爵もいらっしゃるんじゃないかと心配してるのね」

「ええ」

エリザベスはやさしい目を向けた。「あなたはどうしたいの?」

「世間から後ろ指さされるような人ですもの。サーペンタイン池で泳いだりして」

「でも、なかなか魅力的な方だわ。あなたはどう思う? ああいう非常識なところもあるけれど、魅力を感じてる? はっきりさせなければいけないのは、むしろそのことじゃないかしら」

「魅力なんか感じてないわ」

「だったら、迷うことはないでしょ。せっかくの機会だから、ヴォクソール・ガーデンズを楽しんでらっしゃい。虫唾(むしず)が走るほど子爵が嫌いなら、話は別だけど」

「そこまでじゃないけれど……」

エリザベスはナプキンを皿のそばにおいて立ち上がると、ふくらんだおなかに手を当てた。「リンドンも心配してるのよ。あなたが来ていくらもたたないうちにリリーがああなって。つらい思い出を忘れるためにここに来たのに」そう言うと、ローレンの腕を取って居間に向かった。「あなたがネヴィルを心から慕っていたのは誰よりもよく知ってるわ。でも、わたしはセイディのように、新しい伴侶を見つけることだけが、あなたの幸せだとは思わない。人生は終わったとか、幸せな家庭をきずくチャンスは二度とないなんて考えないで、ローレン。なにが幸せかは本人にしかわからないわ。だから、静かに生きるのが幸せだとあなたが感じたら、全力であなたを支えるつもりよ。でも、そうじゃなくて……今はこれ以上言えないわ。その招待のことだけど、本当にわたしの意見が聞きたい？」

「いいえ」ローレンはしばらく考えてから笑いかけた。「自分で決められるわ。ご招待を受けます。ヴォクソールには一度行ってみたいと思ってたから。子爵には魅力も感じていないけれど、虫唾が走るほど嫌いでもない。だから、彼が来ても来なくても、たいした問題じゃないわ」

エリザベスは励ますようにローレンの腕を叩いた。

しばらくして一人になると、なぜか突然、子爵の言葉を思い出した。

〝バートレット・ハウやステンソンのような男と結婚するといい。いつどこにいても、周囲にまぎれてしまって、いるのかいないのかわからないような男と〟

傲慢で失礼な言い草だけど、たしかに当たっている。

笑いがこみあげてきた。ローレンは手近にあったクッションをつかんで口に当てた。声をしのばせて笑っているうちに涙が出てきたので、クッションを置いてハンカチを取り出した。

このことは子爵には黙っていようと心に誓った。ますますつけあがらせるだけだから。

船でヴォクソール・ガーデンズに向かったときは、すでにあたりは暗くなっていた。テムズ川にかかった橋を馬車で渡ってもいいが、こんなロマンチックな方法を使わない手はない。マクリンガー氏は晩餐の席で言った。降りつづいた雨もやっと上がって、今夜は満月に近いから、さぞすばらしい眺めだろう。

実際、そのとおりだった。ミス・エッジワースに手を貸しながら船に乗ると、キットは隣の席に座った。晩餐会でも隣り合っていたが、彼女はもっぱら反対側のマクリンガー氏と話した。夫人のほうはせっせと娘をファリントン卿に売り込んでいた。このところ、ファリントンはそのことで仲間にからかわれどおしだ。

「かくして、船は浮世の岸を離れ、魅惑の国に向かう」キットはささやいた。「戯れの恋の国へと」

「テムズ川を渡ってヴォクソール・ガーデンズに行くだけでしょう。十分とかからないはずだわ」

「ヴォクソールは魅惑の国ですよ。人目を忍ぶ恋の場所として有名だ。行ったことはありますか？」

「いいえ。その質問は侮辱とも受け取れますけど」

つんと取り澄ましたところも、なかなか魅力的だ。いつのまにか、キットはそう感じるようになっていた。観劇のときと同じ菫色の外套をまとって、暖かい春の宵だというのに、大きなフードで黒髪をなかば隠している。その下は、象牙色の絹にレースを重ねたハイウエストの長袖のドレス。どちらかといえば簡素な装いなのに、とても垢抜けている。貴婦人としての素養だけでなく、洗練された美意識も身につけているようだ。

今夜の計画はうまくいくだろうか。賭けの期限はあと十日だ。十日以内に彼女に結婚を承諾させないと、三百ギニーがふいになる。だが、実現が限りなく不可能に近いほど、彼は意欲をかきたてられた。

二人のまわりでは、明るいはしゃぎ声があがっていた。ミス・マクリンガーと彼女のいとこのミス・アボットが、目に入るものすべてに若い娘らしい好奇心を燃やしていた。

「なぜサーペンタイン池で泳いだの？」しばらくすると、ローレンが話しかけてきた。「行く先々で騒ぎを起こして楽しんでらっしゃるみたいね」

「ああ」キットは笑った。「やっぱり、耳に入ったんですね」

「人前で恥をさらすのが大好きな方とのおつきあいをわたしが望んでいるとでも思ってらっしゃるの？」

「まいったな。いや、子供があんまり悲しそうに泣いていたから。乳母はおろおろするばかりだし」

「子供?」けげんな顔を向ける。

「あのおしゃべりなご婦人たちは、ごく一部しか伝えなかったようですね。その子は新しい船を持っていた。その船ははるかな水平線めざして一分間航路を保ちつづけ、子供は欣喜雀躍して、歩兵隊の軍曹も満足するほど大声で叫んだ。ところが、次の瞬間、船はぶくぶくと水面に泡だけを残して沈んでいったのです。その時点で、すでに岸から数ヤード離れていた」

「それを取るために飛び込んだの?」ローレンは唖然とした。

「すぐ飛び込んだわけじゃない。乳母がこの危機に対して無能だと判明するまで待ちましたよ。職務に忠実な船長なら、自分の船が沈んでいくのを手をこまぬいて見守っているわけがない。それで、大騒ぎしている男の子が無神経な乳母にぴしゃりとやられる前に、見苦しくない限度まで身につけているものを脱いで——その限度には異論があるだろうが——池に飛び込んだんです。船は泥の墓場から回収した。ぼくとしては英雄的行為のつもりだったし、その男の子も認めてくれましたよ」

ローレンは無言で見つめていた。

「どうしてかって?」彼は小首をかしげた。「ぼくも男の子だったから」

「だった? 今は大人になったという意味なの?」ローレンは唇を噛んで笑いをこらえた。

「レディ・ワディングソープとヒーリーライド夫人は、憤怒のあまり熱気球みたいにふくれあがってた」

月明かりの中でローレンの目が笑っていた。この感じだと、うまくいくかもしれない。キットが内心で思ったとき、船が目的地に着いた。ヴォクソール・ガーデンズの木々にずらりと飾られたランプの灯が、川面できらきら輝いている。

「まあ！」

「ほら、やっぱり魅惑の国でしょう」彼はささやいた。

「なんてきれいなんでしょう」さっきまで取り澄ましていたのと同じ女性とは思えないほど、素直に感動している。キットは新鮮な驚きを感じた。

船からおりて庭園に入った。長い柱廊や広い並木道は、昼間散策するのも楽しそうだが、夜はひときわ華やかだった。柱廊や木々の枝につるされた彩色ランプの灯がゆらめき、黒い天井から月光と星の光が降りそそいでいる。近くの野外音楽堂から楽団の演奏が流れてきて、ゆきかう人々の談笑をかき消していた。

恋を語るには理想的だ。

そして、プロポーズにも。

予約してあったボックス席は、楽団のすぐそばだった。その前には広い空間があって、音楽会などの催しの立見席になったり、今夜のように舞踏会が開かれるときはダンスフロアになる。みんなでクリームをかけた苺を食べ、ワインを飲みながら、戸外の空気を楽しんだ。

ミス・アボットは、エスコート役のウェラー氏に愛嬌を振りまき、マクリンガー夫人は相変わらずファリントンの機嫌を取るのに忙しい。マクリンガー氏は、通りかかる知り合いにかたっぱしから声をかけて、上機嫌で話し込んでいた。キットはローレンに顔を向けた。

「ワルツを踊っていただけますか?」

「まあ、すてき!」ミス・マクリンガーが嬌声をあげて手を打ち合わせた。「みんなでワルツを踊りましょう。いいでしょ、お母さま」

幸い、彼女は自分がキットに誘われたと誤解してはいなかった。目を輝かせてファリントンを見つめている。彼が律儀に立ち上がると、母親が満面に笑みを浮かべた。

「まだワルツを踊るお許しはいただいてないでしょう。でも、ヴォクソールで堅苦しいことを言うのはやめましょう。楽しんでらっしゃい」

キットとローレンも、二組のカップルと星空の下でランプの灯を受けながら踊った。そよ風がオーバードレスのレースを揺らし、優雅な弧を描く彼女の背中が、ぴたりと彼の手になじんだ。こんなに優雅にステップを踏む女性は初めてだ。彼女なら申し分のない伯爵夫人になるだろう。

「星空の下のワルツほどロマンチックなものはありませんね」彼は耳元でささやいた。

「それはパートナー次第じゃないかしら」

キットは苦笑した。「ぼくはパートナーとしては失格かな?」

「ダンスがお上手なのは認めるわ」

「でも、それだけでは満足してもらえないんですね」そう言うと、視線を彼女の口元に落とし、体にまわした手に力をこめた。

「なぜわたしに言い寄ろうとするの？　はっきり申し上げたでしょう、時間の無駄だって。それとも、わたしのいやがる顔を見るのが楽しいんですか？」

これまでなら、女性にこんな態度をとられたら我慢できなかっただろう。だが、なぜか気にならなかった。彼女の気位の高さも、生真面目なところも、気にならないどころか、いとしさすら感じはじめていた。

別のカップルとぶつかりかけたので、彼女の体を回転させて引き寄せた。ローレンはぎくりとしてまた適切な距離を保つと、非難がましい目を向けた。

「あの大男があなたをなぎ倒しそうだったから」彼は言いわけした。「ほら、あそこ。またた」別のカップルにぶつかった若い男を指さす。「ワルツが終わったら、散歩に行きましょう。いや、断らないで。二人きりでとは言わない」

ローレンは開きかけた口を閉じたが、警戒した顔をしている。

「ヴォクソールに来たのに楽しまない手はないでしょう。田園風の散策路があって、幻想的な美しさですよ」

「幻想的な美しさに関心はないの」

「なるほど」キットは笑いかけると、また彼女を回転させた。「それなら、なぜ招待を受けたんですか？」

ローレンが答えないとわかると、ふっとため息をついた。そろそろ音楽も終わりだ。

「ぼくと散歩してください。もちろん、ほかの人たちも誘います」この野外音楽堂を出たあとも二人きりになれないとしたら、よほど腕が鈍ったわけだ。

ワルツが終わりに近づき、ほかのカップルが席に帰っても、二人は向き合ったままフロアに立っていた。

「ぼくが半裸でサーペンタイン池に入ったから、ためらってるんですか？」

「なんでも茶化してしまうからよ。あなたにはこの世に真剣になれるものがないんですか？」

「ありますよ、いくつも」嘘ではない、、、。たしかにあった、、、のだ。「ぼくと散歩してください」

「わかったわ。みなさんが行くと言ったら。でも、また言い寄ったり誘惑しようとしたりしないで」

「約束します」キットは右手を胸に当てた。

「わかったわ」ローレンは納得のいかない顔で繰り返した。

6

ローレンは昔から美しい風景が大好きだ。ニューベリー・アビーの公園もとてもきれいで、晴れた夏の日、海風があまり強くないときがとくにすばらしい。お気に入りは芝生や花壇といった人の手が加わった整然とした場所で、この公園には野趣に富んだ渓谷や砂浜もあるのに、あまり魅力を感じなかった。手つかずの自然はとらえどころがなくて、なにが起こるかわからないという漠然とした不安を感じる。たとえば、明日、わが身になにが起こるかさえわからないといった。

予測がつかないのは怖かった。

その点、ヴォクソールは適度に人工的で、どこもかしこも美しい。森はランプの灯に照らし出され、広い遊歩道が何本も通っていて、道沿いにつくられた岩屋が趣を添えている。なによりも、散策を楽しむ人がたくさんいた。

ミス・マクリンガーとファリントン卿、ミス・アボットとウェラー氏が、ローレンと子爵の前を談笑しながら歩いている。だが、ファリントン卿とは親しい友人なのに、子爵は会話に加わろうとしない。前方の四人との距離がどんどん開いていく。ローレンは危険を感じた。

ときおり木々のあいだに脇道があった。薄暗くて人通りもなさそうだ。

どうやら、こういう脇道に入って二人きりになるつもりらしい。ローレンは身震いした。歩調を速めて四人に追いつかなくては。そして、話の仲間入りをしよう。いざとなったら、きっぱり断ればいい。いくらレイヴンズバーグ子爵でも、無理やり連れ込むわけにはいかないのだから。そもそも、こんなことで思い悩んでいること自体がおかしい。よく知りもしない相手と、それも、女性を口説くことにしか興味のない相手と寂しい小道に入るなんて。

なのに、妙に心をそそられた。口説かれるってどんな感じかしら？　甘い言葉で気を引くだけではないはず。それなら、まわりに人がいてもできるけれど、口説くのは二人きりのときだけ。こんなことはこれまで一度も考えたことがなかった。興味もなかった。

でも、今夜のローレンは違った。

「混んできましたね」子爵がさりげなく顔を近づけた。「静かな脇道をゆっくり歩きませんか、ミス・エッジワース」その目にからかうような光が浮かんでいた。ローレンの内心を見通すかのように。

人生の岐路に立たされたような気がした。きっぱり断らなければいけないのはわかっていた。でも、もしイエスと答えたら？　そのひと言で、すべてが変わるだろう。誰かに見られたら、たちまち噂が広がって、世間の物笑いの種になる。付き添いも連れずに、人気のない場所に行くなんて。これまでネヴィルにしかキスされたことがない。二十六歳になるのに、婚約者にしかキスを許したことがなかった。ひょっとしたら、キス以上のものを求められるかもしれないし……。

「そうね」気がついたら、そう言っていた。「そのほうがよさそう」

子爵は無言で左手の小道に向かった。二組のカップルは二人に気づかず進んでいく。小道は二人が肩を寄せて歩けるぐらいの道幅しかなかった。両側から木々が覆いかぶさって、月明かりもほとんど届かない。ところどころに枝からつるされているランプの灯だけが頼りだ。

やっぱり断るべきだったとローレンは後悔した。脇道にそれただけで、雰囲気ががらりと変わってしまった。人の声も音楽も急に遠くなって、あたりには人影はない。

なぜ承知したのか自分でもわからなかった。好奇心に負けたのか、それとも、どこかでキスされたいと思っていたのだろうか。

黙っているのが気づまりで、なにか言おうと話題を探した。でも、ふだんは人をそらさない応対が得意なのに、思いついた話題はどれも場違いに思えた。

「キスしていいですか」あまりにもさりげない口調だったので、とっさになにを言われたのか理解できなかった。でも、頭より先に心臓が反応して、急に息苦しくなった。

ネヴィル以外の人に、それも、女たらしのレイヴンズバーグ子爵にキスされたら……。とっさにそんなことを考えた自分にローレンは驚いた。きっぱりノーと言わなくては。

「なぜ?」出てきたのはこの言葉だった。

子爵が低い声で笑った。「あなたがとても美しい女性だから。そして、ぼくが精力旺盛な男で、あなたが欲しいから」

急に脚から力が抜けて、ローレンはちゃんと立っていられるか心配になった。口説くというのは、こういうことだったの?

精力旺盛な男。

あなたが欲しい。

あまりにも直截的な表現に身がすくむほどショックを受けた。それでも、二人はお天気の話でもしているように歩きつづけた。ただキスしたいだけではなく、わたしが欲しいと言った。わたしにそれだけの魅力を感じたということ? それとも、遊び慣れた子爵から見れば、あっさり手に入れられる相手ということ?

やがて、二人はどちらからともなく立ち止まって、顔を見合わせた。ランプの淡い光が子爵の顔に影を落としている。彼が左手をあげて、手の甲でローレンの顎をそっと撫でた。

「キスさせてください」

ローレンは目を閉じてうなずいた。なにも見ず、なにも言わなければ、これから起こることは自分とは無関係とでもいうように。

胸に強く引き寄せられ、バランスを崩さないために彼の肩に手をおいた。あまり背丈が違わないから、目を開けると、すぐ目の前に彼の顔があった。その目が唇にそそがれている。そして、次の瞬間、唇が重ねられた。

開いた唇から湿り気を帯びた温かさが伝わってくる。こんなキスがあったなんて。でも、それだけではなかった。彼の舌が唇をなめるようにつたっていくと、生々しい興奮が喉から胸に、そしてもっと下まで走るのを感じた。ウエストにまわされた彼の手が、いつのまにか下にのびて腿と腿が触れ合うほど引き寄せられていた。

反射的に彼を押しのけた。婚約者でもない男とこんなことをするなんて。しかも、生まれて初めてこんなに興奮するなんて。ネヴィルにはこんな気持ちは抱かなかった。彼は紳士だったから。

「もう充分ですわ」昂った気持ちを押し殺して冷ややかに言った。

「ミス・エッジワース」子爵が小首をかしげて見つめた。抱き寄せようとも、触れようともせず、両手を背中の後ろで組んだ。それでも、ローレンは木立ぎりぎりのところまでしりぞいた。「ぼくと結婚していただけませんか」

ローレンはあっけにとられて彼を見つめた。これが口説き文句なのだろうか。こういうとき、遊び慣れた男は結婚を口にするのだろうか。

「なぜ？」聞かずにいられなかった。

「レディ・マナリングの舞踏会で見かけて、あなたこそ結婚すべき相手だと気づいたからです」

並みいる女性の中からただ一人選ばれるのは、すべての女性の夢。シンデレラが王子の心を射止めたようなものだ。ローレンもとっさに心が揺れ動いた。でも、もう小娘ではないし、現実がおとぎ話のようにいかないのもよく知っている。ひと目惚れなんて信じないし、ロマンチックな恋が永遠に続くなんて思っていない。

「あれ以来、あなたを想う気持ちは募るばかりです」

「本当に？」疑うことを知らない無邪気な少女時代をすごせていたら。おとぎ話みたいなロマンスを信じることができたら。ローレンはそう思わずにいられなかった。「でも、どうして？」また聞かずにいられなかった。

「あなたは美しい。優雅で気品があって、完璧な貴婦人だ。ひと目見ただけで夢中にならずにいられない」

心の中で、なにかがすばやく反応した。男はそんなに簡単に夢中になったりしない。若い娘なら真に受けても、わたしにはわかる。恋に落ちることがあっても、時間をかけて計算もしているはずだ。それに、彼は一途に恋するタイプではない。自己愛の強い人のような気がする。第一、わたしにはひと目惚れされるほどの魅力はないのだから。

「失礼ですけど」まともに彼の目を見た。もっと明るいところならよかったのに。「なにが狙いなんですか？」

「狙い？」彼が近づいたので、ローレンはくるりと向きを変えて小道を二、三歩進んだ。

「わたしの財産ですか？」背を向けたまま聞いた。「お金のために結婚するの？」

「生きていくのに必要なだけの財産は持っています」少し間をおいてつけ加えた。「それよりはるかに莫大な資産の相続人でもある」

「それなら、なぜ?」ローレンは遠くでまたたいている青い光が投げかける影をぼんやり眺めた。「なぜあの舞踏会にいらしたの? あれ以来、どんな社交的な集まりにもいらしてないでしょう? ということは、なにか狙いがあったとしか思えないわ。わたしに会う前から決めていた。そうじゃありませんか?」

「その前に公園でお見かけしました。お忘れですか? あなたは一度会ったら簡単に忘れられるような人じゃない」

社交シーズン中のロンドンは、良縁を求める絶好の場だ。レイヴンズバーグ子爵は、二十代後半、ひょっとしたら、もっと上かもしれない。伯爵の跡取りだ。このあたりで身を固めようと考えたとしても不思議はない。でも、なぜわたしに白羽の矢を立てたのだろう? それも、会わないうちから。公園で乳しぼりの娘にキスしながら、たまたまわたしと目が合ったからといって、恋心をいだくはずがない。ローレンは向き直った。この角度からだと、さっきよりよく見える。彼の目にはいつもの笑いは浮かんでいなかった。

「わたしを侮辱するつもりですか? ひと目で夢中になったなんて嘘をつかないで。なぜ本当のことをおっしゃらないの?」

彫りの深い顔立ちが引き締まって、陽気な表情が消えた。これまでは信じられなかったけれど、ローレンは彼が軍人だったことを初めて納得した。

「そのとおりです。たしかに、あなたを侮辱した」

心臓がどこまでも落ちていくような気がする。やっぱり、わたしのことなどなんとも思っていなかったのだ。そんなことはわかっていたし、こんな人に想いを寄せられたいとも思っていない。それでも、なぜか心が寒々としてきた。わたしはきれいでもないし、異性の恋心をかきたてるような女でもない。貴婦人として完璧で、伯爵の跡取りの嫁には申し分ないというだけだ。相手の男性がもっと魅力的な女性を見つけて早まったと悟るまでは、花嫁候補としては最適なのだ。目の隅になにかが映った。小道の端に丸木のベンチがある。ローレンはそこに腰かけると、丁寧にスカートを整えて、彼と目を合わせないようにした。子爵は近づいてきたが、隣に座ろうとはしなかった。

「名誉はぼくにとってなにより大切なものだった」別人のような生真面目な口調だった。

「かつては——軍にいたときは——自分の命はもちろん、愛する人の命よりも、名誉を重んじたこともあった。しかし」短い沈黙があった。「あなたには名誉を汚す行動ばかりとってきた。そのことを深く恥じ入っています。どうか、許してください。マクリンガー夫人のところへお送りしましょう」

ローレンは彼を見つめた。名誉を汚す行動？　恋に落ちたふりをしたのが、それほど重大な問題なのだろうか？　なぜこんなに打ちひしがれているのだろう？

「その前に説明していただけませんか」本当のことが知りたいのかどうか、ローレンは自分でもよくわからなかった。

長い沈黙が続き、説明するつもりはないのだと思いかけたとき、小道に足音が聞こえた。くぐもった笑い声がする。だが、近づいてきたカップルは、二人に気づくと引き返していった。遠くからワルツが聞こえた。

「これだけは言っておきます」ふっと息をついてから、子爵が話しだした。「友人三人と賭けをしたんです、あなたに求愛して今月中に結婚してみせる、と」

頭の中が真っ白になった。ショックとも、怒りとも、困惑とも、屈辱とも言いきれない複雑な感情がこみあげてくる。

「賭け？」かろうじて声が出た。

「あなたを選んだのは、生まれ育ちも評判も非の打ちどころがなかったからです。完璧な貴婦人だったから。それで、友人たちは、あなたがぼくのプロポーズを受けるはずがないと思って」

「あなたが道楽者だから？ やはり、最初から魂胆があったのね」ローレンも抑揚のない声で言った。「それも愚かな。賭けに勝ってどうなるというの？ 非の打ちどころのない完璧な貴婦人と一生すごすはめになるんですよ。おもしろくもなんともない退屈な妻と。わたしはそういう女なんです」

傷つく必要などない。この人には敬意を抱いたこともないし、見え透いた賛辞に心が揺れたこともない。だから、本当のことがわかっても、なにも変わらないはず。わたしは退屈で無難な相手だから選ばれたのだ。身分も釣り合っていたから。それだけのこと。〝完璧な貴婦人〟は褒め言葉にちがいないし、傷ついたり怒ったりする必要などない。ただ自分の愚かさが悔しいだけだ。身内に反対されて、我を通すためだけに彼の誘いに乗った自分の愚かさが。

「自分を卑下するのはやめたほうがいい。賭けに勝つためだけじゃない。結婚したいと思ったのは本当です。今でもそう思っている。だが、方法が間違っていた。賭けの対象にすること自体が間違ってたんです。あなたは最高の妻になれるでしょう。だが、ぼくはあなたにとって最低の夫だ」

説明は聞いた。立ち上がって、マクリンガー夫妻のもとに戻ろう。ずたずたになった自尊心を守るため、彼を振りきって一人で戻らなくては。頭ではよくわかっているのに、立ち上がれなかった。

「なぜ今月中に結婚を？」ローレンは聞いた。「あと二週間もないのに。それに、なぜ完璧な貴婦人でなければいけないの？」

「こうなったら、なにもかも話したほうがよさそうですね」ため息をつくと、一歩近づいた。だが、並んで腰かけようとはせず、ベンチに片足をのせて、あげた脚に腕を置いた。見たこともないほど深刻な顔をしている。

「この夏、アルヴズリーに――父の屋敷のある領地ですが――帰るように言われたんです。兄が二年ほど前に亡くなり、ぼくが跡を継ぐしかなくなって、軍もやめた。毎日、命を危険にさらすような生き方をしている場合ではないと父に言われて。急にぼくが必要になったわけだ。最後に会ったときは、二度と帰ってくるなと言ったくせに」

「軍をやめたくなかったんですか？」

「次男に生まれて、軍人になるものとして育てられましたからね。性に合ってたんです。苦労はあっても、やりがいのある仕事だった。自分で言うのもなんですが、軍人としては優秀だった」

ローレンは黙って待った。

「この夏、祖母の七十五歳の誕生日に祝賀会が開かれるんです。ぼくの勘当は取り消された。放蕩息子はめでたく家に迎え入れられるというわけだ。そして、次代の伯爵として、結婚して子供をもうけるという義務を果たす。祝賀会の最大の余興は、ぼくの婚約発表なんです。それが祖母への誕生祝いになる」

ようやく、すべてが見えてきた。評判のいい完璧な貴婦人は、花嫁候補の条件だった。冷静な計算にもとづいて選ばれたのだ。貴族の結婚はそういうものだ。最初に打ち明けてくれればよかったのに。そのこと自体は侮辱でもなんでもないのだから。

「お父さまに花嫁を選ぶように言われたんですか？　レッドフィールド伯爵がわたしの名を出されたのかしら？」

「いや、花嫁候補は決まってるんです」

「それはどなた？」

「亡くなった兄の婚約者です」

「まあ」ローレンは膝の上で手を握りしめた。子爵もその女性も、さぞ複雑な心境だろう。とりわけ、相続財産のように引き継がれることになったその女性は。

「実は、彼女はもともとぼくの婚約者だった」短い沈黙があった。「だが、三年前に、次男で騎馬隊の少佐にすぎない男より、伯爵の跡取りを選んだ。皮肉な話じゃありませんか？　今度はぼくと爵位の両方が手に入ることになる。しかし、もう彼女と結婚したいとは思わない。それで、自分で花嫁を選んで、既成事実として連れて帰ることに決めた。花嫁は父が反対しようのない女性でなければならない。それならと、友人があなたを推薦してくれましてね。まず承知してくれないだろうが、貴婦人としての資格は申し分ない、と。そこで賭けになったわけで」

ローレンは膝においた手を見つめていた。どこまでが本当だろう。推薦した友人は、わたしなら喜んで承知すると言ったんじゃないかしら？　捨てられた花嫁のわたしなら。もう若くもないし、結婚を諦めかけているから、チャンスとばかり飛びついてくる、と。三人の友人が実現しないほうに賭けたというのが腑に落ちないけれど。

でも、もうどうだっていい。

「本当に申しわけないことをしました」子爵がまた謝った。「最初から正直に打ち明ければよかったんです。ポートフレイ公爵にお願いして、それで断られたらいさぎよく諦めるべきだった。しかし、今からやり直すことはできません。あなたはこんな卑劣な扱いを受けるような人ではない。心から反省しています。それだけは信じてください。ボックス席までお連

難されないような方法で。できれば、そのときまでにあなたの立場が安定して、今度はご自分で花嫁を選べるといいんですけど」

聞き違えようがない。きわめて明快な説明だった。でも、どうして？

「婚約を解消するって。それがどういうことかわかってるんですか？　世間からつまはじきにされますよ」

「あら」ローレンはうつむいたまま笑みを浮かべた。「道楽者と結婚せずにすんだと、ひそかに祝福してくれる人もいるかもしれないわ。でも、それはどうだっていいんです。前にも申し上げたでしょ、わたしは結婚するつもりはないって。最近気づいたんですが、わたしを壊れやすい品物みたいに扱ってくれる親戚から離れないかぎり、わたしに自由はないの。とっくに成年に達しているし、一人でいることに不都合は感じません。家をかまえようと思ってるの、バースあたりに。あなたの婚約者としてアルヴズリーですごし、婚約を解消してからなら、一年前よりはるかに簡単にこの計画を実現できるはずだわ。親戚ももう反対しないでしょうから。わたしに結婚のチャンスがないのは明らかですものね」

横顔をまじまじと眺めながら、キットは今さらながらに、この女性のことをなにも知らないことに気づいた。なのに、二週間以内に結婚するつもりでいた。

「キルボーンを慕ってたんですね」

ローレンはかすかにうなずくと、両手を握りしめ、また開いた。

「いっしょに育ったんです、三歳のときにニューベリー・アビーで暮らすようになってからずっと。兄のような存在だった。でも、子供のころから、いずれ彼と結婚して伯爵夫人になるものと周囲から期待されてました。だから、彼が軍に入るとき、待たなくていいと言ってくれても、ほかの人と結婚する気になれなかった。彼を裏切りたくない、そう思って待ちました。でも、彼は半島でひそかに結婚していたの。その女性は、ポルトガルで奇襲攻撃を受けたとき、彼の目の前で亡くなった。少なくとも、彼は亡くなったと思い込んでいた。その後、帰国して、結局、わたしと結婚することになったんです。やっと夢がかなったと思ったわ。でも、その女性は――リリーは生きてたんです。そして、ネヴィルのところに戻ってきました、婚礼の日に」

相変わらず抑揚のない声だったが、悲しみは痛いほど伝わってきた。去年、社交界はこの話でもちきりだったが、もっぱらキルボーン伯爵夫妻の数奇な運命が話題になった。ローレン・エッジワースには同情こそ集まったが、触れてはいけない問題のように誰もが声をひそめた。長年の夢を無残に打ち砕かれた彼女がどれほど傷ついたか、誰も考えようともしなかった。

「愛していたんですね」過去形でよかったのか、判断がつかなかった。キットは今さらながら深く恥じた。

「愛ってなにかしら？　愛にもいろいろあるわ。もちろん、彼を愛してた。でも、ネヴィルとリリーがいだき合っているような、嵐のような感情じゃなかった。わたしは忠実に相手のことを……ええ、わたしなりに愛してたわ」ローレンはため息をついた。「彼以外の人との結婚は考えられません」

キットは無言で見つめた。深い同情と自責の念が、言葉を奪ってしまった。だが、ローレンは彼の心を読んだようだった。

「同情してもらおうとは思いません。慰めたり、憐れんだりしないで。わたしは自由がほしいだけ。わたしの将来を心配して、あれこれ指図する人たちから解放されて、一人で生きる権利がほしいだけ。この夏、あなたの婚約者としてすごせば、闘いとらなくても、その権利を手にできるわ」

「そんな無茶な取引には応じられない」キットは髪をかきあげると、前かがみになって両腕を膝にのせた。「ぼくは名誉を重んじる人間だと言ったでしょう。両方の家族を騙すようなまねはできない。しかも、婚約を破棄する責任をあなたに押しつけるなんて。ご承知でしょうが、紳士として、ぼくは自分から破棄できないんですよ」

「だからこそ、この計画がうまくいくのよ。あなたにとって、婚約は本物でなければいけないんでしょう？　たとえ契約だったとしても、いったん婚約した以上、わたしの気が変わって婚約を解消しないと言い出したら、あなたとしては結婚するしかない。だったら、誰も騙すことにはならないわ」

　キットはこの理屈の難点を探したが、思いつかなかった。もちろん、この奇妙な申し出に応じたとしても、婚約は婚約だ。この数週間の不名誉を挽回して、夏のあいだに彼女に結婚を承諾させられるかもしれない。自立できる資産があったとしても、独身女性の自由はごく限られたものでしかないのだから。

ローレン・エッジワースを愛しているわけではない。彼女のことはほとんど知らない。しかし、この半時間ほどで思い知らされたことがひとつあった。彼女が感情を持つ生身の人間だということだ。そして、そんな彼女にある種の敬意を感じはじめていた。もちろん、恩義も。

「祝賀会はいやじゃないんですね？」いずまいを正して念を押した。

ローレンは初めてまともに顔を向けた。「立派につとめてみせます。わたしは伯爵夫人になるために育てられたんです。いずれはニューベリー・アビーを取り仕切って、荘園主の妻になるために。アルヴズリーに行っても、あなたをがっかりさせたりしないわ」

「だが、あなたの生き方を親族に認めさせるためにそこまでする必要はないでしょう。あなたは臆病でも、人の言いなりになるような女性でもない。口出しはしないでほしいと言えばすむはずだ」

ローレンはまた目をそらせた。そして、視線を小道の向こうの暗い木立に、ついで、枝のあいだからかろうじて見える夜空に向けた。

「そうかもしれません。それに、あなたが聞いていた以上に非常識な人だということもよくわかった。ついさっきまで、一刻も早く逃げ出すことしか考えてなかった。でも……」

彼は辛抱強く待った。

「ずっと周囲の期待を裏切らないように自分を律してきました。でも、最近、なんて退屈な生き方だろうと思うようになったの。そういう生き方しか知らないし、とりたてて不満もないのに。たぶん、このまま満足してすごすでしょうね。ただ、一度でいいからはめをはずしてみたい。冒険してみたいの。つまり、わたしにとって、あなたの婚約者としてひと夏すごすのは冒険なんです。言葉にしてしまうと、くだらないけれど」

だが、言葉で伝える以上のものが伝わってきた。ずっと人生の喜びと無縁の生活を送ってきたのだろう。気まぐれや欲望は悪として抑圧してきたにちがいない。

「この取引に応じてくださるなら、約束してください。一生忘れられない夏にするって。わくわくするような冒険に満ちたひと夏をすごしたいの」

　彼が答えようとすると、ローレンは片手をあげて制した。

「ニューベリーにいたとき、こんなことがあったの。あの結婚式の――取りやめになった結婚式の二、三日後に、朝早く一人で浜に散歩に出かけたの。そんなことをしたのは初めてだった。渓谷にさしかかったとき、笑い声がして、そっとのぞいてみると、ネヴィルとリリーが滝壺で水浴びをしてました。ネヴィルのおじいさまが建てた小さなコテージのそばで。コテージのドアは開いてた。そこで夜をすごしたんです。二人は……服を着ていなくて、そして……わたしが思いつく表現を使うなら、夢中でふざけ合ってた。そのとき、悟ったの、リリーにはぜったいに勝てないって。ネヴィルは本当に楽しそうだった。わたしにはあんなまねは……なにもかも忘れて、情熱のおもむくままに愛し合うなんて、ぜったいに……」

　息をついて続けようとしたが、やがて首を振って黙りこんだ。

「情熱的な夏がすごしたいんですか？」

「とんでもない」はっとわれに返ったように、ローレンは背筋をのばして顎を上げた。「ただ知りたかっただけ——自分を縛ってきた枷をはずしたら、どうなるか。でも、わたしは激しい感情や情熱をいだける性格じゃないんです。ただ思い出に残る夏がすごしたいだけ。そんな夏をすごさせてくださるなら、いっしょにアルヴズリーに行きます」

キットはベンチに寄りかかった。思っていたよりずっと複雑な女性だ。心に深い傷を負っている。結婚に破れたことだけでなく、なにか事情がありそうだ。あるがままの自分を受け入れられなくて、自分に枷をはめることでバランスを保ってきたのだろう。だが、ぼくにどうしてほしいというのだろう？　気まぐれや情熱や人生の喜びを教えてほしいのだろうか。そして、それを胸に秘めて、一人で生きていこうというのか。

そんな望みがかなえられるだろうか？　だが、彼は困難なほど、やりがいを感じる人間だった。この奇妙な取引に応じると決めたからには、彼女を妻にするために全力を傾けるつもりだった。彼女はキルボーンを愛していたし、これからも愛しつづけるだろう。だが、ぼくは彼女の愛を求めているわけではない。

「思い出に残る夏をあなたに贈ります」彼は言った。「じゃあ、応じてくださるの？」

彼はうなずいた。「ええ」

ちょうどそのとき、一連の爆音とともに最初の花火が上がった。二人がいる薄暗い木立からでも、目がくらむほど鮮やかな色に照らし出された空が見えた。

7

ローレンはアルヴズリー・パークに向かっていた。ハンプシャーまでの長旅もそろそろ終わりだ。もう夕方近い。ヴォクソールの夕べから二週間以上たっていた。あの夜、あんな愚かなことを思いつきさえしなければ……。あのときは簡単に考えていた。子爵の婚約者のふりをして、翌日にでも二人でアルヴズリーに出発すれば、冒険の夏が始まると思い込んでいた。

しかし、そんなわけにはいかなかった。考えてみれば当然だ。あの夜、眠れないまま輾転（てんてん）反側しながら、あの取引は当事者だけの気ままな約束ではなく、たくさんの人を巻き込むことに気づいた。そして、朝いちばんに子爵に手紙を届けさせて、中止しようと決心した。でも、結局、手紙は書かなかった。朝食の席におりていくと、エリザベスにゆうべは楽しかったかと聞かれた。

「ええ、とっても」そう答えて、少しためらってから言った。「実は、子爵に求婚されて、お受けしたの」

大きなおなかを抱えているにもかかわらず、エリザベスはさっと立ち上がってローレンを抱きしめた。そして、セイディ伯母さまたちは反対するだろうけど、賢明な選択をしたと思うと言ってくれた。

「結局、自分の気持ちに素直に従ったのね、ローレン。よく決心したこと。えらいわ」

その一時間後には、レイヴンズバーグ子爵が正式に許可を求めるためにポートフレイ公爵を訪ねてきた。公爵はローレンの後見人ではないが、エリザベスは念の入った挨拶に気をよくしていた。

こうして、急にばたばたと準備が始まった。なぜこういう展開を予測できなかったのか、ローレンは不思議でならなかった。

まず、婚約通知も出さなければならない。子爵の家族に知らせて婚約者を迎える準備をしてもらわなければならないし、ヨークシャーのローレンの後見人にも、ニューベリー・アビーやロンドンの親戚にも、そして、社交界の知人たちにも知らせる必要があった。

こうして、かりそめの婚約は、突然、現実となった。伯父のウェブスターは不満をもらし、子爵を――陰で――生意気な青二才と呼んだ。伯母のセイディは気付け薬を持ってこさせる始末だし、おしゃべりなウィルマは、あきれて言葉も出ないと何度も繰り返した。ジョゼフはひそかにおもしろがっているようだったが、ローレンには幸せを祈ると言っただけだった。ポートフレイ公爵は、レイヴンズバーグ卿は放蕩者で有名だが、若気の至りにすぎないと思うと言った。そして、エリザベスと二人で盛大な祝賀晩餐会を開いてくれた。その翌日、子爵は両親に婚約の報告をするためにアルヴズリーに向かい、二日後には、あらゆる新聞の朝刊に二人の婚約発表が掲載された。

ロンドンからアルヴズリーまでは一日で行ける距離だが、ローレンがメイドだけを連れていくわけにはいかなかった。もちろん、まだ結婚していない子爵に付き添ってもらうわけにもいかない。エリザベスは臨月近いから無理だし、セイディに頼む気になれなかった。

結局、先代キルボーン伯爵夫人のクララが、やはり未亡人の娘のグウェン——レディ・ミュアと付き添ってくれることになった。二人はニューベリーからいったんロンドンに出て、ローレンを祝福してから、レッドフィールド伯爵の招待に応じて、いっしょにアルヴズリーに向かった。

かりそめのはずが、なにもかも正式で現実的だった。

自分で蒔(ま)いた種とはいえ、ローレンは嘘の重みに押しつぶされそうだった。グウェンにさえ本当のことは打ち明けられない。それに、子爵からは、家族が二人の婚約をどう受け止めたか、なんの知らせもなかった。ただ母の伯爵夫人から招待状が届いただけだ。

「あら」うたたねしていたクララが目を覚ました。「きっと、あれね。もっと旅を楽しみたいという気にはなれないわね。やれやれですよ」

馬車は——ポートフレイ公爵の紋章入りの立派な馬車で、お仕着せを来た御者が二人に、騎馬従者もいた——小さな村を通りすぎて、どっしりとした錬鉄製の門をゆっくりくぐり抜けるところだった。門番が開け放った門のそばに立って、馬車をのぞいてから、頭をさげ、前髪を引っ張って丁重に敬意を表している。

「すばらしいところじゃないの」グウェンが身を乗り出して、ローレンの膝を押した。「胸がいっぱいでしょ、ローレン。子爵に会うのは二週間ぶりですもの」

「早くお近づきになりたいものだわ」クララも言った。「セイディは反対してるし、ウィルマもくだらないことをくどくど言ってるけど、わたしは好きになれそうよ。エリザベスが好意を寄せているぐらいですものね。あの人は昔から人を見る目があるのよ。それに、ローレン、なんといっても、あなたが選んだ人だもの。わたしにはそれがなによりですよ」

ローレンはぎこちない笑みを浮かべた。こんなことはしたくない。この世でいちばん大好きな二人をあざむき、レッドフィールド伯爵の家族を騙し、鬱蒼とした木々に覆われた庭園を進んで、ひと芝居打ちに行くなんて。でも、今さら引き返すことはできなかった。

ヴォクソールでは、頭がどうかしていたのだ。これまで衝動的になにか決めたことは一度もないのに。子爵が好きなわけでもない。好き嫌いはともかく、あんな不真面目な生き方は認められない。しょっちゅう笑うのは人生を真面目に受け止めていない証拠だし、人の度肝を抜いて喜ぶなんて、紳士のすることではない。それに、二週間離れていただけで、彼の顔をはっきり思い出せないぐらいだ。

突然、馬車の窓からまたあふれるような光が差し込んできた。ローレンは窓に顔を寄せた。馬車は森を抜けて、屋根のあるパラディオ式の橋にさしかかっていた。左手に川が注ぎ込む湖が木々のあいだから見える。橋を渡ると、手入れのゆきとどいた芝生がゆるやかな上り坂になっていて、その先に灰色の石造りの屋敷が見えた。芝生のそこここには歳月を重ねた古木。屋敷の湖寄りには、厩と馬車置き場。

「まあ」ローレンがつぶやくと、窓に顔を押しつけていたグウェンが振り向いた。

「立派なお屋敷だこと」反対側の窓から眺めていたクララが言った。「あれは薔薇園ね、きっと。壁に薔薇がからんでるわ」

グウェンが目を輝かせながら、いとこの膝を叩いた。

「おめでとう、ローレン。いつかきっと運命の人にめぐり合うと信じてたわ。彼を愛してるんでしょう？」

ローレンは半分しか聞いていなかった。馬車が厩の前を通りすぎて、広い砂利道にさしかかり、屋敷の大理石の階段が見えたからだ。装飾を施した柱の向こうに、どっしりした両開きの扉が開いている。そして、階段に人の姿が見えた。二人、三人、いえ、四人。そして、階段の下に、青い小粋な上着に灰色の細身のズボン、房つきの磨きこまれたヘシアンブーツというでたちの子爵が、晴れやかな笑みを浮かべて立っていた。

「ええ」ローレンはつぶやいた。グウェンの質問に答えたのか、彼を覚えていないかもしれないという不安が杞憂だったとわかってほっとしただけなのか、彼女自身にもよくわからなかった。

キットは朝からずっと落ち着かなかった。一人で遠乗りに出かけて時間をつぶし、彼女は来るに決まっていると自分を納得させた。帰ってからも、そわそわと正面の部屋を歩きまわっては窓から外を眺め、ロンドンを夜中に出たのでないかぎり、まだ到着するはずのない馬車を探した。昼食のあと、わざわざ番小屋に行って、しばらく門番と話したりもした。

こんなことをしなければよかった。今さら考えてもしかたがないが、春になってすぐ父に手紙を出して、お膳立てされた縁談をきっぱり断ればよかった。心の準備ができるまで、帰ってこなければよかったのだ。去年、軍職を売って退役したのも間違いだった。軍隊にいれば、少なくとも自分の居場所はあったのに。

問題はぼくが伯爵家の跡取りということだ。その責任があるのに、二年前に除隊してからずっと逃げまわっていた。家に帰り、父と和解して、次代のレッドフィールド伯爵として務めを果たさなければならない。妻をめとり、息子を――できれば何人かもうけて。

そんなことができるだろうか？　婚約は形だけのものだ。しかも、予想どおり、最初のぎこちない挨拶のあと婚約したと告げると、父は激怒した。思っていた以上に事態は深刻だった。縁談は父とフライヤの兄ビューカッスル公爵とのあいだで進められ、すでに合意に達していた。二人とも当事者の意向を確かめようなどとは思いもよらなかったらしい。たぶん、フライヤも事後承諾だったのではないか。

母はおろおろして涙を流した。帰ったときの固い抱擁は、それ以来繰り返されなかった。祖母でさえ無言の非難をこめて首を振った。五年前に脳卒中で倒れて以来、言葉が不自由なのだ。愛情をこめて接してくれても、がっかりしているのは明らかだ。

そして、シドナムは目を合わせようともしなかった。帰ったとき、ぎこちなく握手を交わしたが、その夜のうちに激しいやりとりがあって以来、ろくろく口もきいてくれない。その夜、みんなが寝てしまったあと、キットは彼が執事の部屋にいるのを見つけた。左手で苦労しながら帳簿をつけていた。

「夕食のあと姿が見えないと思ったら、ここにいたのか。ここでなにをしてるんだ、シド？」

「パーキンが去年のクリスマスに退職したから」シドナムはすりきれた帳簿の革表紙を見つめながら言った。「代わりに執事をさせてもらってるんだ」

「執事？」キットは眉をひそめた。「おまえが？」

「向いていると思う」

右腕を失い、左目しか使えなくなったシドは、長年続けていた創作活動もままならず、無為に日をすごしていると思っていた。この三年間、手紙のやりとりもしていなかった。シドに手紙を書くのは無理だろうし、キットも書かなかった。いや、正確に言えば、書けなかったのだ。

「それで、調子はどうだ？」

「元気だよ」挑むような返事が返ってきた。「申し分ない」

「本当か？」

シドナムは机の左側の引き出しを開けて帳簿をしまった。「すこぶる元気だ」

六歳の年の差があっても、二人はずっと仲のいい兄弟だった。シドは兄を敬愛していたし、キットも弟に自分にはない素質があるのを認めていた。堅実で人当たりがよく、忍耐強いうえ、美意識が高く、しかも努力家だ。

「なぜ出ていけと言った？」気がつくと、キットはそう言っていた。「なぜみんなといっしょにぼくを追い出した？」

シドナムにはなんのことかわかったはずだ。三年前、キットが父に勘当を言い渡されたとき、シドは病の床から起き上がって、やせ衰えた幽霊のような姿で広間に出てきた。おろおろしている従僕を従えて。

そして、キットが期待したような同情の言葉をかけるかわりに、出ていけ、二度と戻ってくるなと宣言した。別れの言葉も、許しの言葉もなかった。

「兄さんはみんなの人生をめちゃめちゃにした」それがシドナムの答えだった。「なによりも、自分の人生を。父上に反抗し、今度こそジェロームを殺すと思った。出ていってほしかったのは、二度と顔を見たくなかったからだ」

キットは部屋を横切って窓際に立った。カーテンは引いてあったが、外は暗くてなにも見えない。窓に自分の姿が映っているだけだった。そして、机の前に座っているシドの姿が。

「ぼくのせいだというわけか」

「ああ」

そのひと言が胸に突き刺さった。シドはあのことを決して許そうとしない。だが、彼の許しがないかぎり、キットに平穏が訪れることはないのだ。軍務についているあいだは、まだいくらかでも信頼を取り戻すチャンスもなくはなかったが、軍職を離れてしまった今では、それもかなわなかった。やれることはやった。だが、あれ以来、心が休まるときはない。

「ああ、今でもそう思ってる。だが、兄さんが思っているような意味じゃない」

それ以上問いつめる気にはなれなかった。

「できることなら、おまえの苦しみを代わりに背負いたかった。ぼくが行けばよかったんだ。あのとき、決断すればよかった。おまえがもとの体に戻れるなら、命を投げ出してもいい。ぼくがそう願ってないと思うのか？」

「わかってるよ、キット」だが、その声に許しはなかった。砂を嚙むような苦々しさしか。

「その話はしたくない。障害を負い、苦しみを背負って生きているのは、ぼくなんだ。兄さんにはなにも求めてない、なにひとつ」

「愛情すら？」吐息のような声が窓ガラスにぶつかった。

「ああ」

「そうか」キットは振り返って笑いかけた。体じゅうの血が引いて、頭がくらくらする。精いっぱい軽い足取りでドアに向かった。部屋を出て、背後でドアを閉めてから、うなだれて目を閉じた。

だめだ。ぼくが帰ってきても誰も喜んでくれない。誰よりもぼく自身がうれしくない。自分の家なのに、赤の他人のような気がする。それも、歓迎されない迷惑な他人のような。ぼくは役立たずだ。軍にいたころは、常に積極的に行動して輝かしい成功をおさめていたのに、父は後継者として教育しようとも日々の仕事に参加させようともしない。たぶん、祝賀会が無事に終わって、ふだんの生活に戻るのをひたすら待っているのだろう。このままでは、みんなを騙しつづけるだけだ。彼女に結婚を承知させて、名誉を取り戻さないかぎり、嘘に嘘を重ねることになる。

その夜は眠れなかった。珍しいことではない。うとうとすると、またあの悪夢が追いかけてきた。シドが……。

午後三時頃、キットは客間で待機していた。母と、めったにその時間に客間にいることのない父、それに祖母まで集まっていた。三人が静かに話しているそばで、キットは窓際に立って橋の向こうの道を眺めていた。屋敷に向かう馬車が最初に見えるのが、そこだったからだ。もうじき到着する客を誰も心待ちにしているわけではない。だが、それを口にするような無作法なまねはしなかった。

キットの婚約は、六マイル離れたリンジー館の住人たち——ビューカッスル公爵と彼の弟や妹たちベドウィン一族とのあいだにも気まずい対立を引き起こした。アルヴズリーに帰った翌朝、キットは馬でリンジー館を訪ね、公爵に面会を申し入れた。当然ながら、公爵は彼がフライヤに正式に結婚を申し込みに来たと思った。すぐさま図書室に通された。

ビューカッスル公爵ウルフリック・ベドウィンは、長身で痩せ型、肌は浅黒く、細い顔に灰色の鋭い目、大きな鉤鼻に薄い唇の持ち主で、いかにも貴族らしい傲慢さが無意識のうちにしみついている。生まれたときから公爵になるために育てられたせいで、兄弟からも友人からも常に距離を置いていて、キットとは二歳と違わないのに、昔から親しくつきあった覚えがない。冷たい、おもしろみのない男だった。

キットが別の女性と婚約したと打ち明けても、怒りを爆発させるようなまねはしなかった。ただ脚を組んで、グラスに――中身はいつもの極上のフランス産のブランデー――口をつけただけだ。そして、穏やかな機嫌のいい声で言った。

「おそらく、説明が聞けるのだろうね」

キットは子供のころ、いたずらをして校長先生に呼び出されたときのことを思い出した。非はこちらにある。あとはどう釈明するかだ。とるべき行動をとろうとしたが、とっさに思い直した。

「その前に説明してもらえませんか」同じように機嫌のいい声で言った。「なぜ妹さんとわたしとの縁組を父と相談なさったのですか、未来の夫であるわたしとではなく」

腹の内の知れない冷ややかな目が、長いあいだじっと見つめていた。

「失礼ながら」ようやく公爵が口を開いた。「きみの婚約に対して祝福の言葉を述べることはできない。しかし、レイヴンズバーグ、賞賛は惜しまないよ。きみのあっぱれな復讐に対して。昔より巧みになった。性急さが影をひそめたと言えばいいかな」

三年前、ジェロームを殴って鼻を折った直後に、馬をとばしてリンジー館に駆けつけたときのことを言っているのだ。夜更けにもかかわらず、半時間も玄関の扉を叩きつづけ、ようやく公爵の弟でキットの遊び友達だったラナルフが姿を見せた。そして、愚かなまねはやめて帰れとなだめたが、キットはフライヤの口からジェロームと婚約したと聞くまで帰らないと言い張った。結局、ラナルフが外に出てきて、殴り合いの喧嘩(けんか)になった。十五分も続けたところへ、大男の従僕と、公爵の末の弟のアレインが仲裁に入ったが、二人は血まみれで傷だらけになりながらも、なおも闘おうとした。扉の前で無言で喧嘩を見物していた公爵は、キットに半島に戻って、もっと有意義な怒りの捌(は)け口を見つけたほうがいいと言った。フライヤは公爵のそばに立って、頭をつんとそらし、あからさまに口元に侮蔑(ぶべつ)の笑みを浮かべて見つめていた。結局、彼女はひとことも発しなかった。

あれから三年。キットが公爵の言葉にどう答えようか考えていると、突然、背後の図書室のドアが荒々しく開かれ、本棚が揺れた。公爵がキットの肩越しに侵入者を見て、傲然と眉を上げた。

「呼んだ覚えはないぞ」公爵は言った。「フライヤ」

だが、彼女は兄を無視して入ってくると、つかつかとキットの椅子に近づいてきた。キットは立ち上がって会釈した。

「ロンドンの歓楽の生活を手放すまでにずいぶん時間がかかりましたこと」フライヤは乗馬用の鞭(むち)をスカートに当てた。「これからアレインと遠乗りに出かけるの。わたしをお訪ねになるなら、あらかじめウルフにおっしゃっていただけませんか、レイヴンズバーグ卿。時間があったら、お目にかかりますわ」そう言うと、返事も待たずに背を向けて出ていこうとした。

三年前とちっとも変わっていない。中背というにはやや小柄だが、恵まれた体つきで、物腰は優雅で誇り高い。小さいころから、フライヤを愛らしいという人はいなかった。金髪の多いベドウィン一族の例にもれず、豊かな金髪に時代遅れのゆるやかなウエーブをかけて背中にたらしている。これもほかのベドウィン一族と同様、眉は真っ黒で肌も浅黒く、一族特有の鉤鼻だ。可愛げのない不器量な子供だったが、娘ざかりになると、驚くほど変貌して、凛々しい美しさを備えた女性になった。だが、癇癪持ちのところは大人になっても変わらない。

「レディ・フライヤ」キットは遠慮がちに呼びかけた。

「遠乗りに出かけるのなら」公爵が相変わらず穏やかな声で言った。「せっかく時間を割いてお目にかかったのだから、子爵の訪問の目的をおまえも知っておいたほうがいいだろう。子爵は最近、ニューベリーのローレン・エッジワース嬢と婚約された。二週間以内に彼女がアルヴズリーに着くそうだ」

フライヤもさすがに公爵の妹で、ベドウィン家の人間だった。短い沈黙のあと、肩越しにキットを振り返って、ほほ笑みかけた。少なくとも、歯を見せて微笑に似た表情をつくった。

「さすがね、キット」穏やかな口調だった。「すっかり見直したわ。いつのまにそんな陰険な方法を覚えたの？」

それだけ言うと、さっさと部屋を出ていった。

三年前、キットはこの幼馴染に――フライヤは幼いころから、どんな荒っぽい遊びでも兄たちや兄の仲間からのけものにされるのを嫌った――突然、燃えるような恋心を抱くようになった。彼女のほうでもそれに応えてくれた。結婚しても軍務を続けるために、いっしょに半島に来てほしいと言うと、まんざらでもなさそうだった。あの夏は、彼女のためなら喜んで死ねるとさえ思った。ところが、それからいくらもたたないうちに、なんの前触れもなく、兄のジェロームが彼女との婚約を発表したのだ。裏切られたショックのあまり、死んだほうがましだとまで思いつめたものだ。それから、三年。諺にもあるとおり、あれからたくさんの水が橋の下を流れていった。

「あれだ」橋のすぐ向こうの、鹿猟場のはずれに目を向けながら、彼は居間にいる家族に注意を戻した。「来ましたよ」

みごとな四頭立ての馬車が見えた。騎馬従者まで従えている。近隣の誰かが母か祖母を訪ねてきたとは思えない。

みんな立ち上がった。キットがドアに向かうと、祖母までが杖にすがって立った。だが、それが当然なのだ。どれほど気に入らない客でも、正面玄関の前で丁重に出迎えるのがしきたりだ。これが本物の婚約だったらよかったのに。キットはそう思わずにいられなかった。これが愛情で結ばれた結婚だったら、ぼくが家のために責任を果たす気になったことを家族も認めてくれただろう。そして、ローレン・エッジワースを選んだ目の高さを褒めてくれたかもしれない。

キットは祖母に腕を差し出そうとしたが、父に先を越された。それで、母に腕を貸して階段をおりると、足音が反響する玄関広間を横切って、外階段の上に立った。その間、誰も口をきかなかった。キットは三人の息子の中で、いちばん手のかかる子だった。いたずらがばれると、いつもキットが発案者もしくは首謀者だった。それでも、母はキットを愛していた。彼が書斎で父親から罰を受けたあと、彼のために涙を流してくれたものだ。だが、今度帰ってきてからは――出迎えてくれたときの温かい抱擁は別として――母に愛されているのかどうか自信が持てなかった。

馬車は厩のそばまで近づいていた。ポートフレイ公爵の紋章の入った馬車は、風格があって申し分ない。ヴォクソールでこのとっぴな計画を思いついたときは、翌日にでも貸し馬車で彼女をここに連れてきて、家族を驚かせるつもりだった。あのときは本当にどうかしていたのだ。

キットは母のそばを離れると、階段をおりてテラスに立った。どうにも落ち着かない気分だ。もうすぐ彼女と再会する。そして、大芝居の幕が開く。彼女は緊張しているだろうか？

やがて馬車が止まり、御者が一人飛びおりて、扉を開けステップをおろすと、キットは笑顔で手を差し出した。ほかに二人、女性が乗っているのが見えたが、身をかがめて、手袋をはめた手をのせたのは、ローレン・エッジワースだった。

こんなに気品のある美しい女性だったのかとあらためて思い知らされた。紫がかった灰色の旅行着とボンネットには菫色の縁取りが施してある。長時間馬車に揺られていたというのに、ドレスには皺ひとつない。ローレン自身も疲れた様子もなく、生き生きとして、落ち着いている。

「ローレン」手を貸してステップをおろすと、かがんで頬にキスした。

「キット」

名前で呼び合おうとヴォクソールで約束していたが、実際にそうしたのはこれが初めてだった。キットは彼女の手を握ったまま、ほほ笑みかけた。急に、この二週間の憂鬱な気分が晴れて、また自信と力がみなぎってくるのを感じた。たとえひと夏の約束でも、ローレンを選んだのは正しかった。きっと、夏が終わるまでに、彼女の気持ちを変えさせてみせる。キットは心に誓った。

「伯母のクララです」キットが年配の女性に手を差し出すと、ローレンが紹介した。「こちらはキット、レイヴンズバーグ子爵さま。伯母はキルボーン伯爵の未亡人ですの」

思慮深そうな目をした上品な女性だ。

「初めまして」馬車から助けおろすと、キットは頭をさげた。

「そして、こちらはグウェンドレン。レディ・ミュアで、わたしのいとこに当たります」

その女性にも手を貸した。とても小柄で、金髪の美しい人だ。頭をさげたキットに、品定めしているのを隠そうともせず、きらきら光る目を向けた。

次は、階段の上で出迎えている家族を紹介する番だった。万事つつがなく、洗練された礼儀正しさの中で行なわれた。ローレンは不安や緊張を感じていたとしても、まったく表情に出さなかった。キットの両親も、息子の婚約者なら喜んで受け入れるという態度を崩さなかった。祖母はローレンを紹介されると、動くほうの手で彼女の手をとって引き寄せ、頬にキスまでした。

「おきれいね」よく回らない口で、精いっぱい伝えようとする。「そう……思ってたわ……キットなら、きれいな人を……選ぶって」

　気が遠くなるほど時間がかかっても、ローレンは少しもうろたえなかった。それどころか、にこやかにほほ笑みながら、祖母だけに注意を向けていた。

「ありがとうございます」

　そのとき、キットは階段の上の柱の陰に隠れるようにしてシドナムが左半身だけ見せているのに気づいた。キットはローレンの肘を取った。

「もうひとり会わせたい人がいるんだ」そう言うと、彼女を助けながら階段をのぼった。開いた扉の中に逃げ込んでしまうのではないかと思ったが、シドナムはその場を離れなかった。「弟のシドナムです。婚約者のローレン・エッジワースだ、シド」

　シドナムの姿を見てショックを受けたはずなのに、ローレンはそんなそぶりも見せず、手を添えた肘からも緊張は伝わってこなかった。左半分だけ見ると、シドはそれまでずっとそうだったように、とびきりの美丈夫だ。だが、上着の右袖は、あるべき腕がないままピンで

上着に留めてあるし、顔の右半分から首にかけては、紫色の火傷の跡がくっきりと残ってい
て、右目には黒い眼帯をしている。ひとつの肉体に美女と野獣が同居しているかのようだ。

シドが左手を差し出すと、ローレンはためらわずに左手で受け止めて、ごく自然な握手を
交わした。

「初めまして、バトラーさま」

「ミス・ローレン・エッジワース、ようこそ、アルヴズリーに。長旅でうんざりなさったでしょう」

「ちっとも」ローレンは答えた。「伯母といとこがいっしょでしたし、旅の終わりには、キットが待っていてくれるとわかっていましたから」

キットは感心して彼女を眺めた。芝居とわかっていても、いかにもうれしそうな声を聞くと心が高鳴った。

だが、礼儀正しさでは、母もひけをとらなかった。完璧な歓待ぶりを発揮して、お部屋にご案内しましょうと申し出た。少しゆっくりしていただいてから、客間でお茶を差し上げたいので。そう言うと、ローレンの腕を取って中に入った。そのあとからレディ・キルボーンとレディ・ミュアが続く。レディ・ミュアが足を引きずるのにキットは気づいた。

8

グウェンドレンがピアノを弾き、レッドフィールド伯爵がその後ろに立って、譜めくり役をしていた。伯爵夫人とクララは、二人掛けのソファに並んで座り、バッハの演奏に耳を傾けたり、雑談したりしている。シドナム・バトラーは、晩餐のあと食堂から客間に移ってからずっと、窓台の下のベンチに腰かけていた。体をやや斜めにして、厚いベルベットのカーテンの陰になかば隠れるようなかっこうで。キットはにこやかな笑みを浮かべて部屋を歩きまわりながら、あちらこちらの会話に口をはさんでいたが、どのグループにも加わらず、弟に近づこうともしなかった。

檻(おり)の中の猛獣のように、そわそわと落ち着かない。

ローレンは先代の伯爵の未亡人であるキットの祖母のそばですごした。暖炉の前の席について、順番でピアノを弾く以外は、話し相手をした。ニューベリー・アビーのことや、ロンドンに出てからのこと、舞踏会や観劇の話をする一方で、老伯爵夫人が苦労して言葉を探しながら、とぎれとぎれに語る話に辛抱強く耳を傾けた。さえぎったり、言おうとしている言葉を補ったり、先走りたくなる気持ちはよくわかった。伯爵も夫人も、ついそうしてしまう。お茶のときも晩餐でも、ローレンはそのことに気づいた。客に不快な思いをさせたくないという配慮もあるだろうし、気をきかせたつもりなのだろう。でも、ローレンにはそれがいいこととは思えなかった。

だから、ひたすら耳を傾けた。明るい表情で興味深そうに。それでも、考えたり観察したりする時間はたっぷりあった。アルヴズリーでは下にも置かないもてなしを受けたが、温かく迎え入れられたわけではなかった。でも、それは最初から覚悟していた。丁重に受け入れてもらっただけで充分だ。キットはなかなか上手に自分の役割を演じている。再会したときは本当にうれしそうで、グウェンがすっかり騙されたほどだった。お茶におりていく前にローレンの部屋に来て、抱き締めながら言ったものだ。

「すてきな方ね、ローレン。あの笑顔ったら！　あなたを馬車からおろすとすぐ、みんなが見ている前でキスしたでしょ。うっとりしたわ、あんまりロマンチックで」グウェンは陽気な笑い声をあげた。「あなたが言ってたとおり、型破りなところがあるわね」

グウェンは子爵を非難しているわけではなかった。でも、あのキスはごく軽いものだったにもかかわらず、ローレンは平静を保つのに苦労した。

ここに着いて以来、彼と両親のあいだにほとんど会話がないことにローレンは気づいていた。三人とも彼女やクララやグウェンには話しかけるのに、親子で話し合うことはなかった。親の決めた婚約者を振って、勝手なまねをした息子に腹を立てているのかしら？ それとも、三年前に、たぶんその女性が原因で兄と喧嘩になり、父の伯爵から勘当されたことが忘れられないのだろうか？ 長男を亡くし、勘当した息子を呼び戻すしかなかった伯爵も無念だっただろうが、キットも複雑な思いをしたにちがいない。兄が亡くならなかったら、勘当を取り消されることもなかったのだろうから。

キットとシドナムは、相手の存在を完全に無視していた。それでも、ローレンが着いたとき、キットは弟を紹介するのを忘れなかった。無残に負傷した弟に愛情を注いでいるように思えた。シドナムの身にいったいなにがあったのかしら？

レッドフィールド家は、円満でも幸せでもないらしい。突然、ローレンは自分に課された役割が、途方もなく困難なものに思えてきた。長年にわたって傷つけ合ってきた家族を仲直りさせる力がわたしにあるだろうか？ 和解どころか、わたしのせいで、もっとつらい思いをさせるかもしれない。婚約を一方的に破棄したりしたら……。

老伯爵夫人が杖をつかんだので、ローレンははっと現実に戻った。反射的に手を貸そうとしたが、思いとどまった。自分の力で立ち上がりたいのかもしれない。ローレンはほほ笑みながら見守っていた。

「部屋にさがりますか、母上」伯爵が近づいてきた。「今、介護師を呼びますから」

「さん……さんぽ……散歩してから」

「夜風はお体に毒ですわ」伯爵夫人が声を張り上げた。「散歩は朝になさったら」

「いま……今、行くわ」老婦人はきっぱり言うと、あいたほうの手を振った。「キット……いっしょに……ミス……エッジワースと」

「新鮮な空気と運動が体にいいと信じ込んでますの」伯爵夫人がクララに説明した。「それより休養したほうがずっといいでしょうに。毎日、降っても照っても、テラスを端から端まで歩かないと気がすまないんですよ。たいていい朝ですけれど」

キットはすでに祖母に近づいて、杖を握っていないほうの腕を自分の腕にからませていた。いつもの陽気な笑みを浮かべながら。

「おばあさまが今、散歩したいなら、そうしましょう。ジグを踊りたいなら、つきあいますよ――へとへとになるまで。いっしょに来てもらえますか、ローレン？」

「もちろん」ローレンは立ち上がった。

五分後には、防寒用のマントをはおって、三人でゆっくりテラスを歩いていた。キットは祖母に腕を貸し、ローレンが反対側に立って背中に腕をまわして支えながら。

「話して」老婦人が時間をかけて苦労しながら聞いた。「二人の……出会いを」

キットが祖母の頭越しにローレンと目を見合わせた。その目に楽しそうな光が浮かんでいる。「おばあさまはいくつになってもロマンチストなんだ。きみが話してあげるといいよ、ローレン」

作り話は彼のほうがずっと上手なのに。ローレンは内心でつぶやいた。舞踏会場でひと目見たとたん、胸が高鳴って、この女性にめぐり合うために生まれてきたと悟ったとか、なんとか。彼ならそれらしく感情たっぷりに語れるだろう。それに、こういうことは彼が説明すべきことだ。でも、わたしにだって……。ローレンはひそかにほほ笑んだ。

「ある朝、ハイドパークで」そう切り出すと、キットの目に笑いが浮かんだ。「レイヴンズバーグ卿――キットが、三人の労働者を相手に殴り合いの喧嘩をしていたんです。社交界の紳士の半分が集まって、声援していました。キットは上半身裸で、下品で罰当たりな言葉を使ってました」

　こんなことを口にするなんて、ローレンは自分でも信じられなかった。生まれてこのかた、いたずらしたり、ふざけた話をしたりしたことなど一度もないのに。

でも、それ以上に驚いたのは、老伯爵夫人がさもおかしそうに笑い出したことだった。

「男たちは乳しぼりの娘を侮辱したんです。それで、キットが救出を買って出て。三人ともやっつけて、乳しぼりの娘にキスしているところへ、わたしが伯母と通りかかったんですの」

「実は、おばあさま」キットは面目なさそうに口をはさんだが、このなりゆきをおもしろがっていた。「娘のほうがぼくにキスしたんです。人前でみっともないからと顔をそむけたりしたら、その娘に悪いと思って」

　祖母は笑った。

「そのとき、目と目が合ったんです」ローレンは声を落とした。「それが始まりでした。本当に一瞬のうちに」

自分に演技力があるなんて夢にも思っていなかった。それでも、話しているうちに、あの最初の衝撃的な出会いが運命だったような気がしてきたから不思議なものだ。

「女は……みんな……悪い男に……惹かれるの」老婦人はまた笑った。

「たしかに、彼には気をつけるように言われてましたわ」ローレンは言った。「こう言ってはなんですけれど、悪名がとどろいていましたもの。ところが、レディ・マナリングの舞踏会でまた会ったんです。彼は夫人にわたしを紹介させて、ダンスを申し込んだんですのよ。お断りでききまして？　しかも、それがワルツで」

いつのまにかテラスの端まで来ていた。日はすっかり暮れていたが、月と満天の星が明るい光を投げかけている。

「すぐ向こうに薔薇園があるんだ」キットが説明した。「明日、案内するよ、ローレン」

「薔薇の香りがここまで漂ってくるわ」ローレンは甘い濃厚な香りを胸いっぱい吸い込んだ。

「その下に庭園があって、その先は森になってる。そこに自然探索路があって——といっても、人工的につくった道だが、何箇所かおもしろい場所があるよ」

「楽しみだわ」ローレンはそう言うと、またキットの祖母を支えて屋敷に戻りはじめた。

階段をのぼって玄関広間に入ると、老伯爵夫人は杖をあげて、控えていた従僕を呼んだ。

「腕を」そう言って、孫息子と組んでいた腕をほどいた。「キット……見せておあげ……ミス・エッジワースに……薔薇を」

キットはかがんで祖母の頬にキスした。生き生きと目を輝かせながら。

「そういうことだったんですね、おばあさま。最初からぼくたちに逢い引きさせようと……。それで、わざと夜に散歩を。お心遣いを無駄にはしませんからね。これからローレンを薔薇園に案内します、香りを堪能してもらえるように」

ローレンは頬がかっと熱くなるのを感じた。

キットは笑いながら階段をおりて、またテラスに出た。今度はローレンとしっかり腕を組んで。「ね、言っただろう、おばあさまはロンマンチストだって。二週間も離れ離れになっていたのに、客間に座って、孫息子と婚約者をひそかに観察してたんだろうね。ときおり、熱いまなざしを交わすぐらいで」

「わたしは熱いまなざしなんて向けなかったわ」ローレンは言い返した。

「ぼくは向けたよ」キットは薔薇園に向かった。「それで、おばあさまが知恵をしぼって、チャンスをくれたわけだ。きみが寝室に入ってしまう前に、ゆっくりキスするチャンスを」

ローレンは困惑した。「みなさんに」硬い口調で言った。「そういう印象を与えていなければいいけれど――」

「ぼくを愛しているという印象？　与えただろうね。少なくとも、おばあさまには。しかも、きみはぼくたちの出会いを話して、その印象を裏づけた。あれはぼくには思いつかなかったな」

「レイヴンズバーグ卿」二人はテラスのなかほどまで来ていた。「ほかに誰もいないときまで芝居をする必要はありません。薔薇園に行く必要も。おばあさまはもうお休みになったでしょうから、このまま帰っても気づかれないはずよ。こんなふうに二人きりでいるのはよくないわ。本当に婚約したわけじゃないんですもの」

「いや、婚約は本物だ」キットは一歩近寄った。「きみから違うと言われるまでは、婚約者だ。それに、人のためだけに演技するなんて、つまらないじゃないか。だいたい、どうしてまだそんな他人行儀な話し方をするんだ？　冒険の夏を約束しただろう。冒険と情熱のひと夏を。二人きりにならないと、その約束を実行できない。今夜、薔薇園で始めよう。たっぷりキスしてあげるよ」

「キット！」ローレンは鋭い声で制した。「情熱の夏なんて頼んだ覚えはないわ。それに、キスも」

「冒険は望んだだろう」彼が耳元でささやくと、温かい息が頬を撫でた。「冒険と情熱は、いろんな意味で同義語なんだ」

「そんなこと……」ローレンは警戒した。ヴォクソールでキスされたときのことは思い出したくなかった。あれ以来、記憶から締め出している。あのキスは不安になるほど官能的だった。

「できるだけ、きみの意志を尊重するよ」低い声で笑うと、彼は格子のアーチをくぐって、薔薇園に入った。香りが息苦しいほど強くなった。

「キット！」怒ったり、品位を保とうとすればするほど、彼にはおもしろいのだろう。それはもうわかっていた。ローレンは話題を変えることにした。気をそらせたら、こんなばかばかしいことは忘れるかもしれない。「帰ったとき、お父さまはさぞ腹を立てられたでしょうね」

「ああ。父とビューカッスル公爵は――例の女性の兄だが――婚姻前契約書に署名までしてた。きみが思っている以上に、ぼくはきみに恩義があるわけだ」

「その女性は突然、婚約を破棄されたわけね」ローレンは顔を曇らせた。「傷ついてらしたでしょうね」

「フライヤが？　三年前に僕を捨てた女性だよ。腹は立っただろうが、傷ついたのとはちょっと違う。ベドウィンの人間は気性が激しいんだ。父だって、ぼくの意向を確かめもせずに話を決める権利はないはずだ」

「遠くに住んでらっしゃるの？」

「六マイルほど先に」

庭のベンチに案内されて、ローレンは腰をおろした。「じゃあ、このあたりでは、わたしたちの婚約の噂でもちきりでしょうね」

キットはベンチに片足をのせて、あげた脚に腕を置いた。ヴォクソールでもこんな姿勢をとっていたのをローレンは思い出した。

「事情が事情だから、それはしかたない。だが、ぼくは無理に結婚させられたくなかった」

「でも、三年前にはその方を愛してたんでしょう」ローレンはふとレディ・フライヤ・ベドウィンと顔を合わせる機会があるだろうかと思った。

「愛は冷めることもあるんだ、ローレン」

ローレンはそう思わなかった。少なくとも、わたしはそうじゃない。でも、わたしが後ろめたい思いをすることはない。彼には花嫁を選ぶ権利があるのだから。そして、このかりそめの婚約を発表しないかぎり、お膳立てされたとおりにするしかない。だからこそ、こうして取引したのではないか。

「弟さんはどうなさったの？」ローレンは聞いてみた。

キットはあげていた足を地面におろすと、急に近くの薔薇に顔を近づけて、じっと眺めた。

「戦争のせいだ」長い沈黙のあとで言った。「みんなでなだめたりすかしたりしたのに、どうしてもぼくと同じ連隊に入って半島に行くと言い張った。父に軍職を買わせて。シドはおよそ軍人には向いてないのに。だが、頑固に意志を押し通した。しかたなく、ぼくは母に弟を危険から守ると約束した。だが、現実にはそんな約束を実行できっこない。案の定、一年とたたないうちに、半死半生の弟を連れて帰るはめになった。軍医の手術を受けたあともいつまでも熱が下がらず、無事に連れて帰れるかどうかすらわからなかったが、どうせなら家で死なせてやりたかったんだ。ぼくも弟に負けないぐらい頑固なところがあるから」

キットの苦しい立場は想像がついた。「自分を責めないで。戦場で危険から守ることなんて不可能よ」

「戦場じゃないんだ」彼は吐き捨てるように言った。

説明を待ったが、彼はそれ以上言わなかった。

「誰かに責められたの？　弟さんに？」

「みんな、ぼくを責めた。もちろん、ぼくも自分を責めた」彼が振り返ると、闇の中で白い歯が光った。「だが、昔の話だよ、ローレン。忘れるのがいちばんだ。シドは死なずにすんだ。そして、ぼくも。終わりよければ、すべてよしだよ。あいにく、この警句をぼくより先に思いついた人間がいたが。さあ、こんなことでロマンチックな月夜をだいなしにするのはやめよう。せっかく、おばあさまのお墨付きをもらったんだから」

忘れるのがいちばん。でも、キットもシドも忘れてはいないし、なんらかの折り合いがついたわけでもない。たぶん、同じころ、キットはレディ・フライヤに恋をして、彼女と婚約した兄と喧嘩になったのだろう。自暴自棄になったのも無理はない。兄とも弟とも反目したあげく、父に勘当されたのだ。でも、伯爵の気持ちもわからなくはない。父親から見れば、彼のせいで二人の息子が傷を負わされたのだから。

そして、彼がアルヴズリーに帰ってきても、古傷は癒されていない。それどころか、今回の婚約騒動で、いっそう深くなったようだ。なんというところに足を踏み入れてしまったのかしら。ローレンは今さらながらに自信を失った。

でも、そんなことを考える余裕はなかった。キットはいつのまにか背後にまわって、うなじに体をすり寄せていた。背筋から腿にかけて温かさが伝わってくる。認めたくはないけれど、とてもいい気持ちだ。恋をして、親密な間柄になっているような気になってくる。ずっと一人だった。キルボーン伯爵一家がどんなに親身になってくれても、どこか孤独だった。

婚約者のふりをする条件として、〝冒険〟を求めたけれど、わたしはいったいなにがほしかったのだろう？　心のどこかで、抱き締められてキスされたかったのかしら？　ネヴィルにすらそんなことを求めなかったのに。彼にはもっと穏やかな、身内同士の愛情や安心感を求めていたような気がする。でも、世の中には、奔放に人生を楽しめる人もいる。たとえば、リリーのように。どうすれば、そんなことができるのだろう。

目を閉じると、心の奥にしまったはずの悲しみがこみあげてきた。リリーにあって、わたしにないものって？

ローレンは体の向きを変えて、キットとのあいだに少し空間をつくった。彼の顔は陰になっている。でも、わたしはリリーにはなれない。抱き締められても、なにもかも忘れて夢中にはなれない。わけがわからないまま押し流されるのが怖いし、それ以上に、キスされても、なにも感じなかったらと思うと恐ろしくてたまらない。そうなったら、彼はさっさと離れていくだろう。こんな取引をしたことを後悔して、なにも始めないうちに去っていくにちがいない。そして、わたしは一生誰からも愛されず、望まれない女だということを思い知らされるのだ。

「だめだよ」低い声で言うと、彼は少し顔を寄せて、両手を背中にまわした。「また殻に閉じこもらないで。きみがそうやって自分を守ろうとしてるのはわかってるよ。傷つけるようなことはしない。キスするのもやめた。気が変わったんだ」

拍子抜けしてしまったのが、われながら不思議だった。そして、屈辱すら感じた。きっと、最初からキスする気などなかったのだろう。

キットはローレンのマントのボタンをはずしはじめた。はずし終えると、さっきまで彼女が腰かけていたベンチに投げる。あらわな腕に夜気が冷たかったが、ドレスの短い袖から出た腕をゆっくり撫でる彼の手は燃えるように熱い。震えているローレンの手に親指を差し込んで持ち上げると、自分の肩にのせた。そして、今度は両手を彼女の腰に当てた。

「ぼくに体を預けてごらん。肩から膝までぴったり寄せて」

なにを言い出すのだろう。それも、自分は動かずに、わたしに行動をとらせるなんて。腰に当てた手で引き寄せようとはしない。無理強いする気はないのだ。だから、それを言いわけにはできない。突然、下腹部に鋭い疼(うず)きを感じて、体がぐらりと揺れた。両手で彼の肩を押して体を支えたが、乳房の先が彼の上着に触れた。ローレンは目を閉じて、彼の肩に額を寄せた。反射的に彼の体がこわばったのがわかった。彼の体温が上体に伝わってくる。麝香のコロンと男の匂いが漂ってくる。

それでも、彼は動かなかった。

ローレンはおずおずと腿を、そして、下腹部を、ついで腰を彼の体に押しつけた。彼の手が背中にまわされたが、そっと当てる程度で、強く抱き寄せようとはしない。ローレンの気が変わったら、いつでもやめられるだけの余裕を持たせているのだろう。

彼はそれ以上のことはしなかった。ローレンも動かなかった。それでも、少しずつ自分の体が彼の体になじんでいくのを感じた。さまざまな思いがめまぐるしく駆けめぐる。閉じたまぶたの奥に、初めて公園で見た彼の姿が見えた。あらわな上半身の引き締まった筋肉や、ぴったりしたズボンに包まれたしなやかそうな脚。生き生きと男らしい姿が。あの体にわたしは体を預けている。

長いあいだ、二人ともそのままじっとしていた。ようやく体を離して、かがんでマントを拾い上げる前に、ローレンにはひとつわかったことがあった。その種の経験がないにもかかわらず、彼が自分を求めているのがわかったのだ。そして、彼女自身、燃えるような頬や柔らかく張ってきた乳房やかすかに震える内腿を感じることで、自分が女であることを強く意識した。貴婦人であると同時に女なのだということを。

彼は触れようとも話しかけようともしなかった。それがとてもありがたかった。しばらくして、マントを手に振り返ると、彼はさっきと同じ場所に立っていた。

「つまり」ローレンはできるだけ普通の声を出そうとした。「あなたは約束を一日分実行したわけね。わたしも期待に沿えるようにしなくては。そのためにも、そろそろ戻ったほうがいいわ」

彼の顔は陰になっていて、表情は読み取れない。やがて、彼女の手からマントを受け取ると、着せかけて襟元のボタンをとめてから、腕を差し出した。

「そういうことだ」晴れ晴れとした口調だった。「明日は馬で出かけよう。朝早く。日の出ともに」

ローレンはまた失望を隠すのに苦労した。ほかになにか、もっと感情をこめたことが言えないのかしら？　さっき感じたのは、やっぱりわたしの思い込みで……。でも、それはどうでもいい。

「馬にはめったに乗らないし、早起きは苦手」

「じゃあ、明日は両方やってみることだ。楽しい夏をすごさせてあげるよ、命がけで」

「ばかなことを言わないで」

「じゃあ、明日の朝」ローレンを促してテラスを進んだ。「喜んで出かけるふりをするんだよ。誰も誘わないで。来なかったら、部屋まで呼びに行くからね」

「いくらあなたでも、できっこないわ」

彼がじろりと横目で見た。「できっこないは、ぼくの前では禁句だよ。応じてくれないのなら、寝室へでもどこへでも押しかけていく」

「あなたって紳士じゃないわね」

大理石の階段をのぼりながら彼は笑った。「今ごろ気づいた？」

9

ちょうどキットが厩から出たところへローレンが現われた。まだ六時すぎだ。屋敷を出るとき、彼女を起こさせるように召使に指示しておいたが、こんなにすぐ来たところをみると、とっくに起きて身支度していたらしい。深緑色の乗馬服に身をつつんだ彼女は、絵のように優美だった。同系色の帽子が念入りに結い上げた黒髪の上にのっていて、藤色の羽根が耳の上で揺れていた。

ひょっとしたら自分で起こしに行くはめになるのではないかと、キットはなかば期待していた。来なかったら、本気でそうするつもりだった。彼女の怒った顔は、さぞ見ものだっただろう。

「おはよう」彼は笑いかけた。「いちばんおとなしい雌馬に鞍をつけさせておいたよ。ぼくが並んで走るから、なにも怖がることはない」

「乗馬が怖いわけじゃないわ。楽しめないだけ。はっきり言って、こういうのはいや。約束では、楽しい夏が――わたしにとって楽しい夏がすごせるはずでしょ。朝早くから馬に乗らされるなんて、思ってなかった」

「まあ、そう言わずに」彼は笑った。「思い出に残る夏をすごすと約束した。ぼくは約束を守る人間だからね。心配なら前もって言っておくが、遠乗りに行くつもりはない。もっと楽しい計画を立てたんだ。いっしょに泳ごう」

「なんですって？」ぎょっとしてひるむかと思ったが、ローレンは弱みは見せない。ゆうべは彼女に欲望を感じた。彼女も頬を赤らめながら、まんざらでもなさそうだった。だが、ぼくの反応に気づかないはずはないのに、素知らぬ顔で手を引っ込めて、約束を一日分実行したのねと言っただけだった。「レイヴンズバーグ卿、言っておきますが、わたしは泳ぎません」

「キットと呼ぶ約束だろう？」

「では、キット。わたしは泳がない。何度言っても無駄よ」

「まさか、泳げないわけじゃないだろう？」両手で乗馬靴をはいた彼女の足を受け止めて鞍に乗せながら聞いた。「それとも、まったくの金槌（かなづち）？」

「さあ」ローレンはスカートを直した。生まれたときから乗っていたのではないかと思うほど騎馬姿がさまになっている。「泳いだことがないんですもの」

泳いだことがない？　いったい、どんな子供時代を送ってきたのだろう。子供時代をすっとばして、生まれながらにレディだったわけでもないだろうに。

「じゃあ、初体験というわけだ」キットは馬に乗ると、丸石を敷きつめた小道を進んだ。

「教えてあげるよ」

「無駄だと言ったでしょ」あとを追いながらローレンが言った。「諦めの悪い人ね」

ヴォクソールであんな約束をしなかったら、たぶん、彼女とはあれきりだっただろう。貴婦人として非の打ちどころがないかもしれないが、プライドが高すぎるし、ユーモアのセンスのない退屈な女性だと思っていた。しかし、あの夜、彼女の別の一面を見た思いがした。取り澄ました仮面の下に、もう一人の彼女がいて、外に出たいのに、その方法がわからないでいる。この世に生まれ出るのを待ちながら、馴れた安全な子宮にしがみついている胎児のように。

彼女との約束を守ることは、一種の償いのつもりだった。彼女の心を解き放つことができたら、人生を楽しむことを教えられたら、どんなに救われた気持ちになれるだろう。キット自身は人生の楽しみとは無縁だった。なにをしても心から楽しいとは思えない。そんなことを言ったら、友人たちは笑うだろうが、彼も仮面をつけて生きている。ローレンとはまた別の。だが、自分では楽しめなくても、人に楽しみを教えることはできるはずだ。

橋を渡って右に曲がり、川沿いにしばらく進むと、湖岸に出た。木々が鬱蒼と生い茂っていて、ときおり湖が視界から完全に消える。キットはそんな場所で馬を止めると、振り返ってローレンがついてくるのを確かめた。

「ご感想は?」

ローレンは非難がましい目を向けた。「ふだんなら、まだベッドに入っている時間だわ。お忘れかもしれないけど、今日は庭園を案内してくださる予定じゃなかった？　あなたの考える〝楽しい夏〟がこういうものだったら、わたしにとって、あの取引は失敗だったようね」

ひとまず、こちらの陣地に引き込むのに成功した。キットはひそかに会心の笑みを浮かべた。あの感情をあらわにしないミス・エッジワースが、怒りをぶつけている。

目的地は湖岸の神殿跡だった。といっても、本物の廃墟ではなく、廃墟に見せかけてつくった建物だ。風のない日に対岸から眺めると、大理石の建物が湖面に映るように計算して建ててある。実用的な役割もあった。ここまで足を伸ばす散策者の休憩所になったし、子供のころ、兄弟と泳ぎにきたときは更衣所になった。湖で泳ぐのは許されていたが、大人がついていることが条件だった。問題は、付き添う時間の余裕がある大人がめったにいないこと、いたとしても、自由に遊ばせてくれないことだった。木から飛び込んではいけない、潜ってはいけない、深いところまで行ってはいけない。口うるさいことこのうえない。だから、子供たちだけで、屋敷から見えないこのあたりまで来て、よく泳いだ。

神殿跡に着くと、馬を木につないで、ローレンを助けおろしてから、鞍の後ろに結びつけてあった包みをはずした。そして、大理石の低い階段をのぼって、柱の奥にある両開きの扉を開けた。

中に入ると、三方の壁に木のベンチがあって、床はタイル張り。壁も簡素だが、上部に凝った彫刻を施した帯状の飾り壁があって、森の精を追いかける裸体の若者の姿が描かれていた。子供のころ、ベンチの上で背伸びして、透き通った薄物をまとった森の精をつくづくと眺めたものだ。

「座ったら」そう言うと、ローレンは湖に顔を向けてベンチに腰かけた。両足をきちんとそろえ、膝の上で手を重ねて。キットは包みを床に置いて、そばのベンチに腰をおろした。

「ニューベリー・アビーは海に近かったね」

「ええ。砂浜が公園の一部になってるわ」

「なのに、泳いだことがないの？」

「砂浜は嫌いなの。靴も服も砂だらけになるし、潮風は肌を乾燥させるから。それに、海そのものが……荒々しくて」

「荒々しいか」キットは興味をそそられた。「自然は嫌い？」海が嫌いな人間がいるなんて信じられなかった。

「海が嫌いなだけ」ローレンは湖を眺めた。鏡のような早朝の湖面は日光を反射してきらきら輝いている。「とてつもなく広くて、予測がつかなくて、人間の手に負えなくて、とても……残酷だから。海からはなにも戻ってこないわ」

海につらい思い出でもあるのだろうか。身近な人が海で溺れたとか。彼女を知る手がかりが海にあるような気がした。

「お母さんが再婚して新婚旅行に行ったきり戻らなかったと言ってたね。海外に出かけたのかな？」

ローレンはぎくりとして顔を向けた。

「まずフランスに渡ったの。ちょうど戦争の合間で。そこから足を伸ばして、最後の手紙はインドからだったわ」

つまり、海は彼女のお母さんを返してくれなかったのだ。

「わたしも二人を見送りに行ったそうよ。きっと、船が水平線の向こうに消えるまでハンカチを振りつづけてたんでしょうね。でも、まったく記憶がないの。まだ三つだったから」

まったく記憶がないというより、心の奥に閉じ込めてしまって、意識にのぼらなくなったのではないだろうか。

海は彼女から母を奪った。

だが、ここは海ではないし、彼女につらい過去を思い出させるために連れてきたわけでもない。彼は立ち上がると、戸口に立って振り向いた。

「遊び友達も泳がなかった？　たしか、滝壺があったと聞いたが」

「ネヴィルもグウェンも泳いでたわ。もちろん、海で泳ぐのは禁じられてたけれど。暑い日に二人が濡れた髪で帰ってくると、クララ伯母さまは気づかないふりをしたし、伯父さまは口をすぼめて、今日は雨かとおっしゃった」

「でも、きみは規則を破らなかったんだね」

「わたしの場合は事情が違うから」

彼は肩越しに振り返った。「違うって、どう？」

「姪といっても血のつながりはないの。やむなく引き取ってもらっただけで」

「よそ者扱いされたのか、かわいそうに」

「とんでもない」ローレンはきっぱり言った。「かわいがってもらったわ。実の子のように分け隔てなく。わたしにとって、ネヴィルはお兄さんだったし、グウェンとは姉妹で親友だった。あなたも昨日見たでしょ、クララ伯母さまとグウェンが、わたしのためにどんなに親身になってくれているか。今度だって、こうして来てくださったぐらいですもの。でも、結局のところ……なんていうか、ご恩を感じずにいられないの。毎日、精いっぱい感謝を表して、愛情をかけてもらう価値があることを示さなくてはいけないのよ」

ローレン・エッジワースの謎がようやく解けた。キットは思った。そうして、彼女は自分を完璧なレディに作り上げたのだ。愛され、受け入れてもらうために。そして、キルボーンに一途な愛を捧げてきたのだ。半島戦争に出かける彼から、待たなくていいと言われても、ずっと待っていた。育ての親である伯父夫婦が、二人の結婚を望んでいたからだろう。それとも、彼と結婚すれば、ようやく家族の一員として安定が得られると思ったからだろうか。

しかし、その夢は無残に破られた。

取り澄ました冷たい女性だと思っていた。だが、実際には、物心ついたときから、不安をいだきながら、つねにこうあらねばならないと自分を駆り立ててきたのだろう。

「父方の親戚とはつきあいはないの？」

「まったく。母が出かけて一年ほどたったとき、伯父さまが手紙を出して、母が帰るまでわたしをそちらに預けようかと聞いてくださったの。亡くなった父に代わってウィットリーフ子爵になっていた叔父は、その必要はないと言ったそうよ。わたしはずっとそのことを知らなくて、十八歳になったとき、初めて叔父に手紙を出したら、寄食者や困窮した親戚は進んで受け入れないことにしていると返事がきた」

キットは言葉もなく見つめたが、ローレンはうつむいて膝にのせた自分の手を眺めていた。ヴォクソールでもこうだった。二週間前に事情を知っていたら……。

「母方の祖父は引き取ってくれたでしょうけど。わたしが頼みさえすれば」ローレンは挑むように顎を少しそらせた。このことが問題にされるのを見越して先手を打ったようだ。「でも、たぶん、同じ年頃の子供たちといるほうがわたしのためになると思ったでしょうね。実際、そのとおりだったし」

ということは、彼女の祖父のゴールトン男爵も引き取ると申し出なかったわけだ。

キットは急に笑顔になった。「せっかくの朝の時間を無駄にしてしまうよ。湖は今がいちばん穏やかなんだ」

「だったら、さっさと楽しんできて」ローレンはそっけなく言った。「わたしはここで見物してるわ。ただし目の前でシャツを脱ぐようなはしたないまねはしないで」

「上着を着てブーツをはいたまま泳げというんじゃないだろう？　きみは乗馬服に羽根のついた帽子をかぶったまま。服をだいなしにしたあげく、二人とも濡れねずみになってしまうよ」

「わたしは水には入りません。そのことは忘れて。それから、着替えは外でしていただけません？」

キットはすでに上着を脱いでベンチに投げ出し、片方のブーツを引っ張っていた。

「なにを怖がってるんだ？　水に濡れるのが？　それとも、素足を見せるのが？」

ローレンの頬がかすかに赤くなった。「怖がってなんかいないわ」

「それなら」ブーツをベンチの下に放り込むと、もう一方に取りかかった。「五分あげるから、シュミーズだけになって。五分たったら、準備ができていようといまいと、湖に放り込むからね」

「なんですって？」

「四分五十秒」

「シュミーズって」頬が真っ赤になった。

「着ていると思うが。そうじゃないとしたら、ちょっと問題だな。目のやり場に困ることになりそうだ」

ローレンが毅然(きぜん)として立ち上がったとき、またブーツがベンチの下に消えた。彼はチョッキを脱ぎはじめた。

「帰るわ」ローレンは宣言した。「やっぱり、ロンドンの親戚の言うことを聞いていればよかった。後悔しても手遅れだけど。出口をふさがないでいただけません？」

キットは笑いながら、チョッキを上着の上に投げた。そして、乗馬ズボンからシャツを引っ張りだした。「あと四分」

ローレンは小鼻をふくらませた。「たとえ、あなたでもそんなことできっこない」

「それは禁句だと言っただろう」頭からシャツを脱ぎながら、ひょっとして卒倒されるのではないかと様子をうかがった。

だが、その心配はなさそうだった。「あなたって紳士じゃないわね」

彼は小首をかしげながら、乗馬ズボンをはいたまま泳ぐか、下穿き(したばき)だけになるか迷っていた。「それは前にも聞いたよ。三分十五秒」不本意だが、ズボンは脱がないことにした。いずれにしても、替えは持ってきたし。片脚をあげて長靴下を引きおろそうとした。

「お願いですから」抑揚のない声だった。「帰らせてちょうだい」

本当に服を着たままの彼女を湖に投げ込んだりできるだろうか？　彼は自問した。おそらく、できない。いや、ぜったいに無理だ。

「冒険したいと言っただろう、ローレン。これまでと違う夏がすごしたかったんだろう？　ほかの人たちのように――育ててくれた人たちから愛情を勝ち取る努力しなくてもいい人たちのように、思いきり楽しみたかったんじゃないのか。だったら、やってみようよ。きみにその気がないのに約束を守ることはできない」

「だって、泳げないんですもの」

「教えてあげるよ。このあたりはそれほど深くない。肩まで届かないぐらいだ」

「でも、服を脱ぐなんて……わたしにはできない」

問題はそれだった。彼女のような女性なら当然だ。

「先に泳いでるよ。こっちは見ないと約束する。準備ができたら、そこにあるタオルで体を覆うといい。すっぽり隠れるぐらいの大きさはあるから。それから岸までおいで。手を貸してあげよう。なんなら、一人で飛び込んでもいいよ。それなら、ぼくに見られずにすむ」

「こんなことになるなんて思ってもいなかった。わたしが思ってた冒険は……」

「キスもだめ、情熱に流されてもだめ、乗馬もいや。いったいなにを望んでるんだ？　帰りたければ帰ったらいい。止めはしないよ」

彼はくるりと背を向けると、岸に向かった。そして、頭から湖に飛び込むと、少し離れたところで浮かび上がった。水は思ったよりずっと冷たい。目から水滴をぬぐうと、また顔を伏せて対岸に向かってゆっくり泳ぎだした。

「キット？」声がしたが、彼は振り向かなかった。

そのまま数分すぎた。きっと、ローレンは帰ったのだろう。たぶん、歩いて。ところが、振り向かないうちに、また声がした。

「キット」

湖岸に膝をついて体を丸めている姿が見えた。タオルを包んできた毛布をすっぽりかぶって、顎から上だけを出している。キットは岸に向かって泳いだ。

「凍えそうなほど冷たいわ。無理よ、こんなこと。わたしにはできない」

毛布から出て、シュミーズ一枚の姿をさらすのをためらっているのだ。湖の水は冷たいのに、キットはにわかに体温が上がるのを感じた。岸まで泳ぐと、すぐそばに立って両手を差し出した。

「さあ、決断のときだ。きみがどこまで本気で冒険を求めているか、どこまで大胆になれるか。今決めないと、二度とチャンスはめぐってこない」

ローレンは固く巻きつけた毛布をもっと引き寄せようとした。

「ぼくの手につかまって」彼は言った。「それがいやなら、家に帰ることだ」

「家に」と強調した。屋敷に帰れというつもりはなかった。彼女の目の表情から察するに、それは伝わったようだった。彼女が望むなら、計画は打ち切ろう。始まったか始まらないかのうちに終わる。伯母やいとことニューベリーにでもロンドンにでも帰ればいい。

ローレンはうずくまると、まず片手を、ついで、もう一方の手を彼の手にのせた。つかんでいた両手が離れて、毛布が草の上に落ちた。顔から火が出そうだ。彼の手をしっかりつかむと、思いきって飛び込んだ。全身をさらすよりましだと思ったのだろう。ほっそりした形のいい脚の膝から下だけがちらりと目に入った。腕から肩、そして、豊かな胸も。実際の年齢よりずっと若く見えた。

水に入ったとたん、ぶるっと体を震わせて、死にもの狂いで彼の手にしがみついた。キットは彼女を引き寄せて、肩まで水につかるようにした。凍えるように冷たくても、隠れたほうがいいだろうから。ついにやった。思わず笑いがこみあげてきた。

「溺れないからね」彼はなだめた。「凍え死ぬこともない。すぐ水に慣れるよ。それほど冷たくない。息を止めてごらん」

そう言うと、引き寄せながら水に潜った。彼女の爪が腕に食い込んでくる。ローレンは髪を黒い雲のように顔のまわりに漂わせながら、固く目をつぶっていた。急いで水面に出た。

意外にも、彼女はすぐ目を開けた。そして、濃いまつげから水滴をしたたらせながら、視線を岸から水面に向けてから、彼を見つめた。「できたわ」そう言うと、勝ち誇ったように繰り返した。「できたのよ」

キットは頭をのけぞらせて笑いだした。

そして、レッスンを開始した。まずはパニックを起こさずに顔を水につけること、鼻と口で息をすること。彼女は驚くほど覚えがよかった。これと決めたら、なにごとにも努力を惜しまない性格なのだ。

最後に、あおむけになって水に浮く方法を教えた。鉛の塊みたいに沈んだりしないし、ここなら誰にも見られる心配はないと納得させると、やっとローレンは指示に従った。といっても、彼が水中で肩の下あたりを支えているのが条件だった。何度か繰り返すうちに、体から力が抜けてきて浮くようになったので、そっと手を放してみた。ちゃんと浮いている。両腕を脇につけ、目を閉じて、一人でちゃんと浮いていた。それを見届けてから、そばを離れて彼女の足元に立った。

「今朝は空がきれいだよ。ふんわりした白い雲が空の青さをきわだたせてる」

彼女は目を開けて空を見上げた。「そうね」と答えてから、突然、彼がどこにいるか気づいた。とたんに体が沈んだ。次の瞬間、水を吐き出しながら立ち上がると、両手で目をぬぐった。

「もうちょっとで溺れるところだった」彼の責任のように言った。それでも、両手をおろすと、大きな菫色の目を見開いてにっこり笑った。すると、顔全体がぱっと明るくなって、急に輝くほど美しく見えた。「やったわ、キット。浮いたわ、一人で」

ローレンが近づいてきた。そのあとのことを、なぜかキットはよく覚えていない。気がついたら、彼女の腕が首に巻きついていて、二人で水の中をまわっていた。そして、いっしょに水中に沈む直前に唇を重ねた。

音のない世界で時間が止まった。互いの体温と唇の温かさを感じながら、達成感と喜びと誇りと欲望に突き動かされながら、二人はそのままじっとしていた。

やがて、水面に出ると、はじかれたように体を離した。ローレンはまたもとの彼女に戻った。そして、キットもいつもの彼に。

「最初の冒険を無事に終えたご感想は？」彼は冗談めかして言った。「思いきってやった価値はあっただろう？」

「とんだ恥さらしよ」ローレンはにこりともせずに答えた。「でも、相手は名だたるレイヴンズバーグ子爵ですものね。今さら気づいても手遅れだけど」

「そういうことだ」彼は応じた。「今ごろ、きみが婚約者と朝の空気を楽しみに出かけたのに誰かが気づいたかもしれない。だとしたら、たしかに恥さらしだな」

「わたしがアルヴズリーに来たのは、あなたを助けるためよ。今まで以上に不名誉な評判を立てるためじゃないわ」

キットは笑いながら岸に上がった。そして、神殿の階段を駆け上がると、タオルにくるまり、手にもう一枚タオルを持って戻ってきた。水から出ると寒さが身にしみた。

「ぼくの手につかまって」かがんで彼女を水から引き上げた。

水から上がったローレンを見て、反射的に神殿の壁画の森の精を連想した。急に落ち着かなくなった。服を着ていれば、彼女は美しいレディだ。だが、濡れたシュミーズ一枚で、ほっそりした体の線をあらわにした彼女は、男を魅了する奔放な女そのものだった。乾いたタオルを渡し、神殿に戻って服を取ってくると、振り返りもせずにまた外に出た。そこで服を着て、彼女には中で気がねなく着替えさせるために。

十分後には馬に乗って屋敷に向かっていた。今度は彼女を先に行かせた。髪がまだ濡れていて、ふだんよりカールしている以外は、いつもの気品のあるレディにしか見えない。タオルは丸めて片鞍の前に置いてあった。使ったあと彼に返そうとしなかったのは、濡れたシュミーズがくるんであるからだ。ということは、乗馬服の下にはなにもつけていないわけだ。

思い出に残る夏を提供すると約束したこと自体は、とりたてて問題はない。だが、一生未婚ですごすと公言している女性に欲望をいだくようになったのは思いがけない誤算だ。だめだ、なにかほかのことを考えよう。

「レディ・ミュアは、最近、怪我をしたの？」注意をそらそうとして聞いてみた。「それとも、昔から脚が悪いのかな」

「馬から振り落とされて脚を折ったの。かわいそうに、それがもとで流産してしまって」

「そのあと、ご主人を亡くしたんだね。きみといくつも違わないようだが」

「一歳上。ミュア卿は自宅で不慮の事故に遭って亡くなったの、欄干から下の玄関ホールに転落して。そのとき、彼女もそばにいたの。想像がつくでしょうけど、立ち直るまでに長い時間がかかったわ──今でも完全に立ち直ったわけじゃないでしょうけど。二人は恋愛結婚だったの」

　キットはなにも言わなかった。その若さでたび重なる悲劇に見舞われた女性のことをなんと言えばいいのだろう。外からはそんな苦難を乗り越えてきたようには見えない。いつも笑顔を絶やさないやさしい女性だ。

　人は外から見ただけではわからない。彼は今さらながらに思った。人間はどれだけたくさんの仮面をつけているのだろう？

　ローレンは背筋をぴんと伸ばし、貴婦人らしい気品にあふれている。だが、ほんの半時間前には、輝くような笑顔で、ぼくの腕に飛びこんできた。生まれて初めて水に浮いたというだけの理由で。

　それを思い出して彼はそっと笑った。だが、喉の奥がつんと痛くなって、涙ぐみそうになった。

10

ローレンは心配したように朝食に遅れずにすんだ。着替えてから、メイドに濡れた髪をうまくごまかして結ってもらうだけの時間もあった。クララとグウェンが迎えに来てくれて、三人でいっしょに食堂におりていった。二人は口をそろえて、アルヴズリーでこんなに歓待されてとても光栄だし、あなたはきっと幸せになれると請け合った。

伯爵側はすでに集まっていたが、老伯爵夫人の姿はなかった。午前中はほとんど居室ですごして、日課の散歩に出るぐらいだという。伯爵は女性たちを席に案内して、ローレンを右にクララを左隣に座らせた。

「今朝、遠乗りに出かけたようだね」伯爵がローレンに言った。「厩から出てくるのを見かけたよ」

「そうなんですの」ローレンは笑顔で答えた。「朝の空気はすがすがしくて爽快(そうかい)でしたわ。森を抜けて、湖の向こう側の神殿跡まで行ってきました。あそこからの眺めは本当にすばらしいですね」

「ああ、なかなかみごとだ」

「もう出かけてきたの？」クララがびっくりした。「それも、遠乗りに？」

おまけに、湖で泳いだの。ローレンは心の中でつぶやいた。まさか、伯爵に泳いだところまでは見られていないはずだけど……。でも、生まれて初めて水に浮いた。それで、ついはしゃぎすぎて、慎みを忘れてキットに抱きついてしまった。あのあとのキスは、ひょっとしたら、わたしからしたのかしら。考えるのも恐ろしかった。

「ローレンは早起きは苦手なのに」グウェンが言った。「それに、乗馬も。きっと、レイヴンズバーグ卿のおかげね」

「そうだといいんですが」キットはグウェンに笑いかけた。「正確には、無理強いに近いんです。来なかったら、ベッドから引きずり出すと脅したんですよ」

ローレンは頰にかっと血がのぼるのを感じた。

「キット！」伯爵夫人がたしなめた。

クララは苦笑いしている。

「それなら、行かないわけにいきませんわね」グウェンも笑った。

「運動のおかげで顔色がよくなったようだね、ミス・エッジワース」伯爵はそう言うと、さりげなく話題を変えた。「シドナム、朝食のあと、作業員用の小屋の工事を点検に行くから、いっしょに来てくれないか？」

ではなかった。

「わかりました」

伯爵はキットを誘おうとはしなかった。キットもなにも言い出さない。シドナムは父の執事を勤めているから、当然だといえば当然だが、それにしても……。ローレンは内心穏やかではなかった。

伯爵夫人は午前中に近隣をまわって、祝賀会の招待状を届けるという。

「今朝はキットにお相手をさせますわ」三人の客に言った。

「なにかお手伝いできることはないでしょうか？」ローレンは申し出た。

「よくおっしゃってくださったわ」伯爵夫人は喜んだ。「実は、みなさまにキットの婚約者をご紹介できたらと思っていたんですの。いかがでしょう、レディ・キルボーン、レディ・ミュア、よろしければ、ごいっしょに」

こうして、四人そろって出かけることになった。

どこからまわるか計画を立てていると、シドナムが聞いた。「リンジー館にも行くんですか、母上。あちらにも招待状を？」

「少し距離があるから、使いの者に届けさせようかしら」

「それはいささか礼を失することになりませんか」キットが言った。

「いずれにしても、いらっしゃらないでしょうから」伯爵夫人はそっけない口調で言った。

「もちろん、招待状はお出しするけれど。でも、わざわざ――」

「ぼくが行ってきますよ、馬を飛ばして」キットが言った。「どうせ、今朝は暇だから」

ぎこちない沈黙が少し続いた。

「わたしも行きたいわ」ローレンが言い出した。「戻るまで待っていただけない、キット。みなさんに紹介していただいて、リンジー館だけご挨拶にうかがわないのもおかしいでしょう」

伯爵が咳払いした。だが、全員の目が注がれても、なにも言わなかった。

「ご両家が気まずいことになっているのは承知しています」ローレンは伯爵夫妻に話しかけた。「事情は存じてますし、伯母にも話してあります。このままにならないように全力を尽くすのが、キットとわたしの務めだと思ってますの。今日の午後、二人で行きます。ビューカッスル公爵が受け入れてくださるか、公爵やご家族が祝賀会に出てくださるかどうか、それはあちらがお決めになることです」

「そんなに気を遣わなくていいの」伯爵夫人はため息をついた。「あのご一族は、なんというか……思いどおりにいかないと、つむじを曲げてしまわれるの。これはレッドフィールド家の問題ですから」

「もうすぐ一員として迎えていただくんですもの」

「あなたの勇気には感服したよ、ミス・エッジワース」伯爵が言った。「そうしてもらうのが、いちばんだと思う」

キットはテーブル越しに真剣なまなざしでローレンを見つめていた。

午前中は忙しかった。訪問したのは六軒——三軒が近くの村にあったが、残る三軒は少し離れた田園地帯。キットとの約束を果たすためでもあったが、ローレンの如才なさは第二の天性のようなものだから、どこの家でもレイヴンズバーグ卿の未来の花嫁として歓迎された。クララとグウェンがヒース夫人に花園を案内してもらっているあいだに、伯爵夫人はローレンをねぎらってくれた。

「あなたが思っていたような人じゃなくてよかったわ」

ローレンはけげんそうな顔を向けた。

「いえね、最近、キットのことではいい噂を耳にしたことがなかったの。だから、二週間前に帰ってきて、あなたのことを打ち明けられたときは、愕然としてしまって。今だから言うけれど、最悪の事態も覚悟していたのよ。ところが、こんなにチャーミングで立派なレディだとわかって、どんなにほっとしたか」

「そう言っていただくと……」ローレンは頬を染めた。「でも、がっかりなさったんじゃありませんか？　レディ・フライヤを望んでいらしたのに」

「あの話は先代のビューカッスル公爵のときから出ていたんです。土地が隣接していることでもあり、両家の縁組は理想的ですからね。でも、わたしどもの長男はレディ・フライヤと結婚する前に亡くなってしまって。それで、主人はキットなら彼女とうまくやっていけると思ったんです。わたしも賛成しました。だから、ほかの女性と婚約したと聞いたときには……。でも、必ずしもがっかりしたわけじゃないのよ、とくに、あなたに会ってからは。おかげで、あの子もやっと腰を落ち着ける気になってくれたし」そう言うと、ため息をついた。「きっと、また幸せになれるでしょう」

クララとグウェンが戻ってきて、そこで話がとぎれた。馬車に乗り込むと、二人はすぐにヒース夫人の美しい花園を話題にした。

ローレンは後ろめたさを感じずにいられなかった。夏が終わって、一方的に婚約を破棄したら、キットの両親はなんと思うだろう？　実際に会ってみると、伯爵夫妻はキットの話から想像していたような冷たい人たちではなかった。二人とも息子の幸せを心から願っている。

たくさんの善意の人を騙すような計画に乗ってしまうなんて。いえ、それは責任逃れというものだ。言い出したのはわたしなのだから。

この苦しさを誰かに打ち明けられたら。ちょうどそのとき、向かい側に座っているグウェンと目が合った。グウェンはにこにこしている。やっとわたしが幸せになれると信じて、ほっとしているにちがいない。兄のネヴィルがリリーと結婚したことで、グウェンは複雑な立場に立たされた。だから、わたしが愛する人にめぐり合ったと信じて自分のことのように喜んでくれている。

グウェンを悲しませることはできない。それに、キットとの約束は守らなくては。すべてが終わるまで、誰にも打ち明けることはできないのだ。

それから二時間後、ローレンはキットと二輪馬車でリンジー館に向かっていた。晴れたさわやかな夏の午後だったが、ローレンには楽しむ余裕はなかった。落ち着かない理由は二つあった。ひとつは、今朝の湖での出来事を思い出して決まりが悪いこと。もうひとつは、この訪問が思っていた以上に重く心にのしかかっていることだ。

キットも無言で馬を駆って、田舎道を猛スピードで飛ばしていく。なにかしゃべってくれればいいのに。お天気とか、なにか無難な話題を見つけて。考えまいとしても、今朝のことがよみがえってくる。二人とも裸同然の姿で湖に入ったりして、あれは現実だったのかしら？　それとも、夢でも見ていたのかしら？　でも、なぜそんな変な夢なんか……。ローレンは日傘をぐるぐるまわした。

「わかってるよ」キットが前方を向いたまま言った。「隠しても無駄だ」

「なんのこと？」

「日傘をやたらに振りまわしてる。気持ちが揺れ動いてる証拠だよ」

「そんなことないわ」ローレンは日傘の柄を握った。

干草を積んだ荷馬車が、前方からのろのろ近づいてきた。キットは巧みな手綱さばきを見せて、馬車を生垣ぎりぎりのところまで寄せてから、荷馬車の農夫に笑いかけた。農夫はぴょこんと頭をさげると、前髪を引っ張って敬意を示してから、皺の刻まれた顔をくしゃくしゃにして笑い返した。馬車がまた無謀なほどの速度で走りだした。荷馬車が遠ざかると、ローレンはようやく日傘の柄を握り締めていた手から力を抜いた。

「ベドウィン家は六人きょうだいだ」キットが説明を始めた。「これから行っても、誰にも会えないかもしれないが。年の順に言うと、一番上がビューカッスル。弱冠十七歳にして父親から爵位を継いだ。それから、エイダン、ラナルフ、フライヤ、アレイン、そして末娘のモーガン。こんな風変わりな名前をつけるぐらいだから、母親は古いケルト文学の愛読者だったんだろうな。ちなみに、ビューカッスルはウルフリックという名だが、家族以外そう呼ぶ人間はいない。みんなぼくたち兄弟とは幼馴染だが、長男のビューカッスルと末っ子のモーガンは、年が離れすぎていて、あまり遊んだ記憶がないんだ。エイダンは今、半島で国家のために戦ってるが、彼以外は夏場はリンジー館にいるはずだ。言っておくが、男女を問わず、わがままな子供がそのまま大人になったみたいな連中だ。正直なところ、きみを連れて行っていいものか今でも迷ってる。子羊を狼(おおかみ)の群れに飛び込ませるようなものだからね」

でも、人生の困難には誠意を尽くして向かい合わなくてはならない。ローレンは子供のころからそう教えられてきた。礼儀正しい態度がなにより大切で、不安やためらいを外に表してはならない、と。

「心配しないで。ここに来たのはあなたを助けるためですもの。そういう取引だったでしょ」

田舎道を数マイル走ると、やがて楡(にれ)の並木道のある広い道に出た。その奥に石造りの邸宅が見える。さまざまな建築様式が採り入れられていて、ひと言で何様式とは言えないが、壮麗な建物なのは確かだ。あれがリンジー館にちがいない。ローレンは胃がきゅっと縮むのを感じた。

「きみは約束を果たそうとひたむきに努力してくれてる」キットが言った。「だから、今日の午後はとびきり楽しい冒険をプレゼントするよ。胸がときめくような体験も」

「一日に二度も泳ぐ気はないわ。それに――キスも――もうたくさん」

「そうじゃないよ」彼は笑った。「実は、木登りはどうかと思ってるんだ」

ぎょっとしたが、聞き返す余裕はなかった。道は二つに分かれて、広々としたみごとな庭園を囲む形で続いている。庭園の中央には大理石の噴水があって、きらめく水を空高く噴き出しては、夏の太陽を受けて虹をいくつも作り出していた。キットはローレンを助けおろしてから、厩からとんできた馬番に馬と馬車を預けた。

「この屋敷はいろんな建築様式の寄せ集めだ」玄関のノッカーを打ちつけながら、彼が言った。「歴代の公爵が祖先に敬意を表して、なにひとつ壊さないまま増築や改築を繰り返したおかげで。玄関広間は中世のままだよ」

入ったとたん、そのとおりだとわかった。天井はオーク材の梁がむきだしになっていて、装飾のない壁には、中世の騎士が鎧の上にはおった紋章入りの陣中着や色あせた旗がかけられている。反対側の壁際には大きな暖炉があって、どっしりしたオーク材のテーブルが、中央の空間を占めていた。

「公爵がご在宅か確かめてまいります」初老の執事が言った。

きっと、うんざりするほど待たされるだろう。会ってくれないかもしれない。ローレンは深く考えないことにした。キットはなにも言わなかった。両手を背中で組んで、入口のそばに足をやや開いて立っている。

広間の突き当たりに楽師の演奏用のバルコニーがあって、突き出た欄干から床まで、精巧な彫刻を施したオーク材の衝立(ついたて)で仕切られていた。ローレンが彫刻を見ようと近づいたとき、頭上から声が聞こえた。

「これはこれは。陸軍少佐レイヴンズバーグ子爵じきじきにお出ましとは」

キットはさっと顔を上げたが、ローレンはバルコニーの陰から出なかった。「やあ、ラナルフ」キットがそっけなく会釈した。

ラナルフ・ベドウィン卿だ。「表敬訪問というわけか。あまり、賢明な行動ではないな。悪いことは言わないから、さっさと陰気な花嫁のもとに帰ることだ。いい組み合わせじゃないか。捨てられた者どうしで」

ローレンは思いきって姿を見せるべきかどうか判断がつかなかった。

「失礼ながら」キットの声は姿の見えない男と同じような愛想のいい声で応じた。「リンジー館の主人ではないきみに命令されるつもりはない。ビューカッスルに会いにきたんだ、婚約者を紹介するために。近い将来、隣人になるわけだから」

「きみの未来の花嫁はぼくの足元で怖気(おぞけ)をふるっているのかな?」ようやく、ローレンが衝立の陰にいるのに気づいたらしい。「失礼しました、お嬢さん。今の言葉はキットにぶつけたもので、あなたにではありません」

ローレンは衝立の陰から出た。ラナルフ卿は、豊かな縮れた金髪とくっきり整った目鼻立ちの大男だった。反射的に、歴史の本で読んだことのあるバイキングの戦士を連想した。

「ご丁寧に痛み入りますわ」ローレンは言った。「さぞ間の悪い思いをなさったことでしょう。でも、誰でも失敗から分別や思いやりを学ぶものですわ」

ラナルフ卿は苦笑した。「紹介してもらえるかな、キット、手きびしい批判を浴びせたレディに」

「こちらはラナルフ・ベドウィン卿だ、ローレン」キットは言った。「礼儀作法にうるさくて、席を蹴って立ったり、鼻を殴ったりすると、ご機嫌を損ねる。ラナルフ、こちらはミス・エッジワースだ。謝罪したいことがあるんだろう？」

「陰気なうんぬんは撤回しますよ。あなたをひと目見ていたら、そんなことは言わなかった。心からお詫びします。ところで、リンジー館の本物の主人がお目にかかるそうですよ。いや、不在だと伝えさせるつもりかな。どっちだ、フレミング？」

執事はそれには答えなかった。「どうぞ、子爵さま」キットに言うと、うやうやしく頭をさげて、バルコニーとは反対側に案内した。

背後から笑い声がした。ベドウィン一族はわがままな子供がそのまま大人になったようだと聞かされたのをローレンは思い出した。

通された客間には、その一族が集まっていた。キットとローレンが入っていっても、誰一人声もかけず、身じろぎもしない。奥行きのある広さや豪華さは、客を圧倒するのが狙いとしか思えなかった。王族を描いた昔の絵のようにずらりと居並ぶ男女の姿が、いっそう威圧感を与える。だが、ローレンは負けなかった。目を伏せてペルシャ絨毯(じゅうたん)を見つめたりせず、堂々と顔を上げて前方を見た。

　ビューカッスル公爵は――突き当たりの暖炉の前に立っているのが、きっと公爵だ――長身で、浅黒い肌に黒髪、唇は薄く、見るからに傲慢そうだ。なかば閉じた目には微笑のかけらもなく、客を歓迎している様子はまったくない。公爵と同じ肌と髪の色をした痩せた若い女性が、にこりともせず隣に座り、そのそばに黒いドレスを着た年上の女性が控えていた。公爵の反対側には、ほっそりした黒髪の若い男が立っていて、指輪をはめた手をソファの背もたれにのせている。公爵に似ているが、ずっとハンサムで、どことなく人を小馬鹿にしたような表情を浮かべている。それはソファに座っている女性も同じだった。レディ・フライヤ・ベドウィンだと、すぐぴんときた。もっとも、想像していたような女性ではなかった。キットから話を聞いて、無意識のうちに、兄に逆らえない弱々しい美女を思い描いていたのだ。

　レディ・フライヤは乗馬服にブーツといういでたちだった。弱々しくも美しくもなく、波打つ金髪を背中まで垂らし、男のように足を組んで座っている。そして、目を細めてローレンの頭のてっぺんから爪先までじろじろ眺めていた。

　公爵の前に出るまでの時間の長かったことといったら。二人が近づくと、公爵はかすかに首を傾けた。

「レイヴンズバーグ」穏やかだが、氷のように冷たい声だ。

「ビューカッスル」キットも穏やかに応じた。「婚約者を紹介させてください。ニューベリー・アビーのミス・ローレン・エッジワースです。こちらはビューカッスル公爵だ、ローレン」

重いまぶたの下から銀色の目が向けられると、ローレンは反射的に狼(ウルフ)を連想した。ウルフリックという名だと聞いたせいだろう。

「ミス・エッジワース」ローレンが膝を折ってお辞儀をすると、公爵は丁重だが冷ややかな声で呼びかけた。「こちらも紹介させていただこう。レディ・フライヤ・ベドウィンにレディ・モーガンと家庭教師のミス・クーパー、そして、アレイン卿だ」

やはり、レディ・フライヤは乗馬服の女性だった。ローレンは一人ひとりに丁寧にお辞儀しながら、アレイン卿がフライヤと同様、上から下まで無遠慮に眺めているのに気づいた。さらに悪いことに、服の下まで見透かすような目つきで。

「今日は母の代理でうかがいました。ご一同に祖母の誕生祝賀会にご出席願えればと存じまして」キットが言った。「明日にはお客さまがおみえになる予定ですが、すでにキルボーン伯爵未亡人と令嬢のレディ・ミュアにはお越しいただいています」

「レディ・レッドフィールドによろしくお伝え願いたい」公爵は答えた。「おかけください、ミス・エッジワース。ミス・クーパー、お茶の用意をするように伝えてもらえるかな」

家庭教師は立ち上がって、うつむいたままお辞儀をすると、急ぎ足で出ていった。ローレンは勧められた椅子に腰をおろした。

「キルボーン伯爵」レディ・フライヤが眉を寄せながら、爪を長く伸ばした人差し指で顎をささえた。「どこかで聞いたようなお名前ね。そうそう、現在の伯爵夫人は、降って湧いたようにニューベリーに現われて、伯爵が重婚罪を犯すのを阻止したんじゃなかったかしら」

「間一髪だったそうだよ、フリー」アレイン卿が物憂げな声で調子を合わせる。「結婚式はすでに始まっていた。花嫁は祭壇に向かっていたんだ」

「ああ、思い出した」レディ・フライヤはそう言ってから、はっとした顔になった。「あのときの花嫁……あれはあなただったの、ミス・エッジワース？」目に意地の悪い光が輝いている。

「お聞きになった噂に間違いございませんわ」ローレンは落ち着いた声で答えた。

「まあ、わたしったら。屈辱的な出来事を思い出させてしまうなんて。許してくださいね」

ロンドンに出るにあたって、ローレンがなにより恐れたのは、こういう嘲笑の的になることだった。だが、面と向かって言われたのは初めてだった。「謝っていただくような理由はありませんわ。この場にふさわしい話題とは思えませんけれど」そう言うと、公爵に笑顔を向けた。「下の広間のオークの衝立を拝見する機会がございましたの。彫刻がほれぼれするほどみごとでした。もとのままそっくり保存なさっているのですか？」

それから十五分ほど、いとまを告げても礼を失しないぐらいのあいだ、巧みに会話を進めて、あたりさわりのない誰もが話に加われるような話題を提供した。ベドウィン一族が一致団結して冷ややかな態度を示しても、ローレンはひるまなかった。

「乗馬はなさるの、ミス・エッジワース？」一年のうち少なくとも一定期間をロンドンですごす利点を論じている最中に、フライヤが唐突に聞いた。

「ええ、もちろん」ローレンは答えた。

「狩猟は？」

「いいえ、一度もありません」

「でも、乗馬には自信がおありなんでしょ」

「どうでしょうか？　もちろん、ときには――」

「ギャロップで遠出ができる？　生垣が飛び越せる？　太腿のあいだに馬をじかに感じるスリルを味わうだけの勇気がおありかしら？」

貴婦人として教育されてよかったと痛感するのはこういうときだ。露骨な表現で挑発されても、ローレンは眉ひとつ動かさなかった。レディ・フライヤは本当に男のように両脚を開いて馬にまたがっているのかしら？

「いいえ」にこやかに答えた。「その意味では、乗馬には自信はありませんわ」

「水泳は？」

「いいえ」浮くことはできると自慢しても始まらない。

「では、クリケットは？」

クリケットは紳士のスポーツではないか。「いいえ」

「射撃は？」

「とんでもありません」

「釣りはいかが？」

「したことがありません」

「じゃあ、ビリヤードは？」

「いいえ」

「じゃあ、なにをなさるの、ミス・エッジワース」フライヤは声にも表情にも侮蔑を隠そうとしなかった。ローレンを世にも退屈で無能な女だと印象づけるまで攻撃の手をゆるめないつもりなのだ。

　誰もその場をとりなそうとしなかった。キットですら、興味をそそられた顔でローレンを見つめているだけだ。ベドウィン一族はローレンを信じられないほど退屈な女性と決めつけようとしている。家庭教師のミス・クーパーだけが、いたたまれないように目を伏せていた。

「貴婦人に要求されることはひととおり身につけていますわ」ローレンはフライヤの目をまっすぐ見ながら言った。「とりわけ天分に恵まれていると自慢するつもりはありませんけれど。針仕事はなんでも得意ですし、家計の管理もできます。英語と同じようにフランス語とイタリア語を操れますし、スケッチにピアノに、歌も歌えますわ。親戚や知人に手紙を書いて喜ばれていますし、本を読んで教養を深め、楽しい会話ができるように心がけています。なにより大切にしているのは、どんな状況でも礼儀を忘れないこと。訪ねてきてくださった方にくつろいでいただいて、決まりの悪い思いをさせたり無知をさらけ出させたりしないように」

アレイン卿が愉快そうに目を輝かせているのをちらりと見ながら、ローレンは立ち上がって、いとまを告げた。男たちも立ち上がった。

「では、近いうちにアルヴズリーでお目にかかりましょう」キットが言った。

「ありがとうございました」ローレンは公爵に言った。「温かいおもてなしに感謝いたします」

公爵は目をそらさずに会釈した。「こちらこそ、ミス・エッジワース」

キットが腕を差し出し、二人はまた部屋を横切って戸口に向かった。全員の視線を背中に感じながら。

「あんなつまらない女」フライヤは客間のドアが閉まるか閉まらないかのうちに言った。

「キットが本気で相手にするはずがないわ」

アレイン卿が含み笑いをした。「だが、一回戦は完敗じゃないか、フリー。言い返すこともできなかった」

「ばかなこと言わないで！」フライヤは不機嫌に言い返した。「すぐに彼を死ぬほど退屈させるに決まってるわ。針仕事に家計にフランス語にイタリア語に歌ですって――くだらないったらない。干しスモモを飲み込んだみたいな顔をして、背もたれに寄りかかりもせずに座って、それに、なによ、喉の渇きなんか一度も感じたことがないとでもいうようにティーカップに申しわけ程度に口をつけたりして。中世の衝立のことしか話題がないような女が、キットになにを提供できるというの？」

「ひとつ忠告しておこう」公爵が言った。穏やかな口調だが、思わず背筋を伸ばさずにいられない迫力がある。「どんなスポーツでも、常に防御を固めることが賢明で、無駄な猛撃を加えるべきではない」

「でも、わたしは――」

　しかし、フライヤですら、公爵に銀色の目で見つめられると、あとの言葉を呑み込むしかなかった。

「それから、ベドウィンの人間は」公爵は戸口に向かいながらつけ加えた。「どんな状況でも感情をあらわにすべきではない」

　フライヤは不満そうな顔で口を開きかけた。だが、兄の背中に反抗的な言葉を投げかけるほど愚かではなかった。そのかわりに、ドアが閉まるのを待って、もっと攻撃しやすい相手に憤懣（ふんまん）をぶつけた。

「その薄笑いはやめて」弟のアレインに言った。「じゃないと、無理やりやめさせるわよ」

　アレイン卿が即座に笑いを引っ込めると、ますますいきりたった。

「それに、あなたは」人差し指を妹に突きつける。「勉強部屋にいるはずでしょ。ウルフはなにを考えているんだか。会う義理なんかないのに、あなたまで呼び出すなんて」

ミス・クーパーがはじかれたように立ち上がった。

「でも、フライヤ」モーガンが平然と言った。「お兄さまはベドウィン一族が勢ぞろいして、にこりともせずに黙っていたら、ミス・エッジワースがどんな顔をするか楽しみにしてらしたのよ。ラナルフも来ればよかったのに。だけど、あの人、びくともしなかったわね。それに、キットはずっとおもしろがってたし。目を見ればわかったわ」

「レイヴンズバーグ卿とおっしゃい」

「キットと呼んでいいと言われたもの」モーガンは言い返した。「わたしが五歳のとき、みんなについていけなくて困ってたら、肩車してくれて。だから、気にしないで、フライヤ」

そう言うと、立ち上がって、意気揚々と出ていった。ミス・クーパーがあわててあとを追い、アレイン卿がまた笑いだした。

「あいつも短気だな。そのうち誰より手に負えなくなるぞ、フリー」

11

「レディ・フライヤは傷ついたでしょうね」

「そんなことはないよ」キットはローレンの手を取って腕にからませた。「プライドの高い女性だから、かちんときただろうが、それだけのことだ」

二人は花壇のあいだの砂利道を進んで森に向かっていた。花壇からはみ出した花房が、ローレンの小枝模様のモスリンのドレスの裾をかすめる。キットはついさっきレディ・キルボーンとレディ・ミュアを自然探索路に案内したばかりだった。ローレンも誘ったのだが、老伯爵夫人と薔薇園に散歩に行くために残った。それで、あらためて二人で出かけることにしたのだ。

「本当にそれだけ？」ローレンがまた聞いた。

リンジー館からの帰り道、二人ともほとんど口をきかなかった。暗黙のうちに、気持ちを整理するまでは黙っていようと決めていた。それでも、こうしてまた二人きりになると、話題はどうしてもそのことになった。

「三年前、彼女に夢中になったのは事実だが、長続きしなかった。幼馴染だった彼女になぜ急に恋心をいだいたのか、今になると、よくわからない。たしかに、彼女が兄のジェロームと婚約したと聞かされたときは、逆上して兄とラナルフを殴ったりした。そして、そのまま半島の所属部隊に戻ったが、彼女が嘆き暮らしたとは思えない。フライヤはそんな女性じゃないから」

「あなたはどうなの？」花壇を通りすぎ、狭い芝生を横切ると、太鼓橋にさしかかった。石を敷きつめた川底を小川が音をたてて流れ、少し先で川に合流している。

「いまだに彼女に想いを寄せているんじゃないかと言いたいのか？」キットは聞き返した。

「いや、夢中になったのも速かったが、忘れるのも速かった。それに、きみがいるのに、彼女にそんな感情をいだくわけがないだろう」

「でも、わたしたちの婚約は、かりそめのものよ。わたしに気を遣う必要なんかないわ。彼女を愛していたんでしょう？」

ブーツが橋板をかたかた鳴らしたが、ローレンの足音はほとんど聞こえなかった。フライヤを愛していたのだろうか？　彼は自問した。あの夏はそう信じていた、だが、今考えると、つかのまでも現実を忘れるために、がむしゃらに彼女を求めていたような気がする。といっても、欲望が満たされたわけではなかった。彼女は一度ならずそんなそぶりを見せたが、いつも土壇場で身をかわした。当時はからかわれているとは思わなかったが、はたして彼女はどこまで本気だったのか。

「あとで振り返って、そのときの感情にレッテルを貼ることはできない。たしかに、あのときは結婚して半島に連れて行こうと思っていた。あの夏は、なにかに駆り立てられていたような気がする。今日きみを問いつめる彼女を見て、ちっとも変わっていないとつくづく思ったよ」

二人は北に曲がった。そこからは屋敷の横手から裏へとつづく上り坂の小道がつづいている。さっきローレンの伯母といとこを案内したのは、反対側の、川沿いのもっと歩きやすい道だった。

「わたしは気にしてないわ。レディ・フライヤの気持ちがよくわかるから。わたしはあんなふうにリリーに嫌味は言えなかったけど」

「ぼくが黙っていたのに腹を立ててるんじゃないか?」キットは聞いた。「だが、最初に毅然とした態度をとらないかぎり、ベドウィン一族にことあるごとに愚弄されるのがわかっていた。その点、きみは本当に立派だったよ。ラナルフの尊敬を勝ち取ったし、ビューカッスルとアレインとモーガンからも一目置かれた」

「レディ・フライヤは、乗馬も水泳も狩猟もクリケットも得意なんでしょう? 人生の楽しみ方を知っていて、情熱的に取り組んでいくところは、あなたと同じね。わたしがここにいるあいだに、もう一度よく考えてみたらどうかしら? 三年前のことは忘れて、彼女との結婚を」

シャクナゲの茂みに囲まれた狭い道にさしかかった。丈の高い木々が芳香を放つ天蓋となって、午後の太陽をさえぎっている。ローレンは日傘を薔薇園に忘れてきた。キットは彼女の横顔を見つめた。最近、この婚約が本物でないことを忘れているときがよくある。

「それより、もっと有効に時間を使おう。きみに求婚して本当に婚約するとか」

「無理よ」ローレンは首を振った。「わたしたち、共通のものがなにひとつないもの。あなたにだってわかってるはずだわ。今度のことが終わったら、わたしは自由になれるの、念願かなって」

ローレンにはぼくと結婚する気はまったくない。それを認めるのは、キットにとって屈辱的なことだった。理想的な結婚相手とは言えないかもしれないし、もともと今回のことは二人で納得して決めたことだ。それでも、彼は複雑な気持ちにならずにいられなかった。

「お父さまのことも誤解してるかもしれない」ローレンがまた言った。「家同士のために強引に縁談を進めたとはかぎらないでしょ。お父さまにしてみれば、仲直りのしるしだったんじゃないかしら。きっとあなたが喜ぶと思ったのよ」

「どうしてそんなことを言うんだ？」彼は眉をひそめた。

「今朝、お母さまから聞いたの。ねえ、キット、誰にでも思い込みはあるわ。三年前に勘当されたから、だから、お父さまがあなたを愛していて、あなたの幸せを願っているという事実が受け入れられないのよ」

仲直りのしるし？　ただ親の権威をふりかざして、息子の――もうすぐ三十歳になる息子の意思などおかまいなしに、思いどおりにしようとしているだけではないか。

前方に屋敷の北側の高台に出る道が見えてきた。そこから右に枝分かれした石ころだらけの狭い急坂があって丘まで続いている。丘の上には古い塔があった。キットはローレンを促して狭い急坂に折れると、組んでいた腕をほどいて、手を引きながら歩きだした。ローレンはもう一方の手でスカートの裾を引き上げて苦労しながらついてくる。

「キット」彼女は呼びかけた。「お兄さまが亡くなったのは、あなたが半島に戻ったあとだったのね」

「ああ、一年ほどたったときだ。最初は風邪だったんだ。その年の秋は土砂降りの雨が一週間以上続いて川が氾濫(はんらん)して、川のそばのコテージで暮らしていた労働者たちが孤立してしまった。うちで使っていた男たちではなかったが、ジェロームは救出に駆けつけた。ボートがたりなかったから、何度も泳いで往復して、おおぜいの命を救った。実際、それほどの豪雨でも死者は出なかった——兄が二週間後に亡くなった以外には」

「そうだったの。立派な方だったのね」

「ああ」ぼくに鼻柱を折られても、拳ひとつ振り上げず、反撃しようともしない立派すぎる兄だった。そして、ぼくが帰るのも待たずにさっさと逝ってしまった。握手も交わすこともなく、仲直りもしないまま。

「お墓はどこにあるの？」

「教会の一族の墓所——だと思う」キットは正確な場所を知らなかった。墓参りしたこともない。半島に戻ってから、兄から手紙をもらったことはなかった。キットも出さなかった。あれ以来、初めてアルヴズリーから届いた便りは、父の筆跡の黒枠の封筒だった。

手紙を読むと、キットは野営地を出て野原に行った。そして、虚空を見上げてわめき、目に見えない残酷な神に向かって拳を振りまわした。そして、任務から戻って二時間とたっていなかったにもかかわらず、みずから志願してまた特殊任務についた。文字どおり寝食を忘れて任務に打ち込んだ。そうすることで、なにもかも——自分が生きていることすら忘れてしまいたかった。

「すごい坂ね」ローレンは息を切らしていた。振り返ると、木々のあいだから、はるか下に高台に通じる道が見える。その向こうの枝越しに、屋敷の色とりどりの花壇が垣間見えた。

「ひと休みしよう」キットは立ち止まった。

帰ってこなければよかった。彼は心の中でつぶやいた。ロンドンの独身用アパートメントから社交クラブに通って、昼も夜も友人たちとすごしていたころは、ローレン・エッジーワースを賭けの対象にしたころは、今よりずっと気が楽だった。かりそめの婚約者を伴ったぐらいでは、なにひとつ取り戻せないのだ。

ジェロームは死んだ。二度と戻ってくることはない。そして、シドは……。

「なぜお兄さまはレディ・フライヤと丸一年も婚約したまま結婚しなかったの?」ローレンが聞いた。

たしかに、父から手紙が届いたときは、二人はとっくに結婚していて、フライヤは未亡人になったと思い込んでいた。そうではないと知ったのは、国に戻って軍職を離れてからだ。あのときは驚いた。そして、ショックを受けた。

「さあ」彼は肩をすくめた。「勘当されてからは、なにも知らされなかったから」

二人はまた歩きだした。ローレンは赤い顔で荒い呼吸をしている。きゃしゃな靴で石がごろごろしている坂を登るのは大変だろう。それでも、弱音は吐かない。静かな威厳を絵に描いたような女性だ。そう思ったとたんに、いとしさがこみあげてきた。ラナルフやフレイヤと堂々と渡り合ったときのことを思い出すと、思わず頬がゆるんだ。

「なにがおかしいの？」

「おかしいわけじゃない。楽しいんだ。晴れた夏の日に静かな田園風景を楽しんでる。二人とも若くて健康で、美しい自然に囲まれているんだよ」そう言うと、本当に楽しくなってきて、彼はローレンの手を引っ張った。「見せたいものがあるんだ」

「あの塔？」ローレンが目を上げた。「きっと、くねくね曲がった急な石の階段があるんでしょうね。それをのぼれというんでしょ？　せっかくだけれど、遠慮しておくわ。のぼるのは比較的楽だけど、大変なのはおりるほうよ」

「塔じゃないよ。最高の眺めは、塔のてっぺんからは見られない」

「まさか……」ローレンは足を止めて彼をまじまじと見た。「それだけはだめ。だって、キット、生まれて一度も木に登ったことなんかないのよ。グウェンとネヴィルは登っていたけど。第一、木登りなんて子供のすることだわ。ここまで登れば、どこからでもいい景色は見られる。ほら、お屋敷の屋根がよく見えるじゃないの。言っておくけど、わたしはぜったいに木になんか登りませんからね」

めざす枝に登りはじめるまでに、それから十分以上かかった。キットが子供のころよく登ったオークの老木ほど高くはないが、塔よりは高いし、枝が頑丈で太いうえ、足をかけるところがたくさんある。それでも、登るのはけっこう大変だったし、ローレンを説得するのは、もっと大変だった。先に登らせて、後ろから支えて持ち上げようとしたが、彼女は支えられるのをいやがった。

「一人で登るから、おかまいなく」押し上げようとしたが、そっけなく断られた。「こんなつもりじゃなかったわ。いったい、どこが楽しい夏なのよ」

「思い出に残る夏なのは確かだろう？　一日のうちにシュミーズ一枚で泳いで木登りしたんだ。世間に知れたら、きみの評判ががらりと変わるのは間違いない」

枝は周囲の木の幹より太かった。

「ほらね。よほどのことがないかぎり落ちる心配はない」なんとか登って、二人で枝に腰かけると、開いた脚のあいだにローレンを引き寄せた。背中を胸に預けさせ、ウエストに腕をまわして抱きとめる。

「こんなつもりじゃなかったのに」ローレンはまだ不満そうだ。「いったい、どうやっておりるつもり？」

彼女の心臓の鼓動が伝わってくる。坂を登り、木登りまでしたおかげで、汗ばんで、動悸が激しくなっていた。体をこわばらせ、肩に頭を預けたまま身じろぎもしない。ボンネットはさっき木の根元に脱ぎ捨ててきた。

「ぼくを信じて」彼は耳元でささやいた。

「無謀なことばかりするので有名な人を信じろというの？」ローレンは目を閉じた。「大胆不敵なスパイとして何度も特殊任務についた将校を？」

「どの任務からも無事に戻ってきたのを忘れないで」

ローレンの鼓動がだんだんゆるやかになってきた。緊張が解けはじめたようだ。なかば枝によりかかるようにして、膝を軽く曲げて足を踏ん張っている。ほっそりと長い脚の輪郭が薄いモスリンのドレスの上から見える。第一印象がどんどん変わっていくのは不思議なほどだ。ローレン・エッジワースは、冷たい彫像のような女性ではない。女らしい魅力にあふれている。

「思いきって目を開けたら、登ってきた価値はあったと納得できるよ」

「無理よ、そんなこと」そう言ったものの、ローレンは目を開けた。

本当にすばらしい景色だった。梢の向こうに屋敷の庭園が見える。花壇の幾何学的な形が、ここからだとはっきりわかった。屋敷を取り巻く芝生や湖に流れ込む川や鹿猟場も、村の教会の尖塔や丘陵地も、そして、ずっと遠くの農地も見渡せた。

目だけではなく、五感すべてを楽しませてくれる風景だ。鳥のさえずりが聞こえ、さわやかな風がほてった頬に快い。傾きかけた午後の太陽が木漏れ日を投げかけている。草いきれが鼻腔をくすぐり、かすかに石鹸の匂いもした。

「登ってきた価値があったとは思えないわ。たしかに、いい眺めだけど」

これが彼女なりの精いっぱいの賛辞なのだろう。そう思ったとき、キットは意外なことに気づいた。かすかな震えを感じて顔をのぞきこむと、声を殺して笑っていた。ローレン・エッジワースが笑っている！

「わたし、木の上にいるのよ。グウェンもクララ伯母さまも、信じてくれないわ。わたしを知ってる人なら、誰一人信じない。ローレン・エッジワースが、ボンネットもかぶらずに木の上にいるなんて」

心の底から楽しそうに笑っている。彼女をしっかり支え直しながら、キットもつりこまれて笑った。

「どう、楽しい？」笑いがおさまると聞いてみた。

「認めないわけにはいかないみたい」そう言うと、ローレンはまた笑いだした。だが、しばらくすると、今度は少し沈んだ声で言った。「今日のことは一生忘れないわ。ありがとう、キット」

彼はローレンの頭のてっぺんに頰をつけた。日光を浴びて髪が温かい。今日初めて彼女は湖に入り、木に登った。それだけのことを一生忘れないと言ってくれた。きっと、ぼくも一生忘れないだろう。

膝を立てると、彼女を脚のあいだにはさんだまま、ゆったりと体の力を抜いた。最後にこんなことをしたのはいつだっただろう？　のんびり日向ぼっこをしながら、そばに人がいるだけで安心できたのは？　いや、生まれて初めてのような気がする。少なくとも、ここ何年もこんな屈託のない気分になったことはなかった。空白の時間をつくらないように常に予定を入れ、なにかのはずみに自分の心と向かい合わずにすむようにしてきた。夜もできるだけ寝ないようにしてきた。そして、くたくたになって倒れこむように眠りに落ちた。だが、それでも夢が追いかけてきた。

だが、今は心の中がからっぽになって、自分を守ることすら忘れていた。彼は目を閉じた。

昔から、小柄な女性が好きだった。彼自身、背が高いほうではないから、小柄で豊満な女性に魅力を感じた。そして、情熱的な女性に。ここ何年か、そういうタイプの女性と逢瀬を重ねてきたが、誰とも長続きしなかった。フライヤに夢中になったときもそうだった。ほかの女性たちと違って、肉体的な欲望が満たされなかったせいで、はっきり幕引きができなかったが、いつのまにか終わってしまった。

ローレンは女性にしては背が高い。それに、痩せ型で、性格もおよそ情熱的とは言いがたい。だが、今はそんな彼女に惹かれている。キットは顔をうずめて、髪の匂いを吸い込んだ。欲望を感じても、これまでと違って自分を抑えることができた。すぐにも渇望を満たしたいとは思わなかった。

顔にかかった髪を頰ずりして払いのけると、こめかみに、頰に、顎に唇をつけた。そして、耳たぶにキスして、そっと嚙んだ。

ローレンはまた目を閉じた。かすかに彼に頭を寄せる。彼は首筋にキスすると、そっと鼻をすりよせた。

彼女とはなにもかもぴったりくる。安心して寄りそっていられる。といっても、それだけで満足できるわけではなかった。全身の血が騒ぎ、体じゅうが彼女を求めているのを感じる。だが、同時に、いたわりの気持ちが湧いてきた。この二つの感情を同時に感じたことはなかったのに。

また頰を寄せると、ウエストにまわしていた手を下にずらせた。柔らかい平らな下腹部を手のひらに感じた。両手で乳房をそっと押さえてみた。そのまましばらくじっとして、抵抗したり、彼の手を払いのけたりする時間を与えた。眠気を催すような欲望がじわじわとこみあげてくる。なんとも不思議な気分だった。彼女が手をのばして、彼のヘシアンブーツの、足首のすぐ上のあたりに置いた。

小さいけれど、形よく盛り上がった乳房だ。まるでそのためにあるかのように手にすっぽりとおさまる。乳首を親指の腹でやさしく刺激すると、つんと固くなった。顔をさげて、首の付け根のくぼみに唇をつけた。そして、肌の温かさを味わいながら、すべすべした胸元に熱い息を吹きかけた。

ローレンが喉の奥からあえぐようなため息をついた。情熱的なタイプではないけれど、ちゃんと感じられるのだ。彼女を愛するのは、これまでとは違う経験になりそうだ。ゆっくり時間をかけて、やさしく、辛抱強く目覚めさせよう。大切に扱い、自分の欲望を抑えて、まず彼女をその気にさせなくては。そう思うと、不思議なほど気持ちが昂ってきた。両手を下にすべらせると、腿の付け根の温かく柔らかいところに指先を入れた。はっと息を呑むのがわかった。それでも、ゆっくりと彼の肩に顔を押しつけてきた。薄いモスリンの上から、彼はそっと撫でた。

こういう関係のままでも悪くない。本当に婚約したわけではないし、結婚するつもりもない。名誉を重んじる人間として、夏が終わるまでに彼女に決心を変えるよう説得するつもりだが、無理強いはできない。ましてや、自分のものにして、選択の余地を奪う気もない。だから、内腿に手をすべりこませはしたが、ドレスのスカートをたくしあげようとはしなかった。

彼女とひとつになりたいと強く感じた。しかし、その欲望には不思議なほどせっぱつまったものがなかった。その意味では、肉欲というより、彼女の純潔や冷淡に見えるほど厳しく自己を制している静かな強さへの憧れと呼ぶほうが当たっているかもしれない。

「キット」ローレンが言った。「そこまでする必要はないわ」

「必要はないって？」彼は両手をまたウエストに戻した。「なにが必要かわかってるような言い方だね」

「わたしにわかるのは、あなたの願いを満たしてあげられないことよ。今日は本当に楽しかった。湖で泳いだことも木登りも一生忘れない。楽しい思い出として大切にするわ。でも、あなたがいうような情熱は――少なくとも、こういうことまでは望んでないの。わたしたちの婚約が本物でないことを忘れないで。そのことを知ったら、こんなふうに二人きりですごすのを周囲も許すはずがないわ。それが当然でしょ。わたしは一度も……こんなことをしたことはないのよ。だから、もう二度としないで。お願い」

「女性として生きようとは思わない？」キットは耳元でささやいた。「それとも、レディとして自分を律しつづけるつもり？」

彼女はすぐには答えなかった。「ええ」しばらくしてから言った。「これまでの生き方を貫くわ」

「両方選ぶこともできるんだよ」

「それには結婚しなくちゃ。愛する人が現われて、向こうも愛してくれないと」

「キルボーンはきみを愛していた？」

ローレンは一瞬ひるんだ。「わたしたちずっと愛し合っていたわ。彼とリリーがいだき合っている愛とは違うかもしれないけれど、でも……この話はもうしたくないわ、キット。わたしはあなたを愛せないと言いたかっただけ。あなただって同じよ。愛し合っていないのに、こんなことをするのは間違ってるわ。してはいけないことなのよ。連れて帰ってちょうだい。でも……どうやって下におりたらいいの？」

「それが……今だから打ち明けるけど。ぼくにもわからないんだ」

ローレンがぎくりとして見つめる。彼はにやりとすると、眉をつりあげてみせた。

「怖いよう」哀れっぽい声を出した。

「まあ、キット！」ローレンが笑いだした。急に顔がぱっと明るくなった。笑いころげながら、拳で彼の肩を叩いた。「怖がらなくていいのよ。わたしがなんとかしてあげる。声を限りに助けを呼ぶわ」そう言うと、少女のようにくすくす笑いだした。そして、甲高いソプラノで芝居がかった叫び声をあげようとするかのように息を吸い込んだ。キットがあわてて手で口をふさぐ。

「脚を折るか、そこらじゅうの庭師たちが救援に駆けつけるか、どっちか選べというなら、ぼくは脚を犠牲にするよ。さあ、しっかりつかまって、ぼくを信じるんだ。ちなみに、ぼくのミドルネームは、円卓の騎士の中でも高潔の士で有名なギャラハッドだ」

ローレンはまた笑いだした。

12

「ここに来てから、あまり二人きりですごせなかったわね」ローレンと腕を組みながらグウェンが言った。「でも、今のうちに慣れておかなくちゃ。レイヴンズバーグ卿は本当にいい方ね」

「そう思う？」

二人は午前中の静かなひとときを利用して散歩に出たのだ。午後には招待客が続々と到着する。キットは伯爵と農場の干草の出来具合を調べに行った。親子で出かけるように仕向けたのはローレンだった。ゆうべ、晩餐(ばんさん)のあと、伯爵に譜めくりをしてもらいながらピアノを弾いたあと、離れたところでグウェンや祖母と話しているキットに笑顔を向けてそばに呼んだ。そして、ピアノの椅子に座ったまま、ぎこちなく並んで立っている父と息子にほほ笑みながら、さりげなく伯爵に自作農園のことを尋ねた。幸い、キットに農場を視察させてはどうかとまで言わなくても、伯爵のほうから息子を誘い、キットも承知した。われながら、うまく話を運んだとローレンはうれしくなった。

「あなたたちは本当にお似合いよ。めぐり合ったのは運命だとしか思えないぐらい」グウェンは心から喜んでいた。「彼は屈託がなくて明るくて、あなたの真面目さと足せば完璧」

「ありがとう」昨日キットと登った険しい坂道に足の不自由なグウェンを連れてきてよかったのか、ローレンは心配になった。

「どうしたのよ、深刻な顔をして。幸せではち切れそうなくせに。わたしの目はごまかせないわよ。昨日、朝食のとき、あなたの髪が濡れてるのに気づいたわ。早起きして髪を洗ったんだとばかり思ったら、あなたがレイヴンズバーグ卿と遠乗りに出るのを見たとレッドフィールド伯爵がおっしゃるじゃない。すぐぴんときたわ。ローレン、泳いできたんでしょ。すごいじゃないの」

「まさか泳ぐなんて思ってもいなかった」息が切れたので、平らな岩に腰をおろした。「でも、彼は楽しむことを覚えなくちゃいけないと言って。朝早く起きて馬に乗ったり、湖で泳いだりして、わたしが楽しがると思うのかしら」

「早く結婚したほうがいいわよ、ローレン。そうじゃないと、わたしが横取りしてしまうから」

「ねえ、グウェン」またゆっくり坂を登りながらローレンは言った。「わたし、浮いたのよ、あおむけになって。それから、顔をつけて。でも、脚をばたばたさせて進もうとしたとたんに、ずぶずぶ沈んでしまって。彼に笑われたわ」厳密にはそうではなかった。彼といっしょに笑ったのだ。この二日間で、これまでの人生で笑ったよりもっとたくさん笑ったような気がする。おなかの底からおかしさがこみ上げてきて、笑いすぎて涙まで流すなんて生まれて初めてだった。

「あら、あんなところに塔が」グウェンが前方を見上げながら足を止めた。「廃墟かしら？」

「廃墟に見せかけてあるだけよ。でも、とてもよくできてるわ」

もう一度ここに来なければならなかった。あれ以来ずっと心をとらえている魔法を断ち切るために。といっても、昨日の午後は魔法のような出来事は起こらなかった。二人で木に登って景色を眺めただけ。そして、彼に愛撫を許しただけ。なぜあんなまねをしたのか、もっと早くやめさせなかったのか自分でもわからない。それ以上に、彼に知られたくなかった。二十六歳にもなって、まったく経験がないことを。

本当なら、今ごろは母親になっていたかもしれない。あのまま結婚していれば、夫婦の営みにもすっかり慣れてただろう。ゆうべのように得体の知れない疼きを感じて、眠れない夜をすごすこともなかったはずだ。もっとも、眠れなかったのはわたしだけではなかった。夜中にキットが車寄せを歩いているのを見かけた。橋を渡ったところで姿が見えなくなったけれど。

「昨日ここに来たの。高いところまで登って、梢の向こうの景色を眺めた」

「すばらしい眺めでしょうね。でも、想像するだけにしておいたほうがよさそう。しばらく草の上で休みたいわ」グウェンは塔を眺めていた。

「木の上から見たのよ」ローレンはまた言った。「木登りしたの」昨日登った枝は、下から見るとそれほど上のほうにあるわけではなかったが、それでも高いことにちがいはない。塔よりも高い。急に膝から力が抜けた。

グウェンはびっくりして木を見上げた。「恋の魔力ね。子供のころ、ネヴィルとわたしがどんなに勧めても、ぜったいに木登りしなかったあなたが。うれしいわ、気がねなく兄の名前を出せて。あなたの悲しそうな目を見たり、あわててなんでもないふりをしたりするのを見るのはつらかった。でも、もうだいじょうぶね、リリーのことを話しても。お母さまにおめでたの報告をしに来た次の日に二人を浜辺で見かけたの。リリーは有頂天になって、両手を広げて砂浜をぐるぐるまわってたわ。ネヴィルは腕組みして岩にもたれながら笑ってた。邪魔するのも悪いような気がして、そのまま通りすぎたわ」

ローレンはゆっくり息をついた。つらくはないと自分に言い聞かせる。実際、もう傷つかなかった。

「きっといいお母さんになるわ」

魔法はまだ消えていなかった。ローレンは目を閉じた。キットはネヴィルにくらべると小柄だ。もともと背の高い大柄な男性が好きなのに、キットに寄りそっていると、とても安心できた。彼は手がきれいだ。大きくはないけれど、力強くてしなやかによく動く。彼の手が胸に触れたときは、そして、もっと下に触れたときは、ぞっとするかと思ったのに……とてもいい気持ちで、そして、それ以上のなにかがあった。

「少し休んでいきましょうか」グウェンが言った。

昨日は気づかなかったが、丘は登ってきた坂から少し下がったところにあった。下りはかなり急で、つかまるものといっても野生の灌木(かんぼく)ぐらいしかない。その向こうはずっと遠くまで農地がうねうねと続いていて、生垣で仕切られている。畑もあれば、羊の放牧地もあった。まるでパッチワークキルトのような風景のそこここに小さなコテージや納屋が点在していた。

「あの雲が雨を運んでこないといいけど」グウェンが空を見上げた。「きれいなところね。あなたはもうすぐここに住むのね。ドーセットシャーからそれほど遠くなくてよかった。これからもときどき会えるわね」

「あなたが誰かと結婚して、スコットランドのヘブリディーズ諸島や、アイルランドの西の果てに行ってしまわないかぎり」

「それはないと思う。いいえ、ぜったいにないわ」

「ミュア卿のことが忘れられないから?」

「ヴァーノンのことは一生忘れないわ」グウェンは言った。「再婚はしないつもり。ネヴィルは幸せになったし、あなたもこうなって、お母さまには話し相手がほかにいなくなったでしょ。わたしは今のままで満足なの」

ローレンは日焼けするのも厭(いと)わず風に顔を向けた。たしかに、アルヴズリーはすばらしい土地だ。牧歌的で静かで、広々としていて、なにもかも美しい。でも、わたしがここに住むことはない。たぶん、バースあたりに小さな家をかまえて、閉鎖的で活気のない社会の一員となる。あの温泉都市も、もう昔のような社交場ではないだろう。住民はお年寄りばかり。わたしにぴったりだ。あそこなら安全に暮らせそう。

「あら、あそこ」グウェンが眼下に見える光景を指した。

おもちゃの人形のような三人の騎手が風景を横切っていく。道路や小道を走っているのではなく、草原を最短距離で突っ切っているようだ。命知らずの猛スピードで馬を駆っている。草原のでこぼこ道で石やウサギの巣穴につまずいたら、たちまち転倒して大怪我をするか、へたをしたら死んでしまうだろう。今しも三人はまっすぐ生垣めざして進み、跳び越えようとしていた。グウェンが息を呑んだ。だが、三人は無事に反対側におりると、風のように駆け抜けていった。

「女の人もいたわ、長い金髪が見えたもの」

「レディ・フライヤ・ベドウィンよ」ローレンは教えた。「いっしょにいたのは、ラナルフ卿とアレイン卿だと思う。あの方角に向かっているということは、アルヴズリーを訪ねるところかしら」

「レッドフィールド卿が子爵にと考えてらしたレディ？」グウェンは目の上に手をかざして、三人をよく見ようとした。「まあ、帽子もかぶらずに。あんなかっこうで伯爵に会うつもりかしら？」

「そうでしょうね」いちおう貴婦人らしく足をそろえて片鞍で乗っていたが、その乗り方で生垣を跳び越えるなんて。

「きれいなかた？」グウェンが聞いた。

「美人とは言えないけれど。浅黒くて、黒っぽい眉が金髪とちぐはぐなの。そうね、凛々しい感じと言えばいいかしら」それも正確な表現ではない。フライヤにはわたしが百万年生きてもまねできないような雰囲気がある。

「アルヴズリーに行くのは」グウェンが言った。「昨日、あなたが子爵といっしょにリンジー館を訪ねたお礼かしら」

「そうだといいけれど」

ふと、レディ・フライヤとキットが並んで馬に乗っている光景が目に浮かんだ。ギャロップで馬を駆り、生垣をやすやすと跳び越えながら笑っている。あの二人なら本当にお似合いだ。きっと、まだ愛し合っているのだろう。昨日フライヤがあんな態度をとったのも、無残に希望を打ち砕かれたせいにちがいない。

でも、まだ希望が消えたわけではない。三人が角を曲がって、橋のほうに遠ざかっていくのを眺めながらローレンは思った。この夏が終わったら、レッドフィールド伯爵やビューカッスル公爵が黙っていても、二人の恋にまた火がつくだろう。そして、クリスマスまでに結婚して、いつまでも幸せに暮らす。キットは父や弟と和解し、また自分を愛せるようになるはずだ。

クリスマスまでに、わたしはバースに落ち着いているだろう。

一時間ほど前から空を漂っていた厚い雲が、ついに太陽を隠してしまった。急にぞくっと寒気がしてローレンは身震いした。

レッドフィールド伯爵は、牧草地だけでなく、所有している農地すべてを息子に見せてまわった。そして、午前中ずっと収穫や排水のこと、家畜や小作の賃金のことなど次から次へと話しつづけた。ときおり立ち止まって、労働者と言葉を交わしたりもした。キットと二人きりでいるのが気づまりで、個人的な話題を避けようとしているかのように。

キットには父の気持ちがよくわかった。彼も同じ気持ちだったからだ。

騎馬隊の将校として十年勤め、偵察将校として数々の殊勲を立ててきた彼も、家族の前に出ると、自分がなんの取り柄もない人間に思えてならなかった。シドナムのことをはじめ、家族の期待をことごとく裏切ってきた。その挫折感が、ロンドンで無為にすごすうちにどんどん深くなっていった。軍隊時代のレイヴンズバーグ卿を知る人間には別人としか思えないような自堕落な暮らしぶりは、アルヴズリーにも噂が届いていた。

「シドは見回りに出るときはいつも馬に乗ってるんですか？」帰り道で、キットは唐突に聞いた。シドはいつも父といっしょなのだ。今朝以外は。

「ああ、たいてい」

「びっくりしましたよ、馬に乗れるなんて」話し合うつもりのない話題を切り出してしまった。だが、永遠に避けつづけることはできない。シドには右腕がない。

「昔から言い出したらきかないやつだからな。医者に止められているのに、さっさと床を離れて、歯を食いしばって歩く練習をした。やっとのことで、脚を引きずらずに歩けるようになると、今度は馬だ。何度怪我をして母さんを泣かせたかわからない。それでも、振り落とされずに乗れるようになった。毎日、何時間も練習して、左手でなんとか判読できるような字も書けるようになったよ。すると、今度は一日じゅうパーキンのあとをついてまわって執事の仕事を覚えた。去年の暮れにパーキンが引退すると、シドナムは後任になりたいと言い出したんだ」

「シドには向いてないのに」

「自分なりの人生設計を立てたんだろう。もちろん、わたしから給金を受け取ろうとはしないが。ビューカッスルの荘園の管理人の話が出ていて、この秋には決まるらしい。シドナムは一生働かずにすむだけの資産は持っているから、稼ぐ必要はないんだが。自立する決心をしたんだ。ここにいておまえの邪魔にならないように」

アルヴズリーにも執事は必要だ。今のまま続ければ、家族とも離れずにすむのに。だが、ぼくが帰ってきたからだ。だから、シドは家を出る決心をした。

「今朝はなぜ来なかったんだろう？」聞かなくても答えはわかっていた。

「帳簿の整理があると言っていた」

屋根を葺いたばかりの小屋が並んでいる一画にさしかかった。春に雨漏りして直したのだと説明してから、伯爵は外に出て戸口を掃いていた女に声をかけ、挨拶を交わした。近くの草地で小さな子供が三人遊んでいる。

「母さんと相談したが、おまえたちの最初の結婚予告を日曜に出そうと思う」馬を駆りながら、伯爵が切り出した。「ミス・エッジワースの親族も承知してくれるだろうが、結婚式の準備のために一カ月はここに滞在してもらうことになる。去年、ニューベリーであんなことがあったから、向こうで式は挙げたくないだろう。延期しなければならない理由はないんじゃないか？　わたしたちは賛成だ。彼女は本物のレディだからね。レディ・フライヤの件は少々やっかいだが、どうしようもないことをぐずぐず考えてもしかたがない。おまえはどう思う？」

キットは困惑しながら聞いていた。そして、父に意見を聞かれたことにもっと困惑した。昨日、ローレンが仲直りのしるしだと言っていたのは、このことだったのだろうか。

「彼女を急かしたくないんです。婚礼衣装も用意しなければいけないし、ほかにも招待したい親戚がたくさんいるだろうし。ポートフレイ公爵夫人は、彼女の叔母に当たるんですが、たしか、一カ月ほど先にお産を控えているはずです。ぼくたちとしては、冬か、来年の春に結婚式を考えているんですが」

「わたしはただ、母さんやおばあさまをまたがっかりさせたくないだけだ」

また？　実現することのなかったジェロームとフライヤの結婚のことをほのめかしているのだろうか。そうに決まっている。だが、キットが帰ってきてからジェロームの名が出たことは一度もなかった。今も彼は兄の名を口にできないし、父もそうだ。重苦しい沈黙が続いた。それを破るかのように、二人は出迎えてくれた門番に陽気に声をかけた。門番は空を覆う厚い雲を見上げながら、厩にお着きになる前に雨に降られるかもしれないと心配した。

「今すぐ結婚予告を出すのはローレンを追いつめることになると思うんです」薄暗い鹿猟場を進みながら、キットは言った。「彼女は去年さんざん屈辱や絶望を味わってきたんです。今度は彼女のために万事遺漏のないようにしなければ」

「なるほど。おまえがそう思うのは当然だ」

実際、彼はローレンのために全力を尽くしたかった。彼女が幸せになれるなら、誰とでも仲直りするつもりだ。だが、彼にできるのは、夏が終わったらローレンを解放することだけなのだ。

森を抜ける前に大粒の雨がぽつぽつ降りはじめた。

「急いだほうがいいな」伯爵は空を見上げると、ぎこちない口調でつけ加えた。「おまえと出かけてよかったよ。ミス・エッジワースのおかげだ」

父も気づいていたのだ。こうして二人きりの時間をすごせたのは、ゆうべローレンがそれとなく仕向けてくれたからだ。

キットは沈んだ笑みを浮かべながら、馬を駆って父のあとから橋を渡った。

昼食後、あいにくの雨の中を招待客が次々と到着した。ローレンは午後はほとんど玄関広間で待機して、伯爵夫妻や先代伯爵夫人、シドナムやキットとともに客を出迎えた。そして、紹介された相手の名前と正確な間柄を記憶に焼きつけようとした。

簡単なことではなかったが、子供のころからいずれキルボーン伯爵夫人となるために教育されてきたことが役立った。先代伯爵の未婚の妹、レディ・アイリーン・バトラーはすぐに覚えられた。白髪で、腰がひどく曲がっていたからだ。ハンプトン子爵も覚えやすかった。先代伯爵夫人の弟で、頭がきれいに禿げあがり、大きな声で笑う人。その息子のクロード・ウィラードは父にそっくりだった。クロードの妻のダフネと成人前の三人の子供。息子二人に娘一人だが、三人ともとても行儀がいいのは、滞在中、子供部屋ではなく大人たちの仲間入りをさせてもらおうとひそかに期待しているからだろう。穏やかな笑みを絶やさないのは、レッドフィールド伯爵の妹のレディ・マージョリー・クリフォード。夫のメルヴィン卿は、赤ら顔で、ぜいぜいと苦しそうな声を出す。夫妻の息子のボリスは眼鏡をかけていて、その妻のネルは胸が豊かだった。この若夫婦にも子供が三人いるが、みんなまだ幼くて、曾祖母である先代伯爵夫人に挨拶すると、すぐ子供部屋に追いやられてしまった。

その後、いっとき訪問者がとぎれたが、またすぐ新しい顔や名前を覚えるのに追われた。次に到着したのは、ハンフリー・ピアス・ジェームズ氏と妻のイーディス、それに娘のキャサリンとその夫のローレンス・ヴリーモント氏。若夫婦には幼い子供が二人いた。ピアス・ジェームズ氏は、先代伯爵夫人の姉の息子と紹介された。最後に着いたのは、伯爵の弟のクラレンス・バトラー氏と妻のホノリア、二人の娘のベアトリスと夫のボーン男爵、そして未婚の子供たち。年齢はキッドと同じぐらいのフレデリックから、八歳のベンジャミンまでさまざまで、娘の一人のドリスは婚約者のジェレミー・ブライトマン卿を伴っていた。

今すぐこれだけの人数の名前と顔と関係をすべて把握するのは無理だが、一両日中にはきっと覚えてみせる。ローレンは心に誓った。最後の客が茶会の前に休憩するために二階に上がってしまうと、ほっとして思わず笑みがこぼれた。誰もがにこやかに接してくれた。キットとレディ・フライヤの婚約のことを知っていたとしても、こだわっているそぶりは見せなかった。

今朝はまだキットと話す機会がなかった。彼が朝からずっと父と農場の見回りに出かけていたからだ。おかげで、レディ・フライヤが兄弟と屋敷を訪れたときは、キットの母と祖母、そしてローレンの伯母のクララが十五分ほどお相手をした。ベドウィン家の三人は、誕生祝賀会に出席するという返事を伝えに来たのだ。これで、両家がこのまま絶縁するという最悪の事態は避けられた。

そろそろ二階の客間に移ろうと思ったとき、窓から外の様子をうかがっていた執事が、また一台馬車が橋を渡ってきたと告げた。

「きっと、今度こそそうよ」伯爵夫人は夫に言ったが、なぜかローレンにほほ笑みかけた。

「おかけになったほうがよろしいわ、お母さま。立ちっぱなしでお疲れでしょう」

「だい……だいじょうぶ」老婦人は言った。「ミス……エッジワース、もう一度……腕を……貸して……いただける？」

シドナムがさっと進み出て、祖母を支えた。馬車が階段の前に着くと、執事が大きな黒い傘を持って出迎えに出て、馬車からおりた紳士にさしかけた。二人の従僕が玄関の扉を大きく開けると、ローレンは風が運んできた湿った冷気に身震いした。それでも、笑顔をつくって、またキットの親族に紹介される態勢を整えた。

執事が傘をたたんで脇にしりぞくと、客が玄関広間に姿を見せた。そわそわとあたりを見まわしている。それが誰だかわかったとたん、ローレンは持ち前の落ち着きを失った。涙を浮かべながら、両腕を広げて駆け寄っていく。

「おじいさま！」

「ローレン。本当におまえなんだね」

抱きよせられて、祖父を思い出すときは必ず連想する嗅ぎ煙草と革の匂いを胸いっぱい吸い込んだ。涙をこらえようと、まばたきしたり、息を呑んだりしてみたが、だめだった。

おじいさまが来てくれた。

わたしのために。

「来てくださるなんて」身を引くと、皺の刻まれた祖父の顔を見つめた。「ちっとも知らなくて……」涙の光る目を伯爵に、そして、キットに向けた。「どなたですの？　こんなすてきなことを思いついてくださったのは？」

「ぼくだよ」キットが笑いかけた。「両親からきみの親族の誰を招待するか聞かれて、すぐ頭に浮かんだ」

「夢のようですわ」ローレンは伯爵夫妻とキットにかわるがわるほほ笑みかけた。

「紹介してもらえるかな、ローレン」キットが歩み寄って、現実に引き戻した。

ローレンは祖父のゴールトン男爵と腕を組んで、みんなに引き合わせた。血のつながった親族に会えた喜びで胸がいっぱいだった。キットの両親は婚約祝いに祖父を招いてくれた。そして、祖父ははるばるヨークシャーから来てくれたのだ。わたしのために！　キットがわたしを驚かせようと、ひそかに準備してくれたのだ。こんなうれしい驚きがあるかしら。

もうひとつの現実を突きつけられたのは、キットと広い階段をのぼって、祖父のために用意された部屋に案内したときだった。なぜか、すっぽり意識から抜け落ちていた。

これがかりそめの婚約だということが。

13

その日も翌日も、ローレンは途方もない嘘をついているのを忘れていられるかぎりは、生まれて初めてといっていいほど幸せだった。偽りの婚約のことはなるべく考えないようにした。今さらどうしようもないのだから、やるべきことをやるしかない。いずれ、なにもかも終わったら、これだけおおぜいの人を騙したことを後悔する時間はたっぷりあるのだから。

それまではキットの親族と親交を結ぶという仕事に精を出すことにした。むずかしいことではなかった。一族の絆(きずな)は固かったし、やさしい人ばかりで、キットの婚約者を進んで受け入れようとしてくれた。伯母のクララは、キットの二人の伯母、レディ・クリフォードとバトラー夫人、そして、ヴリーモント夫人とすぐに打ち解けた。ハンプトン子爵はゴールトン男爵と顔見知りだったので、さっそく旧交を温めた。グウェンはボーン男爵の子供たちに大人気で、なかでもフレデリックとロジャーは、彼女の笑顔と注目を得ようとして張り合った。

ローレンがみんなに好意を寄せられたのも、キットが親族のあいだで人気者だからだろう。注目の的になるのは意外にも気分がよかった。レディ・アイリーンはローレンの手を軽く叩いて、本当にきれいな子ねと言ってくれた。キットの若いいとこたちは、ロンドンの社交界や最新の流行を話題にし、叔父たちはローレンをからかって頬を染めさせては喜んでいた。若い女性たちはローレンの趣味のよさに感心し、誰に頼めばそんなエレガントで上品な色合いのドレスを作ってもらえるのかとか、どこで婚礼衣装を作るのかと尋ねた。若い男性たちが口々にローレンを褒めそやし、キットほど幸運な男はいないと言うと、キットはそのとおりだと断言して、きらきら光る目でローレンを見つめた。若い母親たちはローレンが当然子供に関心があるものと思いこんで、子供部屋に連れていってわが子に会わせた。実際には、大人になってから小さい子供に接したことがほとんどなかったから、ローレンはおっかなびっくりだったけれど、それでも、すぐ全員の名前を覚え、子供たちから大切な宝物を見せてもらったり抱っこをせがまれたりした。

なによりも心を砕いたのは、キットを家族と仲直りさせることだった。それがアルヴズリーに来た最大の目的だったから。レッドフィールド伯爵はローレンに好意を持ってくれているようだった。そして、息子のキットともまだ他人行儀なところは残っているとはいえ、あからさまに避け合うことはなくなった。伯爵夫人もローレンが手助けを申し出ると喜んでくれた。祝賀会の準備だけでなく、これだけおおぜいの泊まり客があると、毎日の食事の献立から食卓に飾る花のことまで、考えなければならないことは山のようにあったからだ。それを一人で取り仕切る能力はあるのに、ローレンの意見を聞いたり、提案に従ってくれたりした。キットにもやさしくなったようだった。

ローレンはキットの祖母が大好きになった。いっしょに散歩したり、そばに座って話を聞いたりするのが苦でないどころか楽しみになってきた。老婦人の左手は脳卒中の後遺症で曲がってこわばっていたが、麻痺（まひ）しているわけではなかった。ためしにマッサージして指を開いてみると、とても気持ちがいいと喜んでくれた。そんなやさしさに報いることができないのが、ローレンにはいちばんつらかった。

家族の中で親しくなれないのは、キットの弟のシドナムだけだった。彼とはろくろく話したこともない。

客が着いて以来、キットとも二人きりで話す機会がなかった。雨続きで水泳の練習もできなかった。どうせ濡れるのだから同じことだと彼は言ったけれど。早朝の乗馬や初めて水に浮いたときのことを思い出すと、ローレンは胸がいっぱいになった。ああいう楽しみを二度と味わうことなく一生を終えるのかと思うと寂しかったが、極力考えないことにした。

二日目の夜は、客間でジェスチャーゲームを楽しんだ。身振りで示される光景に珍答が続出し、みんな大笑い。やっとお開きになったのは夜も更けてからだった。そのあと、ほとんど毎晩しているようにグウェンと一時間ほどおしゃべりした。部屋に戻ったときは十二時をまわっていたが、すぐベッドに入る気になれず、蠟燭（ろうそく）を吹き消すと、窓辺に立って月を眺めた。雨は夕方にはやんで、雲間から星がまたたいている。

彼はもう眠ったかしら？　ローレンもそうだが、彼がときおり眠れない夜をすごしていることは知っていた。みんなが寝静まったあと、外に出ているのを何度か見かけたことがある。いつも車寄せを横切って、やがて姿が見えなくなる。明るくて陽気なキットが、不眠症に悩んでいるとは思えないけれど、人は外から見ただけではわからない。それに、彼は友人にも心の中を見せないところがあった。

眠れないほど深刻な悩みがあるのだろうか？

その思いが引き寄せたかのように、キットがテラスに姿を現わした。一時間ほど前まで着ていた夜会服ではなく、乗馬用のズボンに上着、トップブーツといういでたちで。テラスを横切って芝生の端まで行くと、足をやや開き、両手を背中にまわしてたたずんだ。どこか寂しそうだ。

ずっと人に囲まれていたから、一人になりたいだけかもしれない。静かな時間を楽しみたいだけなのかも。それとも、眠れないのだろうか？　眠れないほどの悩みを抱えているのなら、同じ苦しみを知っている人に打ち明けられたら――そんな人がそばにいるだけでも、救われるんじゃないかしら。

いえ、救われたいのは、わたしのほうかもしれない。

でも、こんな夜更けに彼のところに行くわけにいかない。たとえ婚約していても、許されることではない。そう思う一方で、最近では、節度を守ることだけが正しいとは思えなくなってきた。本当はなにを求めているのか心の声に耳をすませたほうがいいような気がする。

それでも、足早に化粧室に入りながら、まだ迷っていた。そばにいてほしくないなら、彼はそう言うだろう。いずれにしても、長くいるつもりはない。ちょっと話してすぐ戻ってこよう。話せば彼も気が楽になるだろうし、わたしも安心して眠れそう。

薄暗い階段をおりて、玄関広間を横切るあいだ、キットがもういないかもしれない、玄関の扉にかんぬきがかかっていたらどうしようと心配だった。だが、取っ手をまわすと、扉はあっさり開いた。外に出て、大理石の階段の上に立った。

彼はいなかった。

さっきいたところには、なにもない空間があるだけ。やっと決心して出てきたのに……。ゆっくり階段をおりながら、ショールを胸に引き寄せた。どこかに消えてしまったのだろうと思ったとき、また姿が見えた。芝生を踏んで、足早に車寄せのほうに向かっている。ちょっとためらってから、あとを追った。ドレスの裾を夜露に濡らしながら。

「キット」

小声で呼びかけたのに、彼は立ち止まって振り向いた。

「ローレン？」

びっくりしている。そっとしておいてほしかったのかしら？　ローレンは少し離れたところで立ち止まった。

「窓から見えたから。前にも夜遅く見たことがあるわ。眠れないの？」

「きみも？」迷惑がっているかどうか、口調からは読みとれなかった。

「いっしょに散歩していい？　誰かそばにいたほうが気が休まるでしょう？」

「きみも眠れないことがよくあるの？」

「ときどき」昔はそんなことはなかった。でも、あの運命の結婚式のあと、なにも考えずにすむように眠りに逃げこもうとしても、まどろみすら訪れないことがよくある。そんなときは、なんとも言いようのない渇望に襲われた。昼間はまだ気がまぎれるけれど、夜になると……。

「屋敷まで送るよ。きみを連れていけるようなところじゃないから」

「どこに行くの？」

「森の猟場の番小屋だ。軍隊生活が長かったせいだろうな。整った環境で、とくに人がおおぜいいると窮屈でたまらないんだ。息苦しくなってくる。それで、家に帰ってから、必要最低限のものを番小屋に運んで、ときどき行ってる。なぜか気持ちが落ち着くんだ。泊まることもある」

「そうだったの」ローレンは早合点したのが恥ずかしくなった。「一人になりたかったのね。ごめんなさい、邪魔をして。だいじょうぶよ、一人で帰れるから。おやすみなさい。明日は泳ぎに行けるかしら？」

キットは答えなかった。ばつが悪くなって、ローレンは背を向けると、急いでその場を離れようとした。だが、その前に呼び止められた。

「いっしょに行こう」

「えっ？」振り向いて彼を見た。「気を遣わなくていいのよ」

「来てもらいたいんだ」

ローレンは近づいて、ショールをしっかり巻き直した。彼は腕を差し出さなかった。

「なにをそんなに悩んでるんだ、眠れないほど」彼が聞いた。

「自分でもよくわからない」

「去年のこと？」

「どうかしら」

「ぼくたちはどちらも心の中を誰にも見せない人間なんだね。いつも仮面をつけていて。二カ月前にレディ・マナリングの舞踏会で、きみを見て、砕かれた心をいだいていると気づいた人間はいなかったはずだよ。ぼくも含めて。思いやりがあったら、察することぐらいできたはずなのに」

「将来の夢は砕かれたかもしれないけれど、心までは……。今になると、よくわからない」

「なにが？」

橋にさしかかった。足元で水音がする。

「あのとき感じたほどの悲劇だったのかどうか。あのころのわたしは人生を半分しか生きていなかったような気がするの。うまく言えないけれど。こうでなければと自分をがんじがらめに縛って、そのとおりやらなければいけないと思い込んでた。でも、人生はそんなものじゃないでしょう？ どこかで気づくべきだったのよ。人生は最初から最後まで平穏で完璧ではありえないって」むしろ、平穏と完璧は両立しないのかもしれない。

　彼は興味をそそられたようだったが、なにも言わなかった。橋を渡ると、森に入った。森は真っ暗だ。一人だったら、道に迷ったにちがいない。でも、彼と二人なら怖くなかった。ごく自然に彼を信じることができた。

　暗闇の中でも、まっすぐ小屋にたどりつくと、彼はドアの横木の上を探って鍵を取り出した。そして、彼女を戸口で待たせておいて、先に中に入った。ランプのほの明かりが見えてから、ローレンは小屋に入った。彼は膝をついて、暖炉に火をおこしていた。

　小屋の中は居心地がよさそうだった。低いベッドとロッキングチェア、荒削りな木のテーブルの前には椅子がひとつ。テーブルには本が二冊とランプが置いてあった。それ以外にはイグサを編んだ敷物があるだけだ。

「ロッキングチェアに座るといいよ」キットはベッドから毛布を取ってきて、木の床に広げた。

「ありがとう」勧められたままに腰かけると、重みで椅子が静かに揺れた。

　キットはベッドの縁に座って、開いた膝の上に腕をのせ、膝のあいだで両手をぶらぶらさせている。人前では見せないくつろいだ様子だ。ローレンもゆったり椅子にもたれかかって目を閉じた。寒いというほどではないが、暖炉の暖かさが心地よい。薪の燃えるぱちぱちいう音に耳をすませた。

「あなたはどうして眠れないの？」

「悪夢にうなされないために体が自衛してるのかもしれない。自分では意識していないが」

「悪夢？」

「きみにこんな話はしたくないよ」それでも、話はやめなかった。「軍隊に入ったのは、父が次男は軍人にすると決めていたからだが、ぼく自身の希望でもあった。子供のころから、将校になって戦場で勲功を立てるのを夢見てた。入隊してからも幻滅したことは一度もない。軍人が性に合ってたんだろうな。偵察将校の話があったときは、一も二もなく飛びついた。それを後悔したことはない。去年、退役したのは苦渋の選択だった。まるで自分の一部を売り渡したような気がしたよ。だが……」

ロッキングチェアが静かにきしんでいる。耳ざわりな音ではなく、どこか心癒される響きだ。

「だが、いまだに罪悪感がぬぐいきれない。自分が殺した人間の数がずっと前にわからなくなった。もちろん、戦場での殺戮(さつりく)を正当化する方法はいくつもある。殺すか殺されるかの状況だからね。いちばん効果的なのは――必ずしもいつも説得力があるとはかぎらないが――敵は悪魔の集団で、死んで当然だと考えることだ。軍人になった以上、良心のとがめにつぶされて義務を怠ることはできない。しかし、悪夢に現われるのは死者の顔なんだ。いや、死者じゃない。死に瀕している人間だ。死んでいく男たちの顔だ。故国に母や妻や恋人がいる普通の男たちだ。夢も希望も悩みも秘密も持っている、ぼくのような男たちなんだ。いちばんつらい悪夢では、死んでいく男の顔はぼくが毎日鏡で見ている男の顔だ」

「それはあなたが人間らしい心を持っている証よ」ローレンは言った。「人を殺す恐怖まで破壊してしまったら、戦争は想像を絶するほど非道なものになるわ」

「非道な人間なら、不眠に悩むことはないだろうな」

戦争が軍人を立ち直れないほど打ちのめすものだとローレンは考えたこともなかった。英国は正義と善のために戦っているから、良心に恥じるところはないと思っていた。

「ひとつだけ感謝できるのは、きみや母や祖母や子供部屋にいる小さな子供たちが、戦闘を目撃した経験がないことだよ」

ローレンは目を開けると、彼にほほ笑みかけた。このあたりで話題を変えよう。重苦しい雰囲気を軽くして、彼が夢も見ないでぐっすり眠れるように。

「小さな子供は、見ているだけで元気をもらえるわ。それほどおおぜいの子に接した経験はないけど。わたしの子供時代は幸せだった。あなたは？」

「幸せな子供時代をすごしたよ」キットはほほ笑みかえした。

「やっと共通点が見つかったわね。遊び相手には事欠かなかったのよ、いつもグウェンやネヴィルといっしょだったから、いとこたちもしょっちゅう遊びにきたし」

思ったとおり、子供時代の思い出話は楽しかった。キットは冒険やいたずらを披露した。最初は意気込んでかわるがわる話していたが、やがて、ローレンは椅子によりかかってまた目を閉じた。話がとぎれても、気づまりなどころか、かえってほのぼのとした気分になった。沈黙がしだいに長くなり、いっしょにいるだけで言葉はいらないと思えてきた。暖炉の火の勢いが衰えはじめ、薪がはぜる音も弱くなった。ロッキングチェアのゆるやかなリズムが眠気を誘う。

そう、わたしの子供時代は幸せだった。ローレンは自分に言い聞かせた。もし母が戻ってきて、わたしをどこか別の場所に連れていっていたら、グウェンやネヴィルと引き離されて寂しい子供時代を送っていたかもしれない。それでも、ずっとひそかに母を慕っていた。顔も覚えていない母を。

ローレンは深いため息をついた。

キットもベッドの縁に腰かけたまま、だんだん眠くなってきた。ふだんならうるさく感じるロッキングチェアのきしみが、むしろ快い。その音がぱったり止まった。

ローレンは眠ってしまったらしい。しばらく前からしゃべらなくなっていたし、あいづちも打たなかった。

ここ三年ほど、子供時代を振り返ったことは一度もない。ジェロームやシド、そして、ベドウィン一族にまつわる思い出が多いからだ。だが、今夜思い返してみると、意外にもつらくなかった。ひたすら懐かしさがこみあげてくる。三年前のことはともかく、ぼくの子供時代は幸せだった。友情や兄弟の絆に育まれて、今の自分があることをあらためて感じずにいられなかった。

ローレンは小首をかしげて眠っている。ふだんの隙のない彼女と違って、妙にかわいらしい。起こして屋敷に連れて帰らなければ。今夜は眠れそうな気がする。実際、気を許したら、この場でうとうとしてしまいそうだ。今から歩いて帰るのかと思うと、ちょっと気が重くなった。

彼女は意識して話題を変えてくれたのだ。あのままでは気がめいるばかりだと思って。あまりにもさりげなかったので、気がついたら、子供のころの思い出を語り合っていた。おかげで、気持ちが軽くなって、今夜は暗い記憶に引きずられずに眠れそうだ。

彼は大きなあくびをした。

そろそろ起こさないと、あのままではあとで肩凝りに悩まされるだろう。立ち上がると、肩をゆすろうと手を伸ばした。だが、結局、触れることなく手を引っ込めた。ベッドに目を向け、二枚残っていた毛布をはがした。深夜にベッドのある場所で二人きりでいる。誰が聞いても危険な状況だ。だが、なぜか、ここに来たときから、彼女を誘惑しようとは思いつかなかった。欲望ではち切れそうになっている今も、そうしたいとは思わなかった。

ロッキングチェアのそばに戻ると、かがんでそっと抱き上げた。ローレンは目を覚ましたが、睡魔には勝てず、抵抗しようとはしなかった。ベッドに運んで、できるだけ奥のほうにおろすと、靴を脱がせ、自分もブーツを脱いで並んで横になった。毛布を二人の上に引き上げた。その間ずっとローレンは眠そうな目で見守っていた。大きなベッドではないから、隙間をあけることはできない。

「もう一度休むといい」彼はささやいた。

だが、その前にまた眠りに落ちたようだった。記憶のある石鹸の匂いが漂ってきた。右側から柔らかい体と温かい体温が伝わってくる。不思議なことに、肉体は欲望に目覚めているのに、それを抑えるのが少しも苦痛ではなかった。この貴重なひとときを欲望のままにすごしたくなかった。

そんなもったいないことはできない。

彼女は特別な存在だから。

心をこめて接することで、彼女は母と祖母の愛情を手に入れた。とりわけ、祖母はローレンをかわいがっている。父からも敬意を勝ち取った。へつらうことなく堂々とやってのけた。おかげで、彼女が来てから、どれほど暮らしやすくなったかしれない。いつのまにか、家族ともまた打ち解けられるようになった。シドだけは例外だが。

お返しに彼女に外遊びを伝授した。湖で泳ぐことや木登りを教え、彼女の堅い殻を破って心の底から笑わせることができた。だが、彼女が特別な存在なのは、こういう変化のせいではない。クールな外見の下に隠れた本当の自分を見せてくれたからだ。自分のためにはなにも求めようとせず、いつも周囲の人たちのために目立たないところで努力する健気（けなげ）な素顔を知ったことだ。

そして、いつのまにか、そんな彼女に惹かれていた。自分でも意外なほど。

気づくと、そんな特別な存在になっていたのだ。

首をめぐらすと、柔らかい巻き毛に顔をすりよせて、頭のてっぺんにそっとキスした。

ランプが燃え尽き、暖炉の残り火が消える前に、彼は眠りに落ちていた。

目覚めた瞬間、ローレンはどこにいるのかわからなかった。キットと森の中の番小屋で話し込んでいたのを思い出すまでに、しばらくかかった。ロッキングチェアに揺られているうちに、だんだんまぶたが重くなってきて、キットの話に集中できなくなって。そして……。見まわさなくても、ベッドに横になっているのがわかった。首の下に敷いた枕は暖かく柔らかい。横向きになって、やはり暖かくて気持ちのいいものに体を押しつけていた。片脚はなにかのあいだにしっかりと……。

一人ではなかった。キットの腕に抱かれている。彼の鼓動が聞こえるし、コロンの香りもする。ぎくりとして体をこわばらせ、自由になるほうの足の爪先をおずおずと動かしてみると、靴をはいていないのがわかった。おそるおそる体に手を伸ばすと、幸い、服はちゃんと着ていた。ベッドの壁際のほうに寝ていたから、そっと抜け出そうとしても彼を起こしてしまう。

どうすればいいかしら？

屋敷ではなんと思っているだろう？

とんでもないことをしてしまった。

といっても、実際にはなにもしていない。恥じなければならないことはなにもない。キットと話をして、慰め合って、安らかに眠っただけ。この先ずっと大切に胸にしまっておく夏の思い出がひとつ増えただけだ。このことも一生忘れないだろう。

「目が覚めた？」キットの穏やかな声がした。

ぱっちり目を開けると、彼の肩と首のあいだにもたせかけていた頭を引っ込めて、小さな窓から差し込むほのかな早朝の光の中で彼を見た。

「あなたが話している途中で眠ってしまったみたい」

「いちばんおもしろい話だったのにな」彼が無念そうに首を振った。

「キット」急に心配になって、聞かずにいられなかった。「あの――わたしたち――」

「だいじょうぶ。今回にかぎり、ぼくは完璧な紳士だった。いや、それに近かったというべきかな。きみを起こして屋敷に連れて帰れば完璧だっただろうが、戻るのがおっくうになってね」

「眠れた？」

「赤ん坊みたいにぐっすり」淡い光の中で白い歯がきらりと光った。「きみのおかげだよ、ローレン。話を聞いてくれたから……きみがそばにいてくれたから」

彼は誰かに心の中を打ち明けたかったのだ。最初に感じたような屈託のない楽天家ではないのだ。

「どうしたら誰にも気づかれずに帰れる？」ローレンは頬を赤らめた。

「こそこそ戻ったら、かえって疑われるだけだ。堂々と車寄せを歩いていけば、みんな早朝の散歩から戻ってきたと思うさ」

彼はローレンの体の下から腕を引き抜くと、背を向けてベッドの縁に起き上がった。膝に肘をのせて、両手で髪をかきあげる。寝乱れた姿だけれど、なぜかとても魅力的だ。

男の人とベッドでひと晩すごしたなんて信じられない。それ以上に不思議なのは、ショックも恐れも屈辱も感じていないことだった。

この婚約者ごっこは、できるだけ早く終えなければ。ベッドのそばの床をさぐって靴を探しながら、ローレンは思った。こんなことをしていたら、どんどん慎みのない女になってしまう。

小屋のドアを開けながら、彼がほほ笑みかけた。さわやかな朝の空気の中に出て、梢から降り注ぐ鳥の声を聞きながら、ローレンは彼の笑顔をまぶたに焼きつけた。この笑顔は――そして、笑い声は、ほかの記憶が色あせてしまっても、いつまでも忘れない。そして、この先ずっと、思い出すたびにわたしもほほ笑みたくなるだろう。

歩きはじめると、彼が手を握った。

「誰かに見られた場合の用心だよ」と、説明する。「婚約した二人が手に手を取り合っているほど、ほほ笑ましい光景はないからね」

「キットったら」ローレンは非難がましい目を向けたが、手を引っ込めようとはしなかった。

14

翌日はからりと晴れて、屋外の娯楽を楽しむのにうってつけの日となった。朝六時すぎに森の番小屋から戻ったあと、ローレンは午前中ずっと伯爵夫人を手伝って祝賀会の計画を練り直し、当日の催しのもてなし役を進んで引き受けた。そのあと一時間ほど子供部屋ですごしたり、祖父やキットの祖母やレディ・アイリーンの話し相手をした。

外に出たのは午後になってからだった。若い親戚たちが遠乗りに出かけることになって、熱心に誘われたからだ。

「あなたの乗馬服を見たいわ」若いマリアン・バトラーは言った。「すごくすてきよ、きっと。賭けてもいいわ」

「レディは賭けたりしないよ」弟のクリスピンがたしなめて、じろりとにらみつけられた。

ローレンはひそかに苦笑した。

「行きましょうよ」ダフネ・ウィラードも熱心に勧めた。「若い人たちばかりだと、まともな話のできるお相手がいなくて」

「キットががっかりするよ」フレデリック・バトラーも言った。「失意のあまり落馬するかも」

「戸板にのせて連れて帰ることになる」フィリップ・ウィラードも調子を合わせた。

「もちろん、ローレンも行くよ」キットがにやりとした。「この夏はこれまでのどんな夏より楽しいものにするという約束なんだ。一度もギャロップで走らないで、楽しんだなんて言えないだろう」

ローレンはさぐるような目を向けたが、キットはいつもの陽気な彼に戻っていた。彼とひと晩すごしたのだ。そう思うと、胸がどきどきしてきた。寄り添って眠り、彼の規則正しい深い呼吸を聞いた。きっと、これがこの夏いちばん思い出になるだろう。自分にこんな大胆な一面があったかと思うと、うれしかった。

「行くわ」わざと深刻な声で答えた。「馬には乗るけれど、ギャロップなんてとんでもない。そんなことをしたら、わたしが戸板にのって帰るはめになるわ」

キットはウインクを返し、いとこたちは笑いだした。キットの祖母とクララが笑顔で見守っている。

先頭に立ったのはクロード・ウィラードだが、幸い、無理のない速度を保ってくれた。ローレンの両側には、マリアン・バトラーとペネローペ・ウィラード。マリアンはそんなエレガントな乗馬服を着こなせる体型ならよかったのにとうらやましがり、ペネローペはロンドンの紳士は地方の紳士よりハンサムかと聞いた。まだ社交界にデビューしていない若い娘たちの憧れの対象になるのは、悪い気分ではなかった。

キットは若いいとこたちと少し前を走っていた。しょっちゅう振り向いてはローレンに笑いかける。落馬するのを心配しているのかしらと思いながらも、少しずつ余裕を持って楽しめるようになってきた。

ところが、しばらく走ると、レディ・フライヤとラナルフ卿が急に姿を見せた。二人はみんなと顔見知りで、どうやら、いっしょに遠乗りに出る約束ができていたらしい。それはいいのだが、気がつくと、ローレンは二人にはさまれていた。

「あら、ほんとに馬に乗れたのね、ミス・エッジワース」フライヤがみごとな手綱さばきを見せながら言った。

「なかなかエレガントな乗り方だ」ラナルフが上から下までじろじろ眺めながら皮肉な感想を述べる。

「アルヴズリーに残って、刺繍(ししゅう)の基本縫いでもなさってると思ったわ」

「わたしは基本縫いはしませんわ」ローレンは冷ややかに応じた。

「無知をさらすようなものだよ、フリー」兄が言った。「基本縫いは習い始めの小さな女の子のするものだ。ぼくでも知ってる。ミス・エッジワースは、タッチングや織物やレース編みやマクラメといった基本的な手仕事はとっくに卒業したはずだ」

「それを全部？　わたし、恥ずかしくなってしまうわ。ああいう手仕事って、死にたくなるぐらい退屈」

「人それぞれですから。誰でも自分に合った趣味がありますわ」

「わたしの趣味は、せっかく馬に乗ってるのに、後戻りしそうなほどのろのろ進むことじゃないの。わたしと競走しない？　ミス・エッジワース、あの丘の上まで」鞭をあげて、野原の二マイルほど先の丘を指した。

「あいにくですが」ローレンは断った。「わたしはこの速度で満足してますから」

「たしかに」ラナルフ卿がわざとらしく声をひそめて、からかうような目を向けた。「ゆっくり走らせるのも、活発なギャロップに劣らないぐらい快適な場合もありますよ」

「ミス・エッジワースに断られてしまったわ」フライヤが声を張り上げた。「誰か挑戦を受けてくれない？　キット、あなたなら、いやとは言わないでしょ。もっとも、その馬なら、騾馬（らば）にも勝てないかもしれないけど」

「キットに挑むとは」ラナルフ卿がつぶやいた。

「その言葉、すぐに撤回させてみせる」キットはにやりとすると、片腕を振りまわした。

「お先にどうぞ」

　フライヤが片鞍乗りのまま身を低くして拍車を強く入れ、猛スピードで丘に向かうのを見て、若い女性のあいだから歓声があがった。キットが笑いながら、そのあとを追う。

「昔からおてんばだったものね」ダフネ・ウィラードが言った。

「ああ、キットと対等に渡り合えるぐらい」ラナルフ卿がつけ加えた。

ローレンは遠ざかっていく二人を見守っていた。レディ・フライヤがわたしに見せつけようとしているのは明らかだ。グウェンとあの丘に登ったときに思ったとおり、あの二人はとてもお似合いだ。

この夏が終わったら、両家が圧力をかけなくても、また元の鞘におさまるだろう。情熱的なところも大胆なところも、二人はよく似ている。

それでいいのだ。ローレンは自分に言い聞かせた。最初からキットはわたしのものでもなんでもない。わたしは早く自由になりたいだけ。それでも、ゆうべのことは忘れない。夜更けまで語り合い、ロッキングチェアがきしむ音を聞きながら、いつのまにか眠ってしまって、目が覚めたらベッドで彼に寄り添っていたことは。

みんなが追いついたとき、二人は丘のふもとに並んで腰かけていた。二頭の馬は近くでのんびり草を食んでいる。フライヤはローレンと目が合うと、勝ち誇った表情を見せた。

「どっちが勝った？」クロード・ウィラードが大声で聞いた。

「キットよ」フライヤが叫び返す。「最後にわたしを勝たせようとしてスピードを落とそうとしたの。だから、そんな屈辱を与えたら、眉間に一発お見舞いすると言ってやったわ」

「それで、勝利のご褒美は？」ラナルフ卿が聞いた。

「残念ながら、決めてなかったんだ」キットは立ち上がると、馬に乗ってローレンに近づいた。「それでは、誰も異存がないようなら、婚約者としばらく二人きりですごしたいので」

ローレンは無言で馬を寄せて、キットとその場を離れた。背後で、ダフネが丘の上で日向ぼっこをしようと提案する声がした。

「フライヤとラナルフに不愉快なことを言われた？」キットが聞いた。

「やりすごせないほどじゃなかったわ」

「きみならだいじょうぶだと思った」キットがほっとした顔になった。「どう、遠乗りに来てよかった？　楽しい？」

「ええ。あなたの親戚はいい人ばかりね。いっしょにいて楽しいわ」

「だが、それはぼくが思っている楽しさとはちょっと違うな。あの木戸をくぐって牧草地に出よう。そうすればわかるから」

「なにかしようなんて思わないで。わたしはこれで充分だから」

だが、彼は笑っただけだった。

「ほら」数分後、彼が木戸を閉めながら、どこまでも広がる牧草地を指した。「ここからは見えないが、あの小高い丘の陰にもうひとつ木戸があるんだ。そこまで競走しよう」

「えっ？」

「今度は前もってご褒美を決めておこう。ぼくが勝ったら、きみにキスする。きみが勝ったら、なにがほしい？」

「考えるだけ無駄よ」ローレンは憤然と言った。「あなたが勝つに決まってる。といっても、わたしが挑戦を受ければだけど。競走なんかしない。ギャロップで走ったことなんかないもの」

「だったら、いいチャンスじゃないか。もちろん、ハンディはつけるよ。きみが先に出て、ゆっくり十数えてから追いかける」

「無理だと言ってるでしょう」

「一」

「できないものはできないって……」

「二」

「首の骨を折らせたいの？」

「三」

ローレンは馬を走らせた。

思いきって手綱をゆるめると、大地がどんどん後ろに飛び去り、ピンでとめているのに帽子が風に吹き飛ばされそうになる。こんなにわくわくしたのは生まれて初めてだ。

キットが左側を並んで走っているのに気づいたのは、かなりたってからだった。すぐそばで待機して、わたしが落ちそうになったら支えるつもりかしら？　ローレンは笑いだした。

丘を登ると、ありがたいことに、少し先に木戸が見えた。ローレンは笑いが止まらなかった。すぐ後ろで彼も笑っている。

「わたしの勝ちよ」数ヤード先を飛ばしながら甲高い声で言った。「このまま逃げきって――」

次の瞬間、キットがさっと追い抜いていった。まるでローレンの馬がその場に静止しているかのように。

ローレンは鼻が馬の首にくっつきそうなほど前かがみになった。

「顔を上げたら、約束どおりキスできるのに」

「ずるいわ」ローレンは体を起こした。「最初から、そのつもりだったんでしょ。眉間に一発お見舞いしたいのは、わたしのほうよ。ねえ、キット、なんておもしろいんでしょう!」

「前から思ってたんだ」彼は太腿がローレンの膝に当たるほど近くまで馬を寄せた。「きみの瞳ほど美しいものはないって。でも、今のようにきらきら光ると、もっと美しくなることを発見した」

「そんな見え透いたお世辞は、わたしには通じないと言ったでしょ」

彼が口を重ねた。唇を開き、ご褒美を心ゆくまで味わおうとしている。ゆうべの夢のような時間を思い出しながら、ローレンはこれ以上触れ合うのは危険だと気づいた。

「さあ」唇が離れると、そっけない口調で言った。「借りは返したでしょ。おばかさんね」

「おばかさんか」彼がつぶやいた。「自分でもそう思うよ」

やっぱり、これ以上深入りしてはいけない。ローレンはあらためて心に誓った。

その夜は、客間に集まって思い思いに楽しんだ。年配の人たちのためにカードテーブルが二卓用意され、若い人たちは順番にピアノを弾いたり、そばに集まって演奏を聴いたり、歌ったり、冗談を言い合ったりした。お茶を飲みながら、親戚の近況や噂話に花を咲かせる人たちもいた。

キットの祖母は、暖炉のそばの椅子に座って、うれしそうに話に耳を傾けていた。以前のようにカード遊びができなくても、みんなに囲まれているだけで満足そうだ。ローレンはそばのスツールに腰かけて、日課となった手のマッサージをした。キットの祖母はとても喜んで、なんてきれいな子供かしらとローレンを褒めた。

「子供なんて年じゃありませんわ」ローレンは穏やかに言った。「二十六になるんですもの」

「たしかに、きれいですが、おばあさま」暖炉のそばに立っていたキットが言った。「でも、子供を花嫁にするわけにはいきませんからね」

祖母は二人を好ましそうに眺めて笑った。

ローレンの祖父のゴールトン男爵は、カードテーブルについていた。キットの母とペアを組んで、キルボーン伯爵未亡人とメルヴィン・クリフォード組と対戦している。レディ・ミュアはシドナムと並んで、彼の定位置である窓際の席についていた。

これで満足しよう。キットは心の中でつぶやいた。両家の親族はなごやかに打ち解けている。ローレンの親族は好意のいだける人たちだし、彼を認めてくれている。三人ともロンドンですごしていないから、彼の悪い噂を知らないのだろう。

ゴールトン男爵が、到着した日にキットにあれこれ質問したことを思い出して、彼はひそかに苦笑した。ポートフレイ公爵にローレンとの婚約許可を求めに行ったとき以上に、軍での実績や現在の抱負や将来の計画をあれこれ質問された。まるで男爵に孫娘との結婚を願い出ているようだった。

ローレンなら、申し分ない伯爵夫人になるだろう。家族ともうまくやっていけそうだ。それに、この数日いっしょにいて、キット自身、彼女となら、満ち足りた安らぎの中でともに年を重ねていけそうな気がしてきた。あと一週間のうちに、説得できたら……。

そんな物思いは、マリアンの声で中断された。みんなが集まったのだから、ダンスがしたいと言っている。胸の前で手を組み合わせ、期待に満ちた目をキットに向けている。若いいとこたちもピアノのまわりに集まってきた。

「ダンスか、いいね」キットは部屋の真ん中に進み出た。「なにも、祝賀会の夜まで待つ必要はない。すぐに絨毯を巻き上げさせよう」

あちこちから歓声が上がり、祖母がにこにこしながらうなずいた。

二人の従僕がペルシャ絨毯を巻き上げているあいだ、マリアンは母のホノリアにピアノ演奏を頼んだ。

最初に、八人の男女が活発なジグを踊り、見物人から盛大な喝采を受けた。次の曲はカントリーダンスだとホノリアが告げると、キットはローレンに手を差し出した。

「踊ろう、ローレン。若い連中にお手本を見せてあげよう」

二人がリードし、六組のカップルで踊ることになった。キットはローレンとはワルツを一度踊っただけだが、彼女がカントリーダンスも上手なことにすぐ気づいた。頬を紅潮させ、彼女は目を輝かせながら、巧みにステップを踏んでいる。男女が向かい合って二列に並び、彼女は男性側、彼は女性側の列を順番に回りながら進み、最後に二人で向かい合ってアーチを作ると、みんながその下をくぐっていく。カード遊びやおしゃべりに興じていた人たちも、いつのまにかダンスを見物していた。キットはみんなの視線が自分とローレンに向けられているのを感じた。

彼と美しい婚約者を誰もが認めている。ほのぼのと喜びがこみあげてきた。今日の午後、競走したときのローレンの笑顔が目の前に浮かんだ。

彼女に婚約を破棄させてはいけない。

もう一度列のいちばん端まで移動し、窓際に近づいたところでダンスが終わった。オックスフォード大学を出たばかりで、遊び人を気取っている若いクリスピン・バトラーが、ワルツ音楽を頼むと、みんな新しいパートナーを探しはじめた。

「ミス・エッジワース、お願いできますか」ドリスの婚約者のジェレミー・ブライトマン卿が、ローレンの手を取ってダンスの輪に入っていった。

「レディ・ミュア、いかがですか？」キットは窓際の席に座っていたローレンのいとこを誘ってから、彼女は脚が不自由だったことを思い出した。恥をかかせてしまったのではないかと心配したが、笑顔で立ち上がって、差し出した手を取ってくれた。

そこへキャサリンが勢いよく近づいてきた。

「シドナム」彼の両手を取りながら言った。「わたしと踊りましょうよ。ひと晩じゅうそこに座ってたってつまらないじゃない」

キットはぎくりとした。キャサリンが繊細な神経の持ち主でないのは知っているが、いくらなんでもこれはやりすぎた。

「あいにくだが、キャサリン」シドナムが言った。「ローレンスと踊るといい。ご主人を放っておいちゃいけない」

「夫とはいつだって踊れるわ。あなたはダンスの名手だったでしょ。今でも覚えてるわ。お願い――」

「キャサリン」キットが止めた。思ったよりきつい、反抗的な兵士をたしなめるような口調になった。「丁重に辞退してるだろう。今のシドにはダンスは無理だから――」

「では、せっかくだから」シドナムが立ち上がった。青ざめたこわばった顔で、抑えきれない怒りに声が震えている。兄には目もくれず、キャサリンに会釈した。「相手をさせてもらおう、キャサリン。きみを誰にもぶつけずにリードする自信はある」

兄弟のあいだで目に見えない火花が散り、全員がぎこちなく黙り込んだ。そして、なにも不都合なものなど見なかったとでもいうように、またすぐ部屋にざわめきが戻った。

キットは一瞬目を閉じた。頭がくらくらして、吐き気もする。助けようとしたのだ、シドが恥をかかなくてすむように。しかし、結局、きっぱり拒絶された。またしても！　このまなにもなかったようにレディ・ミュアと笑顔でワルツを踊るのが、途方もない大仕事に思えてきた。

「すみません、お誘いしておきながら」キットはそわそわと頭を下げた。「どうか許してください」

そう言うと、くるりと背を向けて、誰とも視線を合わせずに部屋を出た。

15

一階にはおりず、階段をのぼったが、どこに行くという当てはなかった。部屋にこもって、今夜はもう誰とも会わずにすごそうかと漠然と考えていた。三階までの階段をのぼりきったとき、下から声がした。

「キット」

振り向くと、きゃしゃなダンス靴の片足を階段にかけ、ほっそりした腕を手すりにのせて、ローレンが立っていた。とっさに、客間に戻って、みんなとすごすように言おうとした。でも、一人になりたくなかった。一人では耐えられそうにない。

「おいで」彼は言った。

そして階段をのぼってくるのを待って、壁に取りつけた燭台から蠟燭を取った。そのときには、どこに案内するか決めていた。そばまで来るのを待たずに、寝室のある中央棟から、歴代の先祖の肖像画が飾られている回廊のある西翼に向かった。

回廊には錠がかかっていたが、鍵はそばの大理石の壺に隠してある。鍵を取り出してドアを開けると、ローレンを先に通し、入って錠をおろした。

蠟燭のほのかな光が不気味な影を投げかける。やけに寒い。夜になってから風が出てきて、窓を打ちつける雨音も聞こえる。ローレンはドレスの上に薄いカシミアのショールをはおっているだけだ。凝った装飾を施した額縁の中から、無言で見おろしている先祖の顔は、陰になってほとんど見えなかった。彼は無言で進み、ローレンも黙ってついてくる。やがて、長い回廊の真ん中の壁際に大きな大理石の暖炉があって、その両側に低いベルベットの長椅子が置いてあった。

キットは膝をつくと、持ってきた蠟燭で薪に火をつけてから、蠟燭をマントルピースに置いた。弱々しい炎があがり、薪がはぜる音がすると、やっと少し暖かくなってきた。

ゆうべも、こんなふうに暖炉に火をつけた。だが、状況はまったく違う。ゆうべはなごやかに子供時代の話をしたが、今は毎晩のように夢に現われる奈落の淵に沈んでいる。ゆうべ彼女に打ち明けた悪夢の淵に。

ローレンが長椅子に腰かけた。あえて話しかけようとはしない。そういう思いやりのできる女性なのだ。受け取るよりも惜しみなく与えようとする。そして、彼はそのやさしさに甘えようとしていた。ゆうべ彼女がそれとなく仕向けてくれたように、ずっと封印してきた胸の内を打ち明けようとしていた。そうしないかぎり、どうかしてしまいそうだった。

「軍人になれとシドに勧めたのは、ぼくだったんだ」唐突に話しだした。「一週間の賜暇をもらって家に戻ったときのことだ。シドが家でぶらぶらしているのを見て、軍隊に入ったらしゃっきりするんじゃないかとからかったんだ。冗談のつもりだったし、それはシドにもわかっていたはずだ。ぼくたちは本当に仲のいい兄弟だった。弟が大好きだったし、弟もぼくを慕ってくれていた。あんなことを言い出さなければよかった。弟はいつのまにかその気になって、父に軍職を買ってほしいと頼んだ。最初は、ぼくも家族といっしょになって反対した。フランス人と戦うよりほかにすることがあるはずだと言って。だが、弟の決心が固いとわかると、それはそれでいいんじゃないかと思うようになった。思い直させてやってほしいと母に泣きつかれても、シドが決めたことだから口は出せないとはねつけた。あのときそうすれば、シドはあんな体にならなくてすんだのに」

大きな薪に火が移って、火の勢いが増すにつれて、暖かさがじんわり広がっていった。

「偵察将校になったことは、ゆうべ話したね。孤独で危険な任務だったが、体力も気力もあったし、なにより危険に挑むことに生きがいを感じた。鋼鉄の意志と冷酷な心が必要とされる仕事だった。恐怖や優柔不断や同情は命取りになる。平時に紳士に要求される繊細な感受性の通用しない世界なんだ。ひとつ判断を誤ったら、どれだけの人の命が失われるかわからない。軍人として名誉をまっとうし、義務を果たすことしか頭になかった。そうするのが正しいと信じて疑わなかったんだ。名誉を愛情と秤（はかり）にかけることなど思いもよらなかった。どちらもぼくにとって大切なものだったが、どちらか一方を選べと言われたら、どうしたらいいんだ？」

彼はしばらく無言で暖炉の火を見つめていた。やっと心の重荷を誰かと分かち合えるという安堵(あんど)がこみあげてきた。少しでも罪の意識が軽くなるのなら、どんな償いでもするつもりだった。

「シドは上官のグラント大佐にぼくと同じ任務につけてほしいと願い出た」彼はマントルピースによりかかると、目を閉じた。どこまで続けられるかわからなかったが、それでも話さずにいられなかった。「なぜ願い出たか、大佐がなぜ許可したのか、今でもわからない。もちろん、二人に抗議したが、大佐はいったん決めたことを翻(ひるがえ)そうとしなかったし、シドもすっかりその気になっていた。だが、その任務には二つ問題があったんだ。弟を連れて行く困難を数に入れたら三つ。第一に、その任務の性格上、軍服を着ることができなかった。そんなことはめったにない。それ以前にもせいぜい二度か三度しかなかった。第二に、機密書類を携えていた。たいていの場合、書類といっても形だけのものなんだが、今回は違った。もしフランス軍の手に渡ったら……ぜったいにそんなことがあってはならなかった。ところが、任務に着いて二日目にポルトガルの山地で、フランス軍の斥候隊の罠(わな)にはまってしまった。それまで一度もそんな失敗はしなかったのに」

彼は拳を握って額に当てた。鼓動が耳の中で反響している。

「ごくわずかだが、逃げられる可能性がなくはなかった。それに気づいたのはシドだ。どちらかが敵の注意を引きつければ——当然、つかまることになるが——もう一人は逃げるチャンスがある。どっちがつかまって、どっちが書類を持って任務を続行するか、それを決めるのはぼくだった。上官だったから。シドには経験がない。逃げおおせたとしても、任務を遂行できる確率は低い。失敗は許されない。軍人としては、全力を尽くして任務を果たすべきだと思った。そのためには、ぼくが逃げるべきだ、と。しかし、シドをそんな目に遭わせることはできない。義務感と愛情の板ばさみになった。ローレン、きみならどうした？」

「キット」彼女が初めて口を開いた。「そんなにつらい思いをしていたなんて……」

「ぼくは義務感に従った」痛みを歓迎するかのように、彼は拳を額に打ちつけた。「逃げ出せるチャンスに賭けて、弟を犠牲にしたんだ」

　敵の包囲をくぐり抜けて、峠から振り返ると、シドが敵に拉致されていくのが見えた。迷いを振り切ってそのまま進み、無事に任務を果たすことができた。その後、功績を高く評価され、軍の殊勲報告書で勇敢な英雄と讃えられもした。だが、悪い冗談としか思えなかった。

「普通の状況じゃなかったんですもの」ローレンがつぶやいた。

「戦闘よりひどかった」悪夢は目覚めていても追いかけてきた。そのおかげで、あのおぞましい状況をわざわざ蒸し返している。それも、そんな苛酷な現実から守るべき女性の前で。だが、すべてをさらけ出して解放されたいという思いのほうが強かった。「戦争は一種のゲーム――極悪非道なゲームなんだ。英国軍の将校が軍服姿でつかまったら、相手は敬意を払って捕虜として丁重に扱う。だが、軍服を着ていなかったら、フランス人やスペイン人やポルトガル人のパルチザンと同じだ。残虐きわまる扱いをされる。そのことはわかっていた」

わかっていた。ちゃんと知っていたんだ。だから、即断できなかった。二人のどちらかがつかまったらどうなるか見越していたから。だが、シドを力いっぱい抱き締める時間しかなかった。

「その日のうちに味方のパルチザンの一団に出会った。すぐにシドを救出させることもできたはずだ。数の上ではこっちが勝っていたから。だが、彼らが必要だった――あの任務のために彼ら全員の助けが必要だったんだ。結局、シドを助け出せたのは二週間後だ。もう生きていないかもしれないと思ったが、生きていてくれた――かろうじて」

なぜ記憶はこれほど生々しく五感に焼きついているのだろう？　彼は堅く目を閉じた。視覚だけではない。音も、においも。夢の中まで、肉の焼けるにおいが追いかけてくる。

「連中は彼の右側から始めた。そして、少しずつ体の下のほうへとじわじわ拷問を加えていった。肉を焼いたり、目をえぐり出したり、骨を砕いたり。見つけたときは、右膝まで達していた。軍医のおかげで脚は残ったが、右腕は付け根から切断しなければならなかった。基地まで連れて帰るまでの長かったことといったら」彼はゆっくりと大きく息を吸い込んだ。

「あれだけの拷問を受けたのに、なにも漏らしてなかった。ぼくの名前も目的地も使命も。自分の名前と所属部隊と階級を教えただけだ。何度も何度も、昼も夜もそれだけを繰り返していた。救い出したあとも繰り返していた。どれだけ体を痛めつけられても、精神までつぶされてはいなかった。つぶれていたら、そして、相手の知りたいことを教えていたら、そこまで苦しまずに死を迎えられていただろうに」

そっと息を吐く音がしたが、ローレンはなにも言わなかった。

「ぼくは弟を犠牲にしたんだ、軍人としての名誉のために。そして、輝かしい勲功をおさめた。軍人として訓練を受けて、冷酷な心となにがなんでも任務を果たすという意気込みは身につけた。だが、その結果はどうだ？　弟だけでなく、家族の心までずたずたにしてしまった。あの夏のぼくは本当にどうかしてたんだ。きみがこの婚約を形だけのものにしたのは賢明だったよ。ぼくは一生を託せるような男じゃない。輝かしい勲功のために自分を売り渡したんだ。もうなにも残ってないんだ、名誉以外には」

「でも、彼は死んだわけじゃないわ」ローレンがいつもの穏やかな声で言った。「ちゃんと生きてるのよ」

「生きていても、二度ともとのようにはなれないんだ。今はここで執事見習いをしていて、近々、ビューカッスルのどこかの別荘の執事に雇われるそうだ。どうしてそんなことをしなければならないんだ？　シドナムは画家だった。いや、今もその天分を失ったわけじゃないだろうが。彼が描いた風景画を見せたかったよ。色彩感覚といい構図といい、他の追随を許さないものだった。ぼくのような凡人には、彼が絵にこめた魂を説明することなど、とうていできない。言葉では言い表わせないが、シドが描こうとしたものはぼくにも感じられたよ。夢想家で、才能があって、気質のやさしい彼が……肉体の自由を失って、できることといったら、せいぜい他人の執事ぐらいなんだ」

「あなたのせいじゃないわ、キット。悪いのは戦争よ。あなたがしたことは間違っていなかった。正しい選択だったのよ、義務を果たしたんですもの。その状況で、ほかになにができたと思う？」

「本当に正しい選択だったんだろうか？　心のやさしいシドが、あんな身体になって、殻に閉じこもってしまった。慰めの言葉をかけようとしても、聞く耳を持たない。ぼくを憎んでるんだ。それでも、正しい選択だったと言えるだろうか？」

「世の中には説明のつかないことが、いくらでもあるわ。正しいことをしたつもりでも、報われないまま終わることのほうが多いかもしれない。やむなくどちらか選ばなければならないこともある。あなたは間違ってなかったのよ」

たしかに、もう一度どちらか選べと迫られても、同じ選択をしただろう。それは頭ではわかっている。だが、だからといって良心の呵責が軽くなるわけではない。

「『あなたをこれ以上愛することなどできない。だが、それ以上に、わたしは名誉を重んじる』誰の詩だったかな？」

「リチャード・ラヴレースよ、王党派詩人の」

「ぼくは信じない。愛より大切なものなんか、この世にはないよ」

「別の選択をしていたら」窓を打つ雨の音と風のうなりだけが聞こえた。「何百、いえ、数千の命が失われていたんでしょう。きっと、自分を許せなかったはずだわ」

「そうしてたら」彼は低い声で笑った。「ぼくも生きてはいなかったから」

「あなたは義務を果たしたのよ、キット。それ以上になにができるというの？」

彼は目を閉じたまま、拳を固めた手を額に押しつけた。彼女の言葉を嚙みしめ、そこに救いを求めようとした。少なくとも、この瞬間だけは、罪の許しを得ようとでもいうように。

ローレンは今にも気を失うのではないかと思った。戦争のような苛酷な現実は貴婦人のあずかり知るところではないと信じてきたし、実際、それで通ってきた。大半の紳士は同じ考えだったからだ。リリーがニューベリーに来たときは、歩兵隊の軍曹の娘という触れ込みで、父親がインドに駐屯していたころのことから、半島戦争に参戦したことまで、戦争体験をあれこれ語ったが、ローレンはそんな彼女に嫌悪感を抑えきれなかった。未来の伯爵夫人は、戦争の話などしないほうがいいと忠告したのを覚えている。

あのころのわたしは本当に独りよがりだった。完璧なレディのつもりで、鼻持ちならないほど取り澄ましていた。

だが、今は違った。キットはくわしく話そうとしなかったが、軍医が腕を切断する様子がありありと目に浮かんだし、血のにおいを嗅いだような気さえした。

一度はゆうべのように話題を変えようかとも思った。でも、ようやくキットが深い心の傷を見せる気になったのに、途中でやめさせるのは残酷なことだ。ずっと一人で背負ってきた重荷を少しでもおろさせてあげなければ。

そう決心して、静かにベルベットの長椅子に座っていた。足をきちんとそろえ、ショールの端を握って、背筋がぞっとするほどの恐怖に耐えた。窓を打つ雨音や風のうなりに注意を向けたいという思いをこらえて、彼の話をひと言も聞きもらすまいとした。わたしも子供のころから孤独や絶望を誰とも分かち合ったことがない。だからこそ、彼はわたしに話す気になったのだろう。無意識のうちに、同じ苦しみに耐えてきた相手を選んだにちがいない。

正しい選択をしたのは彼にもわかっているはずだ。でも、だからといって、苦しみが軽くなるわけではない。かといって、別の選択をしていたら、それはそれで自分が許せなかっただろう。だから、結局、なにも言ってあげられなかった。ただそばに座って、彼の気持ちがおさまるまで、また現実の世界に戻る気力を取り戻すまで、いっしょにいることしかできない。

しばらく待ってから、ローレンは立ち上がった。後ろから彼に両腕をまわし、肩に頬を寄せた。慰めたいと願っていることを伝えたかったからだ。彼がゆっくりと大きく息を吸い込んだ。震えが伝わってくる。次の瞬間、彼が振り返って両腕で堅く抱き締めた。息ができなくなったが、抵抗しようとは思わなかった。

彼にはわたしのすべてが必要なのだ。ローレンはそれを満たしたいと願った。

彼が唇を重ねた。これまでとは違う、せっぱつまった荒々しい口づけだった。唇を開いて、舌をからませながら、背中にまわした手で彼女を自分の体に押しつけた。

ローレンは不思議なほど落ち着いていた。心の中で、完璧なレディを理想としてきたローレン・エッジワースの声がする。いつかこうなるのはわかっていたはずよ。みんなをあざむいて、婚約者のふりをしたつけがまわってきた。鍵をかけた室内に二人きりでいて、むごたらしい暴力行為の回想に刺激された結果がこれなのだ。

こんなことは今すぐやめなければ。

でも、もうひとつの声が、これでいいのだとささやいていた。ヴォクソールで、いえ、その前にハイドパークで彼を見かけたときから、ローレンの中に眠っていた女らしい温かさが目覚めはじめていた。今のわたしには、彼になにより必要なものを与えることができる。どちらの声に従うかは、むずかしい選択だった。つい最近までなら、迷うことなく、常識的に考えて正しい選択をした。ところが、今は、キットが迷ったように、義務と愛情のはざまで揺れ動いていた。

結局、彼女は愛情を選んだ。といっても、彼を愛しているとはっきり意識していたわけではない。ヴォクソールで目覚めた女性としての本能が、ずっと閉じ込めてきた堅い殻を破ったのだと思っていた。

彼の唇が喉から肩へ、そして胸におりていく。その一方で、彼の手がイブニングドレスの上でもどかしげに動いて、肩や腕が、やがて胸があらわにされた。蠟燭の灯と暖炉の火に照らし出されていても、恥ずかしいとは思わなかった。それどころか、彼に必要なものが与えられるのがうれしかった。それでも、乳房に温かい唇を感じ、乳首を舌先で刺激されると、興奮と恐れのいりまじった複雑な思いがこみあげてきた。そんな自分を励ますように、ローレンは彼の頭の後ろにやさしく手を当てて、髪に頰をすり寄せた。

彼が肩に顔をうずめた。

「だめだと言って」くぐもった声で彼が言った。「お願いだ、ぼくを止めてほしい」

「いいえ」両手で彼の頭をもちあげると、髪を撫でながら、目をのぞきこんだ。「わたしも望んだことよ、キット。わたしの意思で決めたことなの。だから、やめないで」このままやめることはできなかった。「あなたのためだけじゃないの。わたしのためでもあるんだから」そう言うと、彼の頬に、目に、そして、口にそっと唇をつけた。

彼がまた抱き寄せて口づけした。あらわな胸が彼の上着に押しつけられる。だが、さっきのような荒々しさは消えて、いたわるようなやさしさが感じられた。ローレンのすべてを受け止めたいという思いが伝わってくる。

与えたいという思いは、彼女一人のものではなかった。

ベルベットの長椅子は狭いベッドぐらいの幅があった。そこに横たえられると、ローレンは腕をさしのべた。彼がドレスをたくしあげて絹の上靴を取った。そして、欲望にくもった目を向けながら、ストッキングと下着を脱がせると、ズボンのボタンをはずした。髪を乱し、頬を紅潮させた彼は、はっとするほど魅力的だった。

心の中で、警告する声がした。よく考えて。今やめないと、一生後悔することになる。でも、その一方で、欲望というより、もっと素朴な、人間としてのやさしさを感じた。今の気持ちに素直に従っても後悔しないと信じることができた。

キットは膝をついてキスの雨を降らせながら、乳房をやさしく撫でた。やがて乳首が固くなると、親指と人差し指でつまんで転がしながら、もう一方の手をずらせて、細やかな襞(ひだ)に指を滑りこませた。

ローレンは目を閉じて、ふっと息を吸い込んだ。

男と女のことは知らないわけではなかった。ネヴィルと結婚が決まったとき、伯母のクラがそっと教えてくれたのだ。たまに想像してみたこともあるが、できるだけ考えないようにしてきた。体を開くのは恥ずかしい行為にちがいないし、感情の入り込む余地のない肉体的な営みだと思っていた。

結ばれたいという思いがこみあげてくるとは、夢にも思っていなかった。与えたい、与えられたいという抑えがたい感情を伴うものだったとは。これを〝情熱〟と呼ぶのかしら?だとしたら、情熱は精神的な結びつきの上にたったものだ。

「今なら」唇を重ねたまま彼がつぶやいた。「まだやめられる」

「やめないで」ローレンは目を閉じたまま答えた。

いつのまにか彼は上着とチョッキを脱いでいた。あらわな胸に絹のシャツを通して体温が伝わってくる。そして、内腿に彼のズボンが押しつけられて、両脚が大きく開かれた。彼の重みを受け止めながら、もう後戻りはできないと悟った。

さっき彼の指で触れたところに今度はたくましい彼自身を感じた。ゆっくり息を吸いこんだ瞬間、彼が入ってきた。でも、これでよかったのだ。彼の肩をつかんで、恐れや痛みを表わさないようにした。たしかに、痛みはあった。もうこれ以上は無理。耐えられない。でも、そういうものだと教えられた。そのとき、体の奥で激痛が走った。でも、それはすぐ消えた。純潔を守っていた垣根が取り払われたのだ。彼が深く入ってきた。

「ローレン」彼が耳元でささやいた。「いいよ、とっても。痛くない？」

「ええ」自分でも驚くほど普通の声が出た。

まだ動いてはいけない。クララ伯母さんがそう言っていた。夫が終わるまでじっとしていなければいけない、と。

もういいのかしら？ これで終わったのだろうか？

彼が体を引くと、なぜか少し拍子抜けした。一生の思い出として、これからずっと大切にしていくには、あまりにもあっけないような気がして。だが、完全に引いたと感じた瞬間、彼はまた戻ってきた。また痛みがあったけれど、今度はそれだけではなかった。もう一度味わいたいと思った。でも、こうなっても、自分から要求するのは恥ずかしかった。

でも、彼は戻ってきてくれた。何度も、何度も。彼の肩につかまりながら、ローレンは禁断の歓びを受け止めた。

これでよかったのだ。また心の中でつぶやいた。大切に純潔を守り、世間に恥じるところのない生活を送ってきたけれど、それでなにかいいことがあっただろうか？ 美徳が必ずしも報われるとはかぎらないのだから。

彼の動きがしだいになめらかになってきた。それにつれて、緊張がほぐれ、感覚がとぎすまされていくような気がする。彼はそれに気づいているかしら？ 彼の息遣いが荒くなり、重ねた体が汗ばんでくる。彼が興奮しているのだ。わたしが歓びを与えているのだ。

そう思うと、胸がいっぱいになった。なにもかも忘れて、全神経を、五感のすべてをそのことに集中させようとした。この美酒を最後の一滴まで味わいたい。そして、それを一生の思い出にしよう。

彼が腰を持ち上げて引き寄せた。これまでより深い速い動きに、痛みに似た快楽が全身を突き抜けた。だが、それをもう一度確かめる前に――彼女は自分の貪欲さが信じられなかった――温かい液体がほとばしるのを感じた。

終わったのだ。

でも、まだ実感がわかなかった。

女には終わりはないのかしら？　快楽の始まりや終わりが感じられないのかしら？　歓びは感じても、それは自分ではどうすることもできないものなのだろうか。でも、それでもいい。後悔はしていない。今夜も、明日も、これから一生、後悔することはないだろう。こんな体験は初めてだ。そして、最後。

キットは眠りこんでしまったようだ。そっと彼の髪を撫でてから、暖炉に顔を向けた。薪がぱちぱち燃えて、煙が煙突にのぼっていく。窓を叩く雨の音が耳にやさしかった。

しばらくすると、キットが目を覚まして、彼女を見おろした。「謝らなくてもいいんだね？　ぼくが無理やり――」

ローレンは唇に指を当てた。「わかってるはずよ。良心に恥じるところはなにもないって」

彼はほほ笑んだ。眠そうな笑顔だ。「それなら、代わりにありがとうと言おう。ローレン、こんな貴重なものをぼくに捧げてくれて。痛かっただろうね。最初はそうだというから」

「それほどでも」

彼は体を起こすと、身支度をしてから戻ってきた。背を向けたまま、そっとハンカチを差し出す。

「これを」

ハンカチを受け取って、震える手で血をぬぐったが、大それたことをしてしまったとは思わなかった。はっとしたのは、身じまいをしてからだった。丸めたハンカチを握りしめて、端然と座っているローレンに彼が晴れやかに笑いかけた。

「そろそろ決めたほうがよさそうだね、結婚式の日取りを」

16

雨は夜のうちに上がった。だが、太陽が濡れた草を乾かし、夏の暑さが戻ってきたのは昼近くなってからだった。

昼食後、キットが言い出して、前庭の広い芝生でクリケットをすることになった。最初は子供のためだったが、若い男性や数人の紳士も加わって、あっというまに大人数になった。参加しない人たちも——昼寝するために部屋に戻った老伯爵夫人とレディ・アイリーンとゴールトン男爵以外は——芝生のまわりで声援を送ることになった。

みんなが芝生に三柱門(ウィケット)を立て、投手と打者が立つピッチの用意をしているあいだに、キットは二つのチームの実力が互角になるようにメンバーを割り振った。ローレンはグウェンやダフネといっしょに、安全な場所に毛布を広げて観客席をつくった。騒々しさにまぎれて、馬に乗った三人の客が車寄せをこちらに向かってくるのに誰も目をとめなかった。

気づいたときには、ラナルフは馬からおりてレディ・フライヤを助けおろしているところだった。アレイン卿は芝生の上の騒ぎを眺めている。

「ああ、クリケットですか」アレイン卿が言った。「試合はこれからですね。ご機嫌よう、伯爵夫人」さっと帽子をとって会釈した。「お楽しみに加えていただいてよろしいでしょうか。ちょっとご挨拶にお寄りしただけなのですが」

伯爵夫人が三人を初対面のグウェンに紹介した。ラナルフ卿はグウェンの手を取って頭をさげると、その手を握ったまま挨拶を交わした。

「本当にクリケットはしないの？」キットが近づいてきて、芝生に座っているローレンに笑いかけた。

ゆうべのことは夢だったのかしら。ローレンは急にそんな思いにとらわれた。キットはなにもなかったようにいつもの陽気な彼に戻っている。そして、わたしもこれまでどおりにふるまっている。

「いくら勧めてもだめよ。ルールを知らないんですもの」

「ボールを取ったり、走ったりはできるだろう」キットは諦めきれない様子だ。「バットの使い方は教えてあげるから」

「また新しい楽しみを強引に教えてくださらなくていいの。ここで見物してるだけで楽しいから。十八歳以上の女性はみんなそうしてるでしょ」

だが、その間にレディ・フライヤがアレイン卿と芝生に入って、キット側でないほうに参加したいと言い出した。アレイン卿はキットのチームに入ることになった。

「きみを説得するのは無理らしいね」キットは笑うと、始まりかけたクリケットの試合に注意を戻した。

ローレンは夏の日差しを避けるためにつば広の麦藁帽子を深くかぶり直し、ほっとため息をついた。彼が諦めてくれてよかった。今はそれよりも静かに考えたかった。いえ、今はまだだめ。一人になるまで待たなくては。ゆうべのことを、そして、彼のプロポーズを断ったことを考えるのは一人になってからだ。

試合はにぎやかに進んでいた。キットのチームは最初は守備側で、彼が投手をつとめたが、小さい子には得点できるように手加減して投げてやり、経験豊かな相手には本気を出していた。デイヴィッド・クリフォードが自分の背丈ほどのバットを抱えて、彼に近いほうの三柱門に立ったときは、去年イートンのクリケットチームに入ったセバスチャン・ウィラードの送球でアウトにされないように、ピッチの端から端まで走らなければならなかった。キットはデイヴィッドを抱き上げて走りだし、何分の一秒かの差でボールより先に安全圏に入って得点をあげた。

「キットは張りきってるな」ラナルフ卿が言った。「中世の騎士のように、崇拝する貴婦人の前でいいところを見せようとしてるんだろう。あなたが贈った愛のしるしを身につけているんじゃありませんか、ミス・エッジワース。だが、これからが見ものですよ」

クリスピン・バトラーがアウトになったあと、フライヤが打席に立った。帽子もかぶらず金髪を日光に輝かせながら、ときおり見物席のローレンに挑むような視線を向けていた。

フライヤはクリケットも得意らしい。三柱門（ウィケット）の前でバットをかまえると、送球するために反対側のウィケットの前に走っていくキットを目を細めて見守っている。キットも彼女の腕前をよく知っているようだ。これまでで最高の球を投げた。バットはみごとにそれをとらえ、ボールはアーチを描いて空高く舞い上がると、芝生のはるか遠くに落ちた。一気に六点の得点が入り、攻撃側は大喜びだ。フライヤは乗馬服の裾を片手で持ち上げ、金髪をたなびかせながら、二つのウィケットのあいだを誇らしげに笑いながら駆け抜けた。

「フリーヒットだ」キットも笑いながら言った。「次は真剣に投げるからね」

「無理よ」レディ・フライヤが言い返した。「もっと優秀な投手と交代しなくちゃ」

生き生きと頰を紅潮させて、また見物席を振り返ると、端然と座っているローレンをちらりと見る。

次の球はウィケットの前で打ち止められて、アウトにはならなかった。

そして、その次の球は打ったが、簡単に捕れそうなヒットだった。だが、飛んでいったのは、四歳のセイラ・ヴリーモントが守備についている方向だった。セイラは茫然とボールを眺めている。チームメートがボールを捕るように声をかけても、声援していると勘違いして、いっしょになって拍手した。そして、ボールが足元をころがっていくのに気づくと、みるみる目に涙が盛り上がった。

二十二歳も年が離れていても、ローレンにはセイラの気持ちがよくわかった。

キットがセイラに駆け寄った。「今のは打ちそこないだよ、フライヤ。捕れなかったのはセイラのせいじゃない。やり直そう」

誰かがボールを投げ返すと、フライヤはボールを投げ上げて打った。球はアーチを描いてゆっくりと飛んでいく。キットがセイラを片腕で抱き上げ、あいたほうの手を小さな手に重ねて、ボールを捕った。

「アウト！」彼が叫ぶと、守備側のチームは大喝采だ。

フライヤは攻撃チームの先頭に立って抗議した。腰に手を当て、バットをぶらぶらさせながら、キットはずるいと叫んだ。彼も笑いながら、へたくそと叫び返す。二人がわざと言い合っているのは明らかで、周囲もおもしろがっている。ローレンはそんな二人をそっと見守っていた。本当にお似合いのカップルだ。最初からずっとそう思っていた。

でも、なぜか悲しかった。あからさまに侮辱的な態度をとられても我慢できる。でも、がんばったところで、わたしはレディ・フライヤのようにはなれないのだ。容貌や育ちの点では負けないとしても、男性の情熱をかきたてる魅力がはない。ゆうべキットとあいう関係になったとはいえ、きまじめで魅力のないローレン・エッジワースに変わりはないのだ。

キットに助けられたセイラが、見物席に近づいてきた。お母さんを探しているようだが、母親は涼しい屋敷の中に戻っていた。頬に涙の跡が残っているのを見て、ローレンはポケットからハンカチを出して拭いた。

「上手に捕れたわね。クリケットには飽きたの？」

セイラはうなずいた。「あっちで遊ぼう」

ローレンはためらった。この数日間に何度か子供部屋に行って、子供たちになつかれていた。でも、一人で遊び相手をしたことはまだなかった。

「なにをして遊ぶの?」

「ブランコを押して」セイラが手を引っ張る。

「ブランコがあるの?」ローレンは立ち上がった。

庭園のそばの大きなオークの木の枝に長いロープをつるしてブランコが作ってあった。何度かそばを通ったのに、こんなところにあるとは知らなかった。手をつないだまま芝生を横切ると、セイラはブランコに乗り、ローレンは最初はおずおずと、やがて促されるままに強く押した。

「もっと」セイラは大喜びだ。

「そんなに高くあがったら、木の上の魔法の国に入ってしまうわよ」ローレンも笑いながら言った。「ブランコだけ残って、セイラはどこに行っちゃったのかしらって、みんな心配するわ」

クリケットに飽きた小さな子供たちが集まってきて、ブランコに乗りたいとせがんだ。ローレンはブランコを押したり、公平に順番がまわってくるように気を配ったり、ブランコに乗れない子を木に登らせては、またおろしてやったりと、てんてこ舞いだ。

「このブランコはね、木の上の魔法の国に行くのよ」セイラがみんなに自慢した。

「誰がそんなこと言ったんだ?」ヘンリー・バトラーがばかにしたように言った。

「わたしよ」ローレンはびっくりした顔をしてみせた。「聞いたことがないの？　ブランコの上には魔法の国があるって」

「ほんとにあるの？」

「ほんと？　お話してよ」

五人の子供にいっせいにせがまれて、ローレンは笑いだした。ベッドに入って眠るまでのあいだにいろんなお話を作って楽しんでいたのは、いつごろまでだっただろう。お話の中では、小さな女の子がお母さんに置いてきぼりにされることはなかったし、毎日楽しい冒険をして、船で水平線のかなたまで行っても、最後はちゃんと無事に戻ってきた。いつも頭の中で想像するだけで、誰かに話したことはなかった。でも、いつか自分の子供たち――ネヴィルとのあいだに生まれた子供たちを寝かしつけながら話すのを夢見ていた。

「あっちの日陰に座りましょう」ローレンは歩きだした。「聞きたい子は集まってちょうだい」

子供たちは地面に座ると、期待に満ちた顔を向けた。いちばん小さい三歳のアナ・クリフォードは、ローレンの膝にのってきた。

「昔、といっても、そんなに昔のことじゃないけれど……」

ローレンは話しはじめた。主人公は二人、小さな男の子と女の子。並んでブランコに乗っていて、あんまり高く漕いだものだから、世界の果てにあるカーテンのあいだから飛び出して、木の上の魔法の国に入ってしまった。その国は地上からは見えなくて、なにもかも――

草も家も動物も人も、みんな地上の国とは違う。そして、そこで二人は目が飛び出しそうな不思議なものに出合い、胸がどきどきする冒険をたくさんして、身の毛がよだつ危険な目に遭った。

「もうだめだと思ったとき」うっとりと聞き入っている子供たちを見まわしながら、ローレンは最後に言った。「赤い草のあいだから、誰ものっていないブランコがするするとあがってきたの。二人は大急ぎでブランコにとびのると、ロープにしがみついて、木の下まで滑りおりたら、そこでママとパパが心配して二人の帰りを待ってたの。こうして無事におうちに帰ってきて、楽しいお話をいっぱいしたんですって」

子供たちのあいだから満足そうなため息が聞こえた。

「二人はまた魔法の国に行った？」セイラが聞いた。

「ええ、行きましたとも。何度も行って、わくわくする冒険をいっぱいしたの。でも、そのお話はまた今度」

「つまんない」子供たちが不満の声をあげると、ローレンは笑いながらアナを抱き寄せた。

「いい子にしてたら、またすぐ聞けるからね」思いがけずキットの声がした。

顔をあげると、帽子もかぶらずシャツ姿ですぐそばに立っていた。いつからそこにいたのだろう。いつのまにかクリケットは終わっていて、芝生には誰もいなかった。

彼と目が合ったとたんに、ローレンはこれまで感じたことのないようなときめきを覚えた。彼の心の中を知っているのは、わたしだけだ。そして、彼と結ばれたこともある。

「みんな湖に泳ぎに行ったよ」彼は笑いかけた。その言葉が終わらないうちに、子供たちは湖のほうに駆け出した。

「わたしは行かないわ」ローレンはあわてて言った。

「きみには驚かされてばかりだよ。子供の扱いがそんなに上手だとは知らなかった」

「そんなことないわ。子供の世話をした経験もないし」

「きみはそう言うけれど、一時間近く幼い子を五人も一人で遊ばせていたんだよ。しかも、こんな暑い日の午後に。ブランコがひとつしかないのに取り合いもしていなかった。いつもなら喧嘩(けんか)が始まるのに」

「そんなに時間がたってたなんて……」

彼に見つめられると、ローレンまた不思議なときめきを感じた。彼が近づいてきて、手を取って立ち上がらせた。「さっきの話は本で知ったの?」

「話しながら作ったのよ。魔法の国ではなにがあっても不思議じゃないから、それほどむずかしくないわ」

「とても楽しそうだったね」

「あなたにここに連れてきてもらったおかげよ。ロンドンにいたら、今ごろはサットン卿とウィルマが次々と紹介してくれる紳士にうんざりしてたでしょうね」

「あの二人はお似合いだね。無神経なところもそっくりで」

ローレンは笑った。

「湖には大人もたくさんいるから、子供たちは心配ない。ぼくたちが二時間ほど雲隠れしてもだいじょうぶだ」

「でも、泳ぎに行ったんでしょう……お客さまも」

「ああ、フライヤも泳いでるだろう」彼はにやりとした。「ほかの女性たちも彼女のまねをして、母親をひやひやさせてるんじゃないかな」

「いいの、彼女と――みんなといっしょにいなくて?」彼が小首をかしげて顔をのぞき込んだので、ローレンはスカートから小枝を払うのに集中しているふりをした。

「二人だけになれるところへ行こう。そんな深刻な顔をしないで」ローレンが見上げると、彼は手をあげて制した。「ぼくたちは婚約者じゃないか。ゆうべ、きみに断られたが、ぼくの気持ちは変わらない。だが、そのことはまた別の機会に話し合おう」

彼と二人きりになりたいという気持ちと、そうしてはいけないという思いが、同時に湧き上がった。ゆうべのことは後悔していない。でも、思いがけない副産物があった。女として花開きたいという欲求に目覚めてしまったのだ。

このままではキットを求めるようになるだろう。そして、彼を愛するようになるかもしれない。それは困る。ゆうべまで、わたしは生涯に一人の男性しか愛せないと信じていた。ネヴィル以外の人は愛せない、と。

もしキットを愛してしまったら。

わたしは彼にふさわしい相手ではない。レディ・フライヤとは大違いだ。彼女こそキットにふさわしい。ああいう活発な女性と生涯をともにしたほうが彼は幸せなのだ。それに、彼を愛してしまったら、一年以上かけてやっと立ち直った苦しみをまた味わわなければならない。

夏が終わったら、婚約は解消すると最初から約束していた。ゆうべのことで彼が責任を感じて結婚を申し出てくれても、受け入れることはできない。

ここに来たのは、ひと夏のささやかな冒険のためだったはず。この先続く孤独な人生の思い出のために。そして、その願いはかなった。胸の躍るような生活をすごしている。それなら、最後まで楽しんでから、ここを離れたい。

「一時間だけなら」そう言うと、ローレンは彼の手を取った。なぜ急にそんな大胆なことができたのか、自分でもよくわからなかった。でも、このほうが精神的にもつながっているような気がする。腕を組んで歩くより、手に手を取って歩くほうが。

子供っぽいところも悪くない。

それに、このほうがずっと楽しい。

17

キットはどこに案内するか決めてあった。そこに行くには湖のそばを通らなければならない。子供や若い男女が笑いさざめきながら水遊びをしているのを大人たちが岸辺で見守っていた。案の定、フライヤも泳いでいた。誰よりも力強く水を掻いて。ラナルフは木の幹によりかかってレディ・ミュアと話していた。二人は手をあげて挨拶した。

キットは遊びの輪に入りたいとも、フライヤと泳ぎたいとも思わなかった。こっちに帰ってきてからリンジー館を二度訪れ、馬で競走したりしたが、恋の炎がふたたび燃え上がることはなかった。今日の午後、思いがけず訪ねてきた彼女とクリケットを楽しんだときも、ローレンと結婚したいという思いは募る一方だった。

フライヤと得点を争い、ふざけ合うのは楽しかった。まるで子供のころに戻ったようだ。そして、三年前にあれほど胸を焦がした恋心にかわって、同じ時間を共有した仲間として深い友情を感じていることに気づいた。その一方で、クリケットに熱中し、子供や年下のいとこたちに気を配りながら、いつもローレンの存在を意識していた。芝生に敷いた毛布にきちんと座り、薄手のモスリンのドレスに麦藁のボンネットをかぶって試合を見物している姿をずっと目の端で追っていた。だから、セイラに手を引っ張られてブランコのほうに行ったのも知っていた。ほかの子供たちが吸い寄せられるように集まっていったのも。

ローレンに対する気持ちは、慈しみ深い穏やかなものだ。そのことに彼は驚いていた。女性にこんな気持ちをいだいたのは初めてだ。女性がロマンスを口にするときは、こういうやさしい感情のことを言っているのだろうか。だとしたら、ぼくは中世の騎士のように、ローレン・エッジワースを崇拝していることになる。といっても、それだけではないのは、ゆうべの出来事が証明していた。

「みんなと泳いでもいいのよ」ローレンがまた言った。「わたしに気を遣ってくれなくても。あなたのような人には、退屈な相手なんだから」

これだけの美貌に恵まれ育ちもいいのに、ローレンには自分を卑下するところがあった。

「その判断はぼくに任せてもらいたいな」キットはつないでいた手をちょっと離して、指と指をからませた。「一度聞きたいと思ってたんだ、きみのお母さんのことを。ゴールトン男爵は娘の行方を探そうとはしなかったんだろうか？　亡くなったキルボーン伯爵も、弟のことが心配だったはずだよ」

「どうしようもなかったのよ。探したくても、世界が広すぎて」

だが、イギリスの貴族夫妻が、跡形もなく消えてしまうとは考えられない。

「わからないままでは、きみも諦めがつかないだろうに」

「考えないことにしてるから」キットに嘘をついたのは、これが初めてだった。ローレンはうつむいて足元の草を眺めながら、ボンネットの広いつばに顔を隠した。

「実は、その種の仕事をしてくれる知り合いがいるんだ。秘密を探り出したり、一見不可能に思えることをやってのけたりする男たちを知ってる。どうだろう、調査を依頼してみては？」

ローレンははっと顔をあげた。大きく見開いた菫色の目が、いつもより濃く見える。「わたしのためにそこまで？ なにかわかるとしても、わたしたちが別れたずっとあとのことかもしれないのに」

ああいう関係になったからといって結婚するつもりはない。それはゆうべはっきりさせた。ローレンはそれだけは頑として譲ろうとしなかった。

「きみにはさんざん助けてもらった。ひとつぐらいお返しをさせてほしい」

「あなたを助けた？ わたしが？」ローレンの足が止まった。大きな目が涙でいっぱいになっている。「誰も騙したくなかったわ。あなたの家族が大好きなんですもの、お母さまも、おばあさまも、みんな」

「誰も騙してなんかいないよ」彼はやさしく言った。「誕生祝賀会で、結婚式の日取りを発表しよう。今度は芝居ではなく、本当に」

ローレンは首を振った。

「そんなに彼のことが忘れられないのか?」キットは会ったこともないキルボーン伯爵に嫉妬を感じた。

ローレンがまた首を振った。「最初に約束したでしょう。あなたはしがらみから解放され、わたしは自由を手に入れるって。なにもかもだいなしにしないで。わたしはささやかな冒険の夏がすごしたかっただけなんだから」

プロポーズを断られたのには少なからずプライドを傷つけられたが、ローレンの気持ちを尊重しようとキットは思った。「とにかく、今は精いっぱい楽しもう。ほら、あそこに湖に突き出た岬のようなものが見えるだろう」彼は指さした。「あれは島なんだ。湖と同じように人工の。あそこに渡ろう。ボートで」

「ありがとう」ローレンは言った。

お礼を言われる理由は思い当たらなかったが、考えないことにした。いっしょにいるだけで楽しかった。二人きりで島でのんびりすごすのが待ち遠しいほどだ。小さなボートハウスには、すぐ使えるようにボートが用意してあった。きれいなタオルも、昔どおり棚に置いてある。タオルを二枚取ってから、ボートを出した。ローレンは狭いベンチに向かい合って腰かけ、ボートの縁につかまっている。島に着くと、彼女を助けおろしてから、ボートを引き上げた。

島の屋敷と反対側には、草原のような広い土手がゆるやかに広がり、ヒナゲシやキンポウゲやクローバーが咲き乱れていた。二人はくるぶしまで水につかりながら、野の花の中を歩いた。やがて、ローレンは花のあいだに腰をおろし、膝をかかえて周囲を見まわした。

「外にいるのが、こんなに気分のいいものだなんて知らなかったわ」満足そうにため息をつく。

キットは腰をおろさなかった。暑い午後だった。クリケットの試合で汗をかいたうえ、少し歩いてから島までボートをこいだ。頭からシャツをすっぽり脱ぐと、ブーツを脱ぎ捨て、半ズボンも脱いだ。ちょっとためらってから、下着も脱いだ。ローレンはくつろいだ様子で眺めている。二、三日前だったら、恥ずかしさのあまり怒り出していただろうに。

「とてもきれい」そう言って、彼を驚かせた。

キットは笑った。「傷跡だらけなのに?」

「ええ、それでも」

彼は湖に飛び込むと、しばらく潜っていた。ほてった体に冷たい水が快い。そのまま泳いでから、水面に浮かび出た。ローレンはまだ花の中に座っている。すっきりと涼しげで、絵のように美しい。顔はつば広のボンネットの陰になっていたが、彼が見ている前でボンネットのリボンをはずして後ろの草の上に投げ出すと、カールした黒髪をさっと振った。

また少し泳いで岸に戻ってくると、靴とストッキングを脱いで、ドレスのボタンをはずしているところだった。シュミーズが体にまとわりついて、ほっそりした体の線を浮き立たせている。つい二日前の朝、神殿跡でこっそり服を脱いで、毛布にくるまったまま恥ずかしそうに水際にうずくまっていた彼女とは別人のようだ。

次の瞬間、彼は驚きのあまり息を呑んだ。シュミーズをすっぽり頭から脱いで、脱ぎ捨てた衣類の小さな山の上に投げたのだ。一糸まとわぬ彼女は、まばゆいほど美しかった。若々しく引き締まった体、形のいい乳房、長い脚の付け根には黒っぽい茂みが見える。土手をおりて水に入りながら、彼のほうを見たが、体を隠そうとはしなかった。すべすべした白い肌が、日光にきらきら輝いている。口の中がからからになって、彼は唇をなめると、また潜って、彼女のすぐそばで浮かびあがった。

二人とも触れ合おうとはしなかった。ほほ笑みかわしただけで、ローレンは水面にあおむけになった。ゆったり浮かびながら、足で水を蹴って進んでいく。キットはクロールですぐそばをゆっくりと進んだ。

ここに来てから短期間のうちにどれだけ変わったか、本人は気づいているのだろうか。彫像のように冷たいと陰でささやかれていたローレン・エッジワースが、白昼堂々と裸で泳いでいる。それも、裸の男といっしょに。彼女の親戚も、ぼくの友人も、誰一人信じないにちがいない。

「今、足をおろしたら、つくかしら?」しばらくすると、ローレンが彼に顔を向けた。

キットはすばやく岸からの距離を計算した。「だめだろうな。でも、怖がらなくていい。じたばたしないかぎり沈んだりしない。もしそうなっても助けてあげるから」

「怖くなんかないわ。それより、キット、あなたみたいに泳いでみたいの。教えて」

キットはそっと彼女の体の下に手を入れて向きを変えさせた。今日の彼女は、さっき子供たちに話してきかせていた魔法の国に入ったようだ。湖面に顔をつけても水を飲むこともなく、ごく自然に息継ぎをしている。水を蹴り、腕の動かし方も難なく覚えて、あっというまにクロールができるようになった。少なくとも水深八フィートはありそうなところで。

「このスピードで進んだら岸まで泳ぎつけるよ」そばを泳ぎながら彼は言った。「二十四時間、いや、途中で休まなかったら、二十三時間で着けるな」

「からかってばっかり」ローレンは息を切らせながら言った。本当はもっと言い返したかったけれど、集中していないと、ぶくぶく沈んでしまいそうだ。

キットはまた彼女をあおむけにすると、手をつないだまましばらく二人で湖面に浮かんでいた。こんなにのびのびした気分になったのは本当に久しぶりだ。いや、生まれて初めてかもしれない。

　彼は目を閉じて、まぶたに感じる太陽の暖かさを存分に味わった。

「人生には永遠に続いてほしいと思う時間があるものなんだね」しみじみとつぶやいた。

「本当にそうね」

　しかし、そんな時間はまたたくまにすぎてしまう。婚約者ということになっているから、二人きりですごすのも許されるといっても、それにも限度がある。もう少ししたら、屋敷に戻って、祝賀会の準備に加わらなければならない。

　湖岸について水から出ると、濡れた体に空気がひんやりと感じた。といっても、寒くはないし、太陽がすぐ乾かしてくれるだろう。草の上にタオルを広げると、彼はその上に横たわった。水からあがるとすぐローレンはタオルで体を隠すだろうと思った。ふだんの彼女に戻って、少し離れたところで大急ぎで服を着て、ボートに戻りたがるだろう、と。

だが、そんなことはなかった。そのままの姿で並んで横になると、腕で目を覆いながら、片方の脚を立てた。キットは肘をついて上体を起こした。これまでつかのまの情事を楽しんだ相手は、みんな豊満な女性だった。それが選ぶときの基準だった。豊かな胸と肉感的な体つきに刺激された。彼にとって、そういう相手は性欲の対象でしかなかった。

でも、ローレン・エッジワースは違う。ほっそりしていて手足が長い。薔薇(ばら)色の乳首をした形のいい乳房は、横になるといっそう小さく見える。腹部も平らだ。だが、眺めているうちに興奮してきた。今、彼女がこちらを見たら、どんな反応を示すだろう。

ローレンが美しい女性なのは間違いない。いや、その前にハイドパークで見かけたときからわかっていた。それはレディ・マナリングの舞踏会で初めて見たときからわかっていた。あのときは片目しか使えなかったが、きわだった美しさは印象に残った。

だが、美しいだけではなく、とてもセクシーだ。これまでつきあった高級娼婦のように官能的なところはないのに、なぜか男心をそそらずにおかない。

抑圧されていた女性としての本能が開花する瞬間に立ち会うという特権を与えられたせいだろうか？　ゆうべは彼女にとって初めての経験だった。それは間違いない。

欲望が——ほかの女性には感じたことのないほど強い欲望が、こみあげてきた。だが、彼女はぼくとの結婚を望んでいない。それなら、またゆうべのようなことを繰り返して、結婚するしかないという状況に彼女を追い込みたくない。自由を奪うようなまねはできない。

ローレンが腕をどけて、ほほ笑みながら彼を見上げた。

「ねえ、キット」うっとりした目を向ける。「ヴォクソールで言いたかったのは、こういうことだったのよ。あのときはこんな楽しいことがこの世にあるなんて知らなかったけれど。太陽を浴びて——日焼けが怖いから、一度も日光浴なんてしたことはなかったの——水辺で鳥のさえずりを聞きながら横になってる。これが生きているということなのね。野の花がこんなにきれいだなんて知らなかったわ。こうしていると、自分が宇宙の一部だということがよくわかる。こうして生きていると思うと、空恐ろしくなるほど幸せ。わたしが求めていた冒険は、これだったのよ。ありがとう、キット。一生忘れない」

不覚にも、彼は涙ぐみそうになった。肉体の興奮と闘いながら、気づかれないことを祈った。たしかに、彼女は大自然にすんなり溶け込んでいた。日光や水や鳥や野の花の中で、まるで水の精か森の精のように見える。

ぼくも一生このひとときは忘れられない。彼女とこの先どうなろうと、大切な思い出として心に残るだろう。だから、この貴重な時間をだいなしにするようなことはしてはいけない。

「キット」彼女が手をのばして、そっと頬に触れた。「ゆうべのようなことをもう一度してちょうだい。あと一度でいい。ここで花に囲まれて、夏の太陽の下で。すてきだと思わない？　もちろん、あなたも望んでいればだけど」

キットは覆いかぶさるようにして唇を重ねた。彼女は湖の水と太陽の味がした。そして、木の上の魔法の国の味が。彼女には現実を教えたほうがいい。こういうことをすれば、女性には妊娠という結果がもたらされることがよくあることを。そうなったら、愛していなくても、自由がほしくても、結婚せざるをえないことを。

でも、魔法の国の魅力には勝てなかった。クローバーの香りや蜜蜂の羽音や暖かい日光は、彼女が子供たちに話していた魔法の国そのものだった。この瞬間をつかまえないと、二度とチャンスはめぐってこないだろう。ほんの少し顔をあげると、彼女が夢見るようにほほ笑みかけてきた。彼もほほ笑み返した。

ゆうべはぼくのためだった。苦しみを洗いざらいぶつけ、シドのことを打ち明けたあげく、彼女に肉体的な癒しを求めた。そして、彼女はそんなぼくを受け入れて、惜しみなくわが身を捧げてくれた。だから、今度は彼女にお返しをしよう。

ゆっくり手と口を使って彼女を愛した。これまでに覚えたテクニックを全部使って、最高の歓びを与えたかった。ローレンは、少なくともこれまで見たかぎり、激しい情熱に身をゆだねる女性ではない。心をこめて、やさしく接することが大切だ。手と唇を全身に這わせ、軽く触れたり撫でたり、軽くつまんだり吸ったり、そっと嚙んだりしながら、感じやすいところを見つけると、たっぷりと時間をかけた。彼女の手が、彼の肩から、背中、そして胸へと動いていった。おずおずと、ぎこちなく。これまでは欲望を燃え上がらせ、満足させることに慣れた女性ばかり相手にしてきた。ローレンはそんなことはなにひとつ知らない。その未熟さが、かえって彼の興奮をかきたてた。

　これ以上は無理と思えるほどやさしさをこめた。唇を舌先で開いて口の中の温かさを確かめながら、脚の付け根のやわらかな襞を指で分け広げ、まとわりつく肉の感触を味わった。親指で秘所を探し当てると、彼女が体を震わせながら、重ねた口の中で吐息をもらした。

「ひとつになりたい？」彼はささやいた。

「ええ」ローレンが彼の背中に腕をまわした。「ゆうべのように」

「ゆうべと同じというわけにはいかないよ」丈高い草や風に揺れる野の花は一見柔らかいカーペットのようだが、愛の行為にふける女性には固いマットレスだ。「おいで」そう言うと、彼女を上にした。「草の上に膝をついて。さあ、恥ずかしがらないで」

「わかったわ」膝をついて彼にまたがると、両手を彼の頭に当てて体を支えた。そして、欲望に曇った目で笑いかけた。

　彼は両膝を立てて、しっかりと受け止められる位置に体をずらせてから、自分の上に導いた。彼女は目を閉じると、苦痛の表情を浮かべたが、すぐに体の力を抜いた。熱く潤っていて、女そのものだ。何度か大きく息を吸って、彼ははやる心を抑えようとした。これまで自分を抑えた経験はなかった。入念な前戯のあとは、たいていいつも、ほとんどすぐクライマックスに達していた。

　だが、ゆうべは違った。そういう意味では、ゆうべの交わりは単なる性行為ではなかった。

そして、今も。少なくとも、彼がこれまで思っていたような性行為ではない。そうではなく、なんと言えばいいか……もっと温かく、やさしい分かち合いのような――。

両手で彼女を少し持ち上げると、ゆっくりと下から突き上げてから、規則的に上下に動いた。彼女は姿勢を変えなかったが、体の中で彼のリズムをとらえて、最初はぎこちなく、やがて息を合わせて動きはじめた。痛みと歓びのいりまじった感覚が体の奥からつきあげてくる。彼はその歓びをできるだけ長引かせたかった。だが、気を抜いたら、今すぐにでも力を出しきってしまいそうだ。

それでも、彼は自分を抑えた。なによりも、ローレンが自分に禁じてきた生きる喜びを与えたかった。自分の欲望の充足よりも、彼女に無条件の幸せを与えたかった。

彼女は唇を少し開いて目を閉じていた。その表情から、全神経を彼の動きに集中して、そこから深い歓びを味わっているのがわかった。これ以上は今の彼女には無理かもしれないが、本当にそうとわかるまで、彼はやめないつもりだった。

やがて、彼女はまた苦痛の表情を浮かべると、目をぎゅっと閉じ、下唇を噛んだ。彼に合わせていた動きが止まり、彼を包み込んでいる体に力が入ったかと思うと、あえぎはじめた。

「力を抜いてごらん」腰をひきつけて、もっと強く速く突いた。「自分の欲望に逆らわないで」

だが、それ以上教える必要などなかった。歓喜の声をあげると、体を痙攣（けいれん）させ、彼の上に倒れこんだ。彼がやさしく抱き寄せても、まだ体を震わせていた。

「それでいいんだ」耳元でささやいた。「存分に味わうといいよ」

やがて、汗ばんだ彼女の体がぐったりと動かなくなった。これでやっと目的を達した。手を彼女の腰に戻すと、足を踏みしめて体を離した。そして、一瞬動きを止めて、歯を食いしばった。

それから、やっと彼女をおろして、そばのタオルにそっと横たえた。

「ああ」喉の奥から吐息のような音をもらすと、彼女は体を寄せて、すぐ眠りに落ちた。

キットはあおむけに横たわったまま、拳を握ったりゆるめたりした。やり場のない苦痛の数分がすぎると、ようやく昂(たかぶ)りがおさまってきた。苦笑しながら、ローレンの寝顔を眺めた。彼女は自分だけが最後までゆきついたことにまったく気づいていない。

たぶん、ゆうべのぼくもそうだったのだ。

ゆうべ、彼女を身ごもらせてしまったかもしれない。だが、それは時が教えてくれるだろう。ゆうべそうなっていなかったら、今日は無事だ。祝賀会が終わったら、自由の身になるチャンスはまだ残っている。ぼくを捨てることもできるのだ。

腕で目を覆ったまま、彼女の手を探り当てた。こんなことはもうやめなくては。彼女とは本当に婚約したわけではない。そして、ローレン・エッジワースは、結婚を前提としない情事にふけるような女性ではない。

ゆうべ彼女はぼくに必要なものを与えてくれた。

そして、今日はそのお返しをした。
この思いがけないつながりは、二人にとって必要なものだったのだ。
だから、これを最後にしなければ。
クローバーの香りのする空気を胸いっぱい吸い込むと、彼は小さなため息をついた。

18

翌朝、ローレンはやっとシドナム・バトラーと話すことができた。ずっと気になっていたけれど、シドナムは昼間まず姿を見せないし、夜も人目を避けるように客間のカーテンの陰に座っていて、なかなかきっかけがつかめなかった。ここに来たのはキットを家族と和解させるためだ。彼がなによりシドナムのことを思い悩んでいると知ったからには、早くなんとかしたかった。

その朝、キットはローレンの祖父やいとこたちと釣りに出かけた。女性たちは村で買い物やノルマン様式の教会見物をすることにして、グウェンとクララも参加した。ローレンは残った。伯爵夫人と花壇や温室をまわって、祝賀会で飾る花の最終的な打ち合わせに立ち会うことになっていたからだ。それがすむと、老伯爵夫人の朝の散歩につきそって、薔薇園まで歩いた。

そして、戻ってきて外階段をのぼっていたとき、シドナムが馬で近づいてくるのを見かけたのだ。片方の腕しか使えないのに、手綱さばきはなかなかみごとだ。不自由な体になっても諦めないところは本当に頭が下がる。でも、あんなに頑なにキットを避けなくてもいいのに。

いったん屋敷に入って、老伯爵夫人をお気に入りの従僕に託すと、ローレンはまた外に出た。そして、階段の下でシドナムを待ったが、そのときはまだなにを話すか決めていなかった。しばらくすると、彼が厩から出てきた。かすかに足を引きずっているのは、馬に乗っていたせいらしい。少し歩くと、ふだんの歩き方に戻った。ローレンに気づくと、一瞬ためらってから近づいてきた。

「おはよう、ミス・エッジワース」鞭を帽子のつばに当てて挨拶する。

「おはようございます、バトラーさま」

シドナムは口をゆがめて笑うと、そのまま階段をのぼろうとした。

「よろしければ、散歩しませんか」ローレンは誘った。

シドナムは驚いた顔で彼女を見た。ひと呼吸おいて口を開きかけた。なにか口実をつけて断ろうとしたのだろう。だが、思い直したらしく、軽く頭をさげると、昨日クリケットが行なわれた芝生のほうに歩きだした。

「あいにく、昨日ほどの晴天じゃありませんね」彼が言った。

「ええ、昨日は雲ひとつなかったのに」

どう切り出せばいいかわからなかった。「バトラーさま」深呼吸すると、勇気を出して聞

いた。「なぜ許してあげないの？」あまりにも唐突だったので、なんの話かと聞き返される
だろうと思った。

「ああ、聞いたんですね」穏やかな返事が返ってきた。「キットもかわいそうに」

「じゃあ、彼の思い過ごしなの？」

彼はすぐには答えず、芝生を斜めに突っ切って木立に向かった。

「複雑な事情があるんです」シドナムはため息をついた。「あなたが気を揉む必要はありませんよ、ミス・エッジワース。あなたと兄の幸せに水を差すつもりはない。来月中に家を出るつもりです。ビューカッスル公爵のところで働くことになったので」

「執事としてでしょう。キットはあなたにふさわしい生き方とは思えないと言ってます。画家として才能があるのにって。彼はあなたが心配なの。それがわからないんですか？」

足を止めると、しばらく前方を見つめてから、彼はローレンをまっすぐ見た。ローレンは彼がもともときわめて端整な容貌の持ち主だったことに気づき、その美しさがどれほど無惨に損なわれたかを実感して、衝撃を受けていた。

「ぼくが兄のことをなんとも思ってないというんですか？」

「でも、それならどうして許してあげようとしないの？彼だって苦しんでるのに」

シドナムの顔が引きつった。精いっぱい怒りを抑えているのがわかった。

「わかってますよ」そっけなく言うと、屋敷を振り返った。「この散歩はあまりいい思いつきじゃなかったようですね。少なくとも、天気の話にとどめおかないかぎり。あなたには好

意を持ってますよ。あなたがぼくをどう思っているかは別として。誰にでも思いやりがあるし、辛抱強く祖母の相手もしてくれる。兄を愛しているのもよくわかります。幸せを祈りますよ。だが、ぼくはここにはいられない。家を離れたら、顔を合わせることもそうそうないでしょう。それが誰にとってもいちばんいい方法なんです。そろそろ戻りましょう」

ローレンは孤独な魂の叫びを聞いているような気がした。キットも深い悲しみを一人で背負ってきた。それでも、ようやくわたしに打ち明けて、重荷をおろし、慰めを見出すこともできた。でも、この人にはそんな相手がいるのだろうか？

「わたしに得意なことがあるとしたら」ローレンはほほ笑みかけた。「それは人の話に口をはさんだりしないで静かに聞けること。思いきって話してみて。あなたの話を聞きたいの」

キットが自分に都合のいいように話したなどと疑っているわけではない。だが、いくら事実を並べても全貌が見えるとはかぎらない。無意識のうちに省略したり、偏った見方をしている場合もある。たとえば、ニューベリーの教会でわたしの結婚式に参列していた三人が、あのときのことを語ったとしたら、似てはいるけれど、それぞれ別の話になるだろう。

シドナムはしばらく無言で彼女の目を見つめていたが、やがてまた屋敷とは反対側に歩きだした。

「ぼくは画家でした」彼は話しはじめた。「末っ子の甘えん坊で、年のわりに体も小さくて。それが十五歳になると、急にひょろひょろ背が伸びて。キットはぼくに身長を追い越されたのに気づいてないんじゃないかな。上の兄のジェロームは、がっしりした体格で、責任感が強かった。生まれたときから跡継ぎとして育てられたからでしょう。キットはいたずら好きで、しょっちゅう騒ぎを起こしては、父に叱られてた。陽気で、面倒見がよくて、誰からも好かれて、子供のころのぼくには英雄でしたよ。ずっと彼に憧れていた」

ローレンは黙って聞いていた。太陽を隠していた大きな雲がいつのまにか流れて、暖かい日差しが降り注いでいる。

「ぼくはみんなのお気に入りだった。小さいかわいいシド。おとなしい空想家のシド。危険や体罰から守ってやらなければならない存在だった」彼は急に笑いだした。ローレンのことはほとんど忘れているようだ。「そうそう、こんなことがあった。ある日、湖でこっそり一人でボートを漕いだ。ところが、ちゃんとつないでおかなかったから、ボートが湖の真ん中まで流れてしまって。ばれたときは大変だった。勝手に乗るだけでもきびしく禁じられていたのに。キットが自分がやったと父に言って、鞭で打たれた。それを聞いて、ぼくは黙っていられなくて、一人前に罰を受けたときは、ひりひりする尻が誇らしかったほどだった。だが、キットは嘘をついたことでまた罰せられた。二人とも——ジェロームもキットも、いつもぼくを守ろうとした。でも、ぼくは空想家だったけれど、意気地なしじゃなかった」

「二人の気遣いが負担だったのね」

小川にさしかかっていた。ごつごつした石の上を音をたてて水が流れ、川に合流していく。二人は小川に沿って歩いた。「僕を愛してくれるからだと頭ではわかっていた。しかし、愛はときとして残酷ですよ、ミス・エッジワース。そう思いませんか？」

返事を期待しているふうではなかったので、ローレンは黙っていた。

「ぼくはキットのようになりたかった。人間、自分のことはなかなかわからないものですよ。わからないまま一生終える人も少なくないんじゃないかな。今になって思うと、あのボートの一件は、キットみたいに大胆なことがしたいだけだったのかもしれない。そして、軍人になったのも。軍人には向いてないのに、やればできると証明してみせたかった。キットや家族に。なにより、自分自身に」

「でも、悲しい結果になった。どんなにおつらかったでしょうね。でも、キットのせいじゃないわ。入隊も、偵察任務に加わるのも止めようとしたはずよ」

「彼のせいだなんて思ってない」シドナムは激しい口調で言い返した。

「それなら、どうして許そうとしないの？　許すも許さないもないでしょう？　彼は正しい決断を下したのだから」

シドナムの顔がまた怒りにゆがんだ。しばらく小川のせせらぎを聞きながら無言で進むと、やがて木々のあいだから自然散策路が見えてきた。

「上官には服従するしかない」彼がまた話しだした。「当時、ぼくは中尉で、キットは少佐、つまり、二階級上だった。上官というだけでなく、あの任務では指揮官だった。彼に残って敵の手に落ちろと命じられたら、無条件に従うしかない。だが、彼は命令しなかった。ぼくのほうから言い出した。彼に聞いたでしょう？」

「いいえ」短い沈黙のあとで、ローレンは続けた。「二人のうち、どちらかが逃げられるチヤンスがあるとあなたが気づいたとしか」

「兄は命令しなかった。だから、ぼくが言い出した。それでも、石のように黙り込んで、貴重な時間を無駄にしてしまった。あれだけ優秀な軍人なら、わかっていたはずなのに。でも、命令できなかった。ぼくはもう一度それしか方法はないと言った。すると、ぼくを固く抱き締めた。命令したのはぼくだ。上官の兄に、さっさとここを離れろ、と。兄が最終的には義務を優先するしかないのがわかっていたから、つらい決断を下させたくなかった。だから、自分から言い出した」

「それなら、どうして……」

「キットなら拷問の話もするかもしれないが、ぼくはあなたに身の毛のよだつような思いをさせたくない。キットに聞かされていないことを祈りますよ。ぼくなりの説明をしておきましょうか、ミス・エッジワース。何日も何日も、死という贈り物が目の前にぶらさげられ、手をのばしてつかみたいという誘惑に負けそうになった。敵が知りたがっている情報を与えさえすれば、その贈り物はすぐに手に入るはずだった。だが、ぼくはそうしなかった。軍人として沈黙を守るのは義務だ。そして、ぼくには屈しない力があったんです。実際、あの地獄よりひどい日々に耐え抜ける力があったことに自分でも驚いたほどだ。ある時点を越えると、この苦悶を味わって死ぬ意志の力があると確信すらできた。そのことに大きな喜びを感じた。生まれて初めて、自分に誇りを持てたんです」彼は静かに笑った。「その直後ですよ、キットがパルチザンの一団と救出に駆けつけてくれたのは」

それ以上聞かなくても、ローレンにはわかるような気がした。小川が川と合流する地点に出て、二人は歩みを止めた。向こう岸の鹿猟場を眺めながら、ローレンは無言で待った。

「こうして、ぼくはまたかわいそうなシドに戻った。腕を切断しなければならなかったし、高熱が続いて錯乱状態に陥った。帰国するのも命がけだった。やっと家にたどりつくと、キットがすべての責任をかぶって、ぼくはひたすら同情の対象になった。軍隊に入ったのが間違いで、ぼくを守りきれなかったキットが悪いと、誰もが思っていた。あの夏、キットはほとんど錯乱状態でしたよ。弟を犠牲にしたことで、かわいそうなシドの身代わりになれなかったことで、自分を責めつづけていた。誰もぼくの気持ちに気づいてくれなかった。そのうち説明する気も失せてしまって」

「みんな、あなたを気遣うことしか考えなかったのね」

シドナムがはっと顔をあげた。「わかってくれるんですか?」

ローレンは涙でいっぱいになった目を向けた。結婚式が土壇場で中止になって以来、周囲の人の好意はよくわかったが、いたわられるのがしだいに重荷になった。

「わかりますとも」おずおずと彼の腕に手をおくと、思いきって彼の左側の頬にキスした。そして、ちょっとためらってから、火傷して紫色に変色した右側の頬にも。「あなたはキットに劣らず、その任務を立派に果たしたのよ。いえ、キット以上に。あなたが果たした役割のほうが、はるかに苦しい孤独なものだった。自分を哀れんだり卑下したりする必要はないわ。あなたは偉大な英雄なんですもの、シドナム。心から尊敬するわ」

彼は引きつったような気弱な笑みを浮かべた。

「たしかに、愛はときとして残酷なものだわ。真綿でくるむように大切にされても、認めてもらえなければ、持っている能力も発揮できない。あなたはきっと世界一有能な執事になれるわ」

二人は顔を見合わせて笑った。

「キットと話し合ってちょうだい」屋敷に向かいながらローレンは頼んだ。「彼がおとなしく耳を貸さないようなら、縛りつけて、さるぐつわをかませてでも」

「それはどうかな」シドナムは笑った。

「お願い」もう一度、穏やかな声で懇願した。

ローレンの祖父のゴールトン男爵は、メルヴィン・クリフォード卿と一頭立ての馬車で川岸まで乗りつけたが、釣りを終えた帰り道は、レッドフィールド伯爵に馬車を譲って、キットと歩くことにした。

「釣り場としては最高だな」男爵が満足そうに周囲を見まわした。

「昔から、ここでのんびり釣り糸を垂れていると心が休まりましたよ」キットは言った。いとこたちは少し前を歩きながら、にぎやかに釣った魚の自慢をしている。彼は男爵に合わせて歩調をゆるめた。

「計画していることがあるんです」聞かれないほどの距離をあけてから、キットは切り出した。「長年、偵察将校をつとめた縁で、外務省にも陸軍省にも知り合いがいます。その方面で現在も活躍している仲間も。その気になれば、調べることができます。もうお察しでしょう。ローレンの母で、あなたの娘さんであるワイアット夫人が、いつどこで、なぜ亡くなったか調べたいんです」

「なんのために?」男爵は鋭い目を向けた。「なにが知りたいんだ?」

敵意すら感じられる口調にキットはたじろいだ。「知りたいと思ったことはないんですか?」

「一度もない」老男爵はきっぱり言った。「娘夫妻は旅先で災難に巻き込まれて死んだが、その知らせは届かなかった。それだけのことだ。娘だろうが、息子だろうが、別れはいつかやって来るんだ。取り返しのつかないことを嘆いてもしかたがない。安らかに眠らせて、生きている者はそれぞれの生活を続けるしかないんだ」

そのとおりかもしれないが、父親が娘の最期にこれほど無関心なのは不自然だった。

「あの時点で調査しなかったんですか?」

「どの時点で?」男爵は聞き返した。「二人とも家族にまめに手紙を書くほうではなかった。行方不明になったとわかったのも何年もたってからだ。それからあたふた調査しても、たいしたことはわからなかっただろう」

「キルボーン伯爵は弟さんの居場所を突き止めようとしなかったんですか?」

「レイヴンズバーグ」男爵は足を止めて、濃い眉の下から厳しい視線を向けた。「きみが優秀な軍人だったのは知っているし、婚約者を喜ばせたいという熱意もよくわかる。だが、十年、いや十五年前に誰にも調べられなかったことが、今さらわかるはずがない。悪いことは言わない。寝た子を起こすようなまねはするな」

キットはまっすぐ見つめ返した。「そういうことだったんですか」突然、ひらめいた。「ご存じなんですね」

老男爵は苦い顔になった。「そっとしておいてほしい」

「いったいなにがあったんですか？ なぜローレンになにも教えなかったんです？」

「ほんの子供だったから」男爵はいらだたしげな口調で言った。「キルボーン伯爵夫妻のところで育てられるのが、あの子にはいちばん幸せだった。同じ年頃の子供たちもいたし、きちんとした教育も受けられる。母親が海外に出かけたときはまだ三歳だった。それぐらいの年なら、母親のこともすぐ忘れる。キルボーン夫妻があの子の親になってくれた。レディ・キルボーンが実の娘同様にあの子をかわいがってくれるのは、きみも自分の目で確かめただろう」

「ローレンがお母さんを恋しがらなかったと思ってるんですか？ 見捨てられたと感じなかったと。たまに届いていた手紙や贈り物がぱったり途絶えて悲しまなかったと」

「母のことは忘れたはずだ」男爵はそう言うと、また歩きだした。「その証拠に一度も母親のことを尋ねたことはないし、口にもしなかった。いつも穏やかで幸せそうにしていた。わたしがめったに会いに行かなかったのに、なぜそう断言できるのか不思議だろうな。だが、レイヴンズバーグ、あの子はわたしの孫だ。身内はもうあの子だけしか残っていない。呼び寄せることは簡単だったろうが、溺愛して将来をだいなしにしたくなかった。あの子はあそこにいるほうがずっと幸せだ。キルボーンには毎週手紙を書いた。彼も亡くなるまで毎週返事をくれた。ローレンは模範的な子供から模範的なレディに成長した。反抗的な態度をとったり、勉強や習い事をさぼったり、わがままを言ったりしたことは一度もなかった。キルボーンは二人の子供より手がかからなかったと言ってくれた。過去をあばいて、あの子を無駄に苦しめるようなまねはしないでほしい」

「それなら、キルボーン伯爵も真相を知っていたんですね？」

「もちろんだ。だから、考えないほうがいい。蒸し返したところで誰のためにもならない」

「なにがあったんですか？」キットは食い下がった。

男爵はため息をついた。「きみには知る権利があるだろう。ローレンとの結婚をわたしに願い出ていたら、きっと母親のことを打ち明けたはずだ。きみに考え直す機会を与えたと思う。今となっては手遅れだが。わたしの娘は、ローレンとは似ても似つかない性格で、子供のころから頭痛の種だった。ウィットリーフ子爵と結婚したのも――反対はしなかったが――親の束縛から自由になるためだったんだ。結婚してからも奔放なところは相変わらずだった。ウィットリーフが亡くなってわずか十カ月後にワイアットと再婚したときは、世間を騒がせたものだよ。だが、それがローレンにとっては幸いだった。安定した家庭で、愛されて育つことができた。キルボーンも夫人も、あの子に母親の悪い血が流れていることを問題にしなかった。息子のネヴィルとあの子の縁組をわたしと同様、心から望んでいたんだ」

二人はしばらく無言で歩いた。

「新婚旅行に出たきり、二人は戻ってこなかった」男爵はまた話しだした。「娘は——ミリアムは、ローレンを呼び寄せたがっていたが、わたしはきっぱり断った。キルボーンも同じ意見だった。ミリアムは母親として失格だったし、子供を育てられるのにふさわしい暮らしぶりでもなかった。好き勝手に遊び暮らしている様子が、帰国した旅人の口から伝わってきた。やがてインドに流れつくと、娘はワイアットを捨てて、インドの大金持ちと暮らし始めた。ワイアットのほうは、怪しげな過去を持つフランス女といっしょに旅を続けた。そして、その五年後に——今から十年前だが——南米のどこかで死んだ。キルボーンがおおやけに喪に服さなかったのは、ローレンのことを考えたからだ。当時、あの子は十六歳で、多感な年頃だったからね」

「それで、ワイアット夫人のほうは？」

「最後に便りがあったときは、まだインドにいて、東インド会社の役員と暮らしていた」男爵はそっけなく答えた。「年に一、二度、たいていローレン宛てに手紙が来る。わたしにとって、娘は死んだも同然だ。孫娘にとっても、そのほうがいいと信じている」

「手紙はローレンには見せなかったんですね。彼女に真相を教える必要は——お母さんが生きていることを教える必要はないというんですか？」

「そうだ」

ようやく屋敷が見えてきた。ふだんめったに運動しない老人にとって、この距離を歩くのは大変なことだ。荒い息をしていた。

「婚約を早まったと後悔しているんじゃないか」男爵は厳しい口調で言った。「もっとよく調べてから決めればよかった、と。だが、あの子を悲しませるようなまねをしたら、わたしが承知しない。あと何年生きられるかわからないが」

「ご心配にはおよびません。彼女を愛しています」

その言葉が自然に口から出た。ローレンに対する思いは募る一方だ。ゆうべも夜中にふと目が覚めて、彼女がそばにいてくれたらと思った。番小屋で朝を迎えたときや島で二人きりですごしたときのように、いつも彼女の温かさを感じていたかった。彼女を失ったら、胸にぽっかり大きな穴が開くだろう。できることなら、彼女と結婚したい。子供ができている可能性は別にしても、結婚がいちばん理想的な方法に思えた。

だが、彼女に与えられる最高の贈り物が自由だとしたら……。

「それなら、恥ずべき真相からあの子を守ってやってほしい。わたしがしてきたように。キルボーン夫妻や息子がしてくれたように。愛しているなら、母親のことは黙っていてやってほしい。知らないほうが幸せなんだから」

「全力を尽くして彼女を守ります」そう答えるしかなかった。

だが、ローレンはそれで幸せだろうか？　彼女を愛し慈しんでくれた人たちは誤解している。ローレンが手のかからない子供だったのは、母に捨てられた心の傷を隠すためだった。

完璧なレディになって養父母を喜ばせようとしたのは、また捨てられるのではないかと恐れていたからだ。祖父が自分を引き取りたくないと信じていたし、父方の親戚からも拒絶されたと思っている。

本当に幸せではなかったのだ。二十六年のうち、少なくとも二十三年間、仮面をかぶってきた。それがあまりにも自然に見えたから、みんなそれがローレンだと信じている。生き生きと目を輝かせて笑う彼女を知っているのは、世界じゅうでぼくだけなのだ。

それでも、真相を知ったら幸せになれるというものでもないだろう。彼女に知らせなかった祖父やキルボーン夫妻の判断は正しかったのかもしれない。実の母が奔放な女性だと知ったら、彼女はなんと思うだろう？

年に一、二度とはいえ、ずっと手紙を送りつづけてきたと知ったら。

娘を引き取りたがっていたと知ったら。

「やはり黙っていることはできません」キットは歩みを止めた。屋敷はもう目の前だ。「ローレンはずっと悩んできたんです。真相を知ったら、それはそれで苦しむでしょう。それでも、彼女には知る権利があるんです」

「それなら、きみが知らせればいい」男爵は語気を荒げた。「そんなつもりで打ち明けたわけではないのだが」

キットはまっすぐ見つめ返した。「ほかに方法がないようなら、ぼくが伝えます。ただし、結婚してから。できることなら、あなたの口から伝えていただきたい。彼女を解放する役目は、男爵、あなたにお願いしたいのです」

「解放する？」男爵はけげんな顔でなにか言いかけたが、結局、それ以上言わなかった。

「お願いします」キットは頼んだ。

19

祝賀会の準備に追われる伯爵夫人を手伝っていたから、ローレンは前日があわただしい日になるのは覚悟していた。でも、あとで振り返ると、あんなにいろいろなことが二十四時間のうちに起こったなんては信じられないほどだ。

最初は、朝食のあと伯爵夫人の居間で、当日の役割分担の予定表を作っているときだった。当日、伯爵夫妻は午後のあいだずっと玄関で——天気がよければ玄関の外に出て、すべての客を迎える。そのあと、一カ月以上前から開催が決まっていた近隣の村のすべての競技会の審判をつとめる。キットとローレンは子供たちの競技を取り仕切る。そのあと伯爵夫人は……。

そのとき、ドアにノックの音がした。伯爵夫人がどうぞと声をかけると、ドアが開いて、申しわけなさそうな顔のクララがグウェンを伴って立っていた。

「お忙しいときにお邪魔して申しわけございません、レディ・レッドフィールド」クララは右手を上げて開封した手紙を見せた。「どうしてもローレンに早く知らせたかったものですから」

ローレンは立ち上がった。グウェンの興奮を抑えきれない様子と、便箋(びんせん)に入っている公爵家の紋章に気づいたからだ。ポートフレイ公爵からの手紙にちがいない。

「エリザベスが無事に男の子を産んだんですって」クララが告げると、三人は慎みも忘れて、抱き合って笑ったり泣いたりした。

「ポートフレイ公爵夫人ね」伯爵夫人も立ち上がってローレンを抱き締めた。「仕事を中断するのにこんなすばらしい口実があるかしら。どうぞ、おかけになって。ココアを運ばせますわ。ローレンはくわしく知りたいでしょう。そうじゃなくても、わたしはうかがいたいわ」

公爵の手紙によると、跡継ぎ息子は予定より早く生まれたが、手の指も足の指もちゃんとそろっていて、強力な一対の肺と旺盛な食欲の持ち主だという。難産だったが、エリザベスも順調に回復しつつある。母子ともに旅に出られるようになったら、すぐニューベリー・アビーを訪れるつもりでいる。エリザベスも休養したいだろうから。生まれたばかりのウォトフォード侯爵を腹違いの姉のリリーに会わせたいし、エリザベスも休養したいだろうから。

「それでね、ローレン」グウェンが握った手に力をこめた。「お母さまもわたしも早く帰って準備したいの。いえ、とくにすることはないのよ。ネヴィルとリリーがいるから。公爵はリリーのお父さまだし、エリザベスはネヴィルとわたしの叔母さまですもの。でも――」

「もちろん、ポートフレイ公爵夫妻をお出迎えしなくては」伯爵夫人が言った。「当然ですわ。でも、明日の祝賀会まではいてくださるでしょう？」

「それは、なにがなんでも」クララが即座に答えた。「ですが、明後日にはおいとましようかと。でも、ローレン、あなたは残って――」

「残ってくれるわね」伯爵夫人は身を乗り出して、ローレンの膝を軽く叩いた。「これまでどうやって一人でなにもかもやってきたのか不思議なくらい。あなたがいてくれないと、どうしたらいいかわからないわ。でも、ご安心ください、レディ・キルボーン、いずれ結婚式の準備のためにニューベリーにお返ししますからね」

「楽しみですこと」クララが応じ、二人はしばらく楽しそうに結婚式の話をしていた。グウェンが笑顔でウインクすると、ローレンはいたたまれない気持ちになった。ヴォクソールで、あんな約束さえしなければ……。

キットと祖父が深刻な顔で待ち受けていたのは、老伯爵夫人とレディ・アイリーンとの散歩から戻ったときだった。伯母のクララとグウェンが明後日に帰ると決まって、ここでの自分の役目はそろそろ終わりだと感じた。キットの顔を見て、もうすぐ会えなくなると思うと、胸が締めつけられるようだった。そんな思いを隠して笑顔をつくった。

「少し散歩しないか、ローレン」祖父が誘った。

「ええ、喜んで」祖父の腕をとりながら、ローレンはキットに問いかけるような視線を送ったが、彼は表情を変えなかった。

三人で厩のほうに向かった。

「クララ伯母さまのところにポートフレイ公爵からお手紙が来たの」

「ああ、聞いたよ」祖父はうなずいた。

キットは背中で手を組んで、無言でそばを歩いている。

「エリザベスは子供を産むには高齢だから心配してたの」ひょっとしたら、わたしも身ごもっているかもしれないと思いながら、ローレンは言った。もしそうだったら、キットと結婚することになるだろうけど、それは彼にとって……。

芝生を横切って湖に向かいながら、三人はしばらく黙っていた。

「なにかお話があるんじゃないの？」ローレンは切り出した。

祖父が咳払いした。「ニューベリー・アビーでは幸せに暮らしてきたんだろう、ローレン？　伯爵夫妻から実の子供のように愛されて。つらい思いをしたことはなかったんだね？」

「おじいさま」ローレンは驚いて祖父を見た。「わたしが幸せに暮らしてきたのはご存じのはずよ。伯爵夫妻は本当によくしてくださったし、いやなことなどなかった。去年のことは運が悪かっただけ。ネヴィルは出征する前に待たなくていいと言ったわ。それに、戻ってきたときはリリーが亡くなったと信じていたし。わたしを傷つけるつもりなんかちっともなかったのよ。どうしたの、急に？」

男爵はなだめるように孫娘の手をそっと叩くと、また咳払いした。

「母親のことは考えなかったか？　いっしょにいられなくて寂しいとか、どうして帰ってこないのかとか、見捨てられたと思ったことはないか？」

「おじいさま」

「どうなんだ？」

反射的に否定しようとした。それが第二の天性になっていたから。なぜ祖父はこんなことを聞くのだろう？　なぜキットは黙ってそばにいるのだろう？　突然、気持ちを偽るのがいやになった。こんなことはもう続けたくない。完璧でなければと自分に枠をはめるのも急にばかばかしくなってきた。

「答えはイエスよ。どの質問にも」

男爵ははっと息を呑んでから、ため息をついた。「わたしがおまえを手元に呼び寄せたがってないと思っていたんじゃないか？」

どうしても本当のことを言えないときもある。相手を傷つけるとわかっているから。

「男手ひとつで幼い孫を育てるのは荷が重すぎるもの。おじいさまを恨んだりしてないわ。そんなこと一度も考えたこともない。おじいさまに愛されているのはわかっていたわ」

「おまえと暮らしたかったよ。会いに行くたびに、このまま連れて帰れたらと思った。いっそ、おまえのほうから言い出してくれたら、わたしのわがままだと思わずにすむとさえ。あそこでいとこたちと暮らすほうが、おまえはずっと幸せだからね」

「おじいさま――」

「気立てのいいおとなしい子はなにも言わないから、周囲の大人は不満がないものと思い込んでしまう。わたしもその間違いを犯していたんだろうね」

「そんなこと……わたしはずっと幸せだったわ」

「母さんのことを知らせておかないとな」

ちょうど湖岸に着いて、ローレンは祖父の腕を放した。キットは二人から少し離れて、木の幹によりかかった。

「お母さまのことって？」ローレンは急に寒気を覚えた。

祖父はなにもかも話してくれた。

そよ風が吹いて湖面にさざ波が立った。それでも、この前ここで泳いだときにくらべたら、湖面は鏡のように静かだ。

空にはちぎれ雲が点々と浮かんでいる。空も湖も見るたびにさまざまに色合いを変えるのは驚くほどだった。

誰かが子供たちを散歩に連れ出したのか、甲高い笑い声が遠くから聞こえてくる。

キットは腕組みして木の幹にもたれたまま動こうとしなかった。

話し終えると、祖父は咳払いしたが、それ以上なにも言わなかった。沈黙を破ったのはローレンだった。

「お母さまは生きてるのね」念を押さずにいられなかった。

「ああ、少なくとも、つい最近までは」

「わたしが十一歳のときに届いた手紙が最後じゃなかったのね」

「おまえのためには亡くなったことにしたほうがいいと思ったんだ。キルボーンも賛成してくれた」

「旅先にわたしを呼び寄せようとしたのね」

「おまえはあそこにいたほうがずっと幸せだった」

母は生きていた。インドに住んでいて、少なくとも二人の夫以外の男性と暮らしていたのだ。わたしを呼び寄せようとしてくれた。ずっと手紙を書きつづけていたのだ。

お母さまは死んでなんかいなかった。

「その手紙は？　おじいさまは、まさか捨てたりしなかったでしょう？」

「ああ」

「じゃあ、ちゃんと残ってるのね？　十五年分の手紙がそっくり」

「そのうちの三分の二は封も切っていない」

ローレンは思わず口に手を当てると、固く目を閉じた。体が大きくかしいだと思った瞬間、背後から力強い手で腕を支えられた。

「ひと足先に戻られてはいかがですか」キットが男爵に勧めた。「彼女のことはぼくに任せてください」

「ほら、言ったとおりじゃないか」男爵が非難がましい声を出した。「やっぱり間違いだったんだ。きみのせいだぞ、レイヴンズバーグ」

ローレンは長い暗いトンネルから抜け出したような気がした。でも、まだ目は閉じたままだった。

「間違いなんかじゃないわ、おじいさま。教えてもらってよかった」

祖父が立ち去る気配がしたと思うと、キットに引き寄せられた。そのまま抱きかかえるようにして湖岸を進んでいく。ローレンは彼の肩にもたれかかった。

「母は死んでなんかいなかった」

「ああ」

「わたしを呼び寄せようとした。愛してくれてたのよ」

「そうだね」

「わたしのことを忘れたわけじゃなかった」

「そうだとも」

ローレンがよろけると、彼はまわした腕に力をこめた。二人が足を止めたのは、アネモネが群生する美しい場所だった。木々の向こうに対岸の神殿跡が見える。

「キット」涙が止まらなかった。周囲の人に愛されながらも、いつも孤独だった。亡くなったと聞かされていた母は、十五年以上、返事もこないのに手紙を書き続けた。自分のしたことがイギリスの上流社会で許されるはずがないとわかっていたから、帰国できないまま。

キットがそっと抱き上げて草の上に座ると、ローレンを膝にのせて、耳元で慰めの言葉をつぶやいた。

やがて、ローレンも落ち着いてきた。雲間から顔をのぞかせた太陽が、神殿跡の白い大理石を輝かせている。きらきら光る影が湖面に映っていた。

「知らせたのは間違いだった?」キットが静かに聞いた。

「いいえ」ローレンはハンカチで洟をかむと、ポケットにしまってから、また彼の肩にもたれかかった。ボンネットは座るときに彼が脱がせてくれたらしい。「愛する人をかばうのは、必ずしもその人のためにならないんじゃないかしら。愛しているからこそ、その人が苦しむのを見るのがつらいから、悲しみや苦しみを代わりに背負ってあげようとする。でも、本人は思っている以上に強いのかもしれないわ。それに、いくら苦しくても、心の中がからっぽよりはましよ。少なくとも、わたしはそうだった。わたしの心の中はずっとからっぽだった。妙な言い方だけど、心の中はむなしさでいっぱいだったの」

彼はこめかみにキスした。

「あなたが言ってくれたのね、わたしに教えるようにおじいさまを説得してくれたんでしょう?」

「教えたほうがいいと勧めただけだよ」

「ありがとう」ローレンは彼に寄り添った。「本当にありがとう、キット」

彼はまたこめかみにキスしてから、ローレンが顔をあげると唇を重ねた。

「わたし、ひどい顔をしてるでしょ」

彼は体を引くと、しげしげと眺めた。「ほんとだ。叫びながら逃げ出さないようにするだけで精いっぱいだよ」

ローレンは笑いだした。「またそんな！」

こんなに笑ってばかりいたら、二人とも年を取る前に目尻が皺（しわ）ができそう。そう思いながら、また笑った。

だが、心に残る出来事はそれだけではなかった。

明日は招待客が到着して祝賀会が始まる。だから、今日は身内だけですごそう。昼食の席でそう決まった。そして、それなら丘でピクニックをしようとシドナムが言い出した。みんな大賛成して、さっそく準備にとりかかった。

母親たちは子供部屋にあがって支度をさせ、ほかの大人たちは部屋に着替えに行った。シドナムは厩（うまや）に行って、一頭立ての馬車を用意させた。いとこたちの後押しもあって、祖母にいっしょに行くことを承知させたからだ。ローレンとマージョリー・クリフォードは厨房におりて、午後のお茶は戸外でとれるように料理人に頼み、あとで丘まで届けさせることにした。

自然探索路の先の丘は、敷地内でいちばん高く、四方が遠くまで見渡せた。それを生かすために、庭園の設計者は視界をさえぎる木々は植えず、凝った建物も建てなかった。そのかわり、頂上に近い丘の中腹に〝仙人の洞窟〟をつくった。もちろん、仙人などいないのだが、子供たちは大喜びで洞窟めざして丘を登っていった。

大人たちはゆっくり登った。今日は全員総出だ。フレデリックとロジャー・バトラーは馬車をおりた祖母を二人で頂上まで運び、ボリス・クリフォードが頂上に椅子を用意し、ネルがクッションを並べた。ローレンス・ヴリーモントとキットは、レディ・アイリーンを頂上に運び、クロードとダフネ・ウィラードが椅子を用意した。二人の老婦人が並んで座ったところは、クラレンス・バトラーの言葉を借りるなら、玉座についた双子の女王のようだった。ローレンは二人に日傘をさしかけ、グウェンはマリアンといっしょに疲れてひと休みしたい人のために草の上に毛布を広げた。

キットは腰をおろしてローレンを眺めた。頬を紅潮させ、目を輝かせた彼女は、いつにもましてきれいだ。湖から戻ったあと、すぐ祖父の部屋に行って、ずっとおりてこなかったが、祖父の腕をとって昼食の席に現われた彼女は晴れ晴れとした顔をしていた。

さっき聞いた言葉がまだ頭の中でこだましている。〝わたしの心の中はずっとからっぽだった。心の中はむなしさでいっぱいだったの〟

母親のことを打ち明けるよう男爵を説得してよかった。あの判断は間違っていなかったとわかって、キットはほっとした。ぼくにも正しい判断が下せることもあるのだ。

しかし、物思いにふけっている暇はなかった。疲れを知らない子供たちは、ひと息ついている大人を放っておいてくれなかった。山賊や十字軍の戦士が、洞窟に近づいて、ドラゴンと戦ったり、かどわかされてきた乙女を助け出したりするには、馬が必要だ。暇そうな大人の男の人なら、いい馬になってくれる。というわけで、年上のいとこや伯父さんや若い父親が駆り出された。

それから半時間ほど、キットは次々と子供を背中にのせて頂上まで走らされるはめになった。女性たちものんびりしていられなかった。キットが見ていると、ローレンとベアトリスとグウェンが小さな子供たちに手を引っ張られて立ち上がった。輪になって歌いながら、合図でしゃがみこむ〝バラの輪作ろう〟をしているらしい。幼いアナがローレンに抱きつくと、デイヴィッドとセイラも負けじと飛びついた。ローレンは腕を広げて三人を抱き止め、母親たちが乱暴なまねをしてはだめと子供たちを叱っている。

だが、子供たちはまたすぐに新しい遊びを考え出した。ベンジャミンが丘の反対側の崖に広い岩棚があって、そこから草に覆われた斜面が続いているの見つけたのだ。滑りおりるには申し分ない。金切り声をあげながら、さっそく試してみた。おかげで、疲れ果てた馬たちはようやく解放された。小さな子供たちまで大喜びでこの新しいゲームに参加した。

セイラに手を引っ張られて、ローレンは笑いながら首を振った。だが、デイヴィッドがもう一方の手を引っ張って、じりじりと崖に近づいていく。

「やってごらんよ」グウェンと話していたフレデリックが声をかけた。

セバスチャンが口笛を吹き、フィリップも冷やかすような声をあげた。みんなが振り返った。

ローレンは笑っている。

「無理だよ、彼女には」ロジャーが言った。

ローレンはボンネットを脱ぐと、草の上に腰をおろし、両脚をのばして、一気に下まで滑りおりた。薄いモスリンのドレスをはためかせ、腕と細い足首もあらわに、黒髪をたなびかせて、甲高い笑い声をあげながら。

キットはうっとりとそんな彼女を見守っていた。彼の思いを口にしてくれたのは、グウェンだった。近づいてきて袖に手を置くと、びっくりした声で言った。

「あれは本当にローレンなの？　自分の目が信じられない。あなたにめぐり合ったおかげね、レイヴンズバーグ卿」

ローレンは立ち上がると、ドレスから草を払い落としながら、笑顔で見上げた。

「腕が邪魔にならなかったら、もっとうまく滑れたと思うわ」

「それなら、ぼくは誰よりも有利だな」みんなと見物していたシドナムが、機嫌よく応じた。そして、おおはしゃぎで滑っている子供たちにまじって、斜面を滑りおりると、ローレンのそばで止まった。

誰もが口笛を吹いたり喝采したりするなかで、キットは表情をこわばらせた。だが、シドナムは立ち上がって、ローレンを助け起こすと、キットを見上げた。二人の目が合った。シドナムは笑っていた。

シドナムはローレンと手をつないで斜面を登ってきた。子供たちは遊びに夢中だったし、大人たちは運ばれてきた午後のお茶に気をとられて、誰も二人を見ていなかった。キットの前まで来ても、まだ二人は手をつないでいた。一瞬、ぎこちない沈黙があった。

「話がある」シドナムがキットとローレンにしか聞こえないような低い声で言った。「あれは嘘だったんだ、キット。帰ってきた日の夜、兄さんにはなにも求めていないと言ったとき、愛情も受け入れないのかと聞いたね。そうだと答えた。あれは嘘だよ」

キットはぐっと息を呑み込んだ。喉の奥がつんとして、今にも涙がこぼれそうになった。

「そうか」かろうじて声が出た。「よかった」

シドが自分のほうから話しかけてくれたのは、三年前のあの夜、二度とここに帰ってくるなと言ったとき以来だ。それにしても、なぜローレンの手を握っているのだろう？ そう思った瞬間、シドは手を離すと、ばつが悪そうに笑いかけて、背を向けようとした。「シド」キットはあわてて呼び止めた。「ぼくも……その……」

いつになくボンネットもかぶらず、乱れた髪に草をつけ、頰を染めて目を輝かせたローレンが、シドと腕を組み、もう一方の腕をキットの腕にからませて、二人をみんなから離れた場所に連れていった。

「ずっと考えてたんだ」キットが切り出した。「今朝、ローレンがこんなことを言ったんだよ。おまえとぼくのことを言ったわけじゃないんだが、愛している人をかばうのは必ずしもためにならない。本人は思っている以上に強いんだって。シド、おまえもそう言いたかったんじゃないか？」

「ああ」

「キャサリンがおまえをワルツに誘ったとき、かばおうとして口を出したのは、かえってプライドを傷つけることになったんだね？」

「ああ」

「そんなことは何度もあったんだろうな。家族も友人もみんな、おまえの気持ちを考えずに、負担を軽くすればいいと思ってた」

「そのとおりだよ。だが、誰よりも兄さんの思いやりが重荷だった」

三人は斜面をおりて、眼下に広がる草原を眺めた。数日前にキットとローレンが馬で競走した場所だ。

「画家になれる才能があるのに」幼いころから大好きだった弟のためにできることはなにもないと思うと、キットは無力感に打ちひしがれた。「よその家の執事として一生を送るなんて」

「折り合いをつけるのは大変だと思う」シドは言った。「割りきれるかどうかわからないし、優秀な執事になれたとしても、画家になる夢は忘れられないだろう。だが、それはぼくの問題だ。ぼくの体で、ぼくの人生なんだ。自分でなんとかするしかないし、これまでのところ、なんとかやってきた。褒めてもらってもいいんじゃないかな。同情はいらない。愛してくれるだけでいいんだ」

ローレンはまだ二人と腕を組んだままだった。文字どおり懸け橋になってくれているとキットは感謝した。その思いが通じたかのように、ローレンが手をのばして指をからませた。

「自分が許せないんだ」キットは言った。「おまえを半島に連れて行くんじゃなかった。あんな危険な任務に同行させるんじゃなかった。敵の罠にはまったのも、ぼくの責任だ。おかげで、おまえをあんな目に遭わせて……ぼくはさっさと逃げ出した。おまえの人生はおまえだけのものだなんて言わないでほしい。おまえから夢を奪っておいて、自分だけのうのうと生きることはできない」

「兄さんの苦しみにぼくが気づいてないと思うのか？　キット、ぼくは自分の意思で軍人になったし、進んで偵察将校になったんだよ。敵の罠にはまったのは、兄さん一人の責任じゃない。おとりになると決めたのも、ぼく自身だった」

たしかにそうだが、あのときシドが言い出してくれなかったら、上官として彼におとり役を命じなければならなかった。シドは兄につらい決断を下させたくなかったのだ。

「そのあとは死ぬ苦しみだった。でも、それに耐え抜いた自分を誇りに思う。やっと、ぼくも兄さんやジェロームのようになれたと思った。兄さんにも褒めてもらいたかった。ぼくを家に連れて帰ってくれたとき、ぼくの勇気と忍耐力を認めてほしかったんだ。いや、うぬぼれかもしれないが、二人の兄を越えたと思ったよ。だから、兄さんにも褒めてもらいたかった。ぼくを家に連れて帰ってくれたとき、ぼくの勇気と忍耐力を認めてほしかったんだ」

「なのに、ぼくはなにもかも自分の責任だと言って、おまえの努力を認めようとしなかった。半狂乱になって、家族の注目を自分に引きつけた」

「ああ」

「ずっとおまえを誇りに思ってきたのに。証明してみせる必要なんかなかったんだ、シド。兄弟なんだから」

二人はしばらく無言で草原を眺めていた。子供たちのはしゃぐ声や陽気な笑い声が背後から聞こえてくる。

「あれはぼくのことだったんだね、ローレン」キットが低い声で笑った。「今朝、ほかになんて言ってたっけ？ 愛しているからこそ、その人が苦しむのを見るのがつらいから、悲しみや苦しみを代わりに背負おうとすると言ってたね。シド、ぼくだってつらかったんだ」

「わかってるさ。あのとき、ぼくに逃げろと命令しなかったことをずっと感謝しているよ。愛する人を苦しませるより、自分が苦しむほうがましだから」

「お二人はどうか知らないけど」ローレンが口をはさんだ。「わたし、おなかがぺこぺこなの」

キットはローレンにほほ笑みかけると、弟と目を見合わせた。シドがおどおどしているのが不思議だったが、きっと自分もあんな顔をしているのだろうと思った。

「行こうか、シド。片手で、それも左手だけで、上手にチキンを食べるところを見せてもらおう」

「油でべとべとだったら、ひとついいことがある」シドも気さくに応じた。「あとで手を洗うとき、片方だけですむからね」

キットはからませた指に力をこめながら、ハイドパークでローレンと初めて目が合ったときのことを思い出した。

そして、彼女との婚約が本物ではないことを。

20

ローレンはナイトガウンのまま窓辺に立って空を眺めた。雲ひとつない。おあつらえむきの天気になりそうだ。風もほとんどなく木々の枝も揺れていない。雨天の場合に備えて代案も考えてあったが、万事計画どおり進められそうだ。伯爵夫人はさぞほっとしているだろう。

明日はクララとグウェンがニューベリーに帰る。そして、祖父もヨークシャーに。ローレンの母が長年にわたって送ってきた手紙は、ニューベリーに届けてもらうことにした。ここではなく向こうに届けてほしいと頼んだのだ。

ここに来たのは、キットに不本意な結婚をさせないためだ。その目的は達した。三年前に彼を追い出した家族と仲直りさせるという目的も果たした。これで家族そろって彼の祖母の誕生日を祝うことができる。やり残したことはもうなにもない。

引き換えにキットに求めたのは、ひと夏の冒険だった。ここにいるあいだだけでも、心のおもむくままに生きてみたかった。その願いは充分すぎるほどかなえられた。湖に入って泳いだし――しかも、一度は生まれたままの姿で――木登りもしたし、馬で競走もした。子供たちと遊んで、急斜面を滑りおりた。ささやかな冒険にちがいないけれど、本当に楽しかった。

それだけではない。夜ひとりで外に出て、キットと番小屋ですごした。狭いベッドでいっしょに朝まですごした。そして、屋敷の回廊のベルベットのベンチの上で、彼に処女を捧げた。そのあと、湖の島で野の花に囲まれながら彼と愛し合った。一生忘れることのできない冒険だ。

外で笑い声がして、ローレンは窓から見おろした。フィリップとペネローペ・ウィラード夫妻と、クリスピンとマリアン・バトラー夫妻が、早朝の散歩に出かけるところだった。ついにこの日が来た。

ここですごす最後の日が。

経験できることはすべて経験した。充分すぎるほど。これ以上ぐずぐずしている理由はない。明日になったら、クララ伯母やグウェンといっしょに帰ろう。祝賀会が無事に終わるまで、誰にも言うつもりはないけれど、ローレンの心はすでに決まっていた。これ以上ここにいても、惨めな思いをするだけだ。

誰かに頼るのはもうやめよう。物心ついて以来、いつかはネヴィルと結婚することだけを心の支えにしてきた。そのためだけに生きてきた。そして、突然その支えがなくなったとき、暗い空虚な闇をどこまでも漂っていった。二度とあんなことを繰り返したくない。キットが好意を寄せてくれるのはわかるし、責任感からでも結婚しようと言ってくれるのはありがたかった。でも、これからは一人で生きていかなければ。

彼を失った痛手から立ち直れないとしても、今度は失意のどん底に突き落とされることはない。同じ過ちはもう繰り返さない。

アルヴズリーに来てから、目から鱗が落ちるような思いを何度も味わった。キットに感謝しなければ。思いきってやってみたら、なんでもないことばかりだった。たとえば、いつも品よくかまえていないで笑いたいときに大笑いしても、それで世の中が変わるわけではないのだ。

ドアに控え目なノックの音がした。ローレンは振り向くと、朝のココアを運んできたメイドに笑顔を向けた。

午前中は嵐の前の静けさといったところで、親族だけですごした。みんなそろって村の教会で行なわれた記念礼拝に出かけた。予定では、老伯爵夫人は早めに戻って、午後の祝賀会にそなえてひと休みすることになっていた。

だが、予定どおりにはいかなかった。村人たちが教会の前で待ちかまえていて、お祝いの言葉や花を浴びせかけたからだ。午後にはまた同じ人たちに会うことになっているのに、老伯爵夫人は村人と言葉を交わし、子供たちに銅貨を配りたいと言ってきかなかった。

それをすませてから、ようやくレディ・アイリーンと馬車に乗った。親族の乗った馬車が何台もそのあとに続いた。

「歩いて帰らないか?」キットがローレンの腕をとった。

「ええ、喜んで」ローレンは笑顔を向けた。今日の装いは、ボンネットとモスリンのドレスのリボンが瞳と同じ菫色で、うっとりするほど美しかった。

「寄っていきたいところがあるんだ」

ゆうべ、みんなが部屋に引き上げたあと、キットは父と客間に残った。シドも窓際のいつもの場所に座って、二人の話を聞いていた。キットは三年前の自分の行動を父に詫びた。

「忘れるのがいちばんだ」と父は言った。「もうすんだことだ」

だが、キットは納得せず、話し合いたいと頼んだ。最初はぎこちないやりとりが続いたが、しだいに父も息子も打ち解けてきた。

「家を出るように言ったのは一時的な意味だった」父は初めて打ち明けた。「勘当したつもりなどなかった。だが、おまえがそう受け取ったのなら、それはそれでいいと思ったんだ。わたしの頑固さは知っているだろう。その点では、おまえもひけをとらないがね。それきりおまえがなにも言ってこないので、お母さんは手紙を書くように勧めたが、わたしは書かなかった。ジェロームにも頼まれたよ。だが、あいつも自分では書こうとしなかった。だから、お母さんもだ。うちの家族は頑固者ぞろいだからな。喧嘩しても誰も謝ろうとしない。だから、いつまでもそのままだ」

「ジェロームがぼくに手紙を書いてほしいと言ったんですか？」

ジェロームとフライヤの結婚は、数年前から両家のあいだで決まっていたという。だが、それが当然のことだから、誰も急ぐ必要は感じていなかった。そこへキットが帰ってきた。シドナムのことで自分を責め、やり場のない怒りを抱えて。その反動のようにフライヤに情熱をぶつけるのを家族はなすすべもなく見守るしかなかった。それが愛情からでないのは誰の目にも明らかだった。ジェロームは放っておけなくなって、ビューカッスル家に相談に行った。そして、フライヤとも話し合った。夕食の席で婚約を発表したのは、その直後だった。キットは逆上して、ジェロームを殴り、ビューカッスル家に乗り込んでラナルフとやりあった。

「ジェロームはおまえを責める気もなかったし、恨んだりしていなかったよ。もっと考えて行動すればよかったと自分を責めていた。おまえと話し合って、怒りを受け止めてから、時間をかけて説明すればよかったと言っていた、兄弟なんだから、と。だが、あの夏のおまえにはなにを言っても無駄だった。おまえが家を出たあと、ジェロームは結婚を延期しつづけていた。おまえが帰ってくるのを待ってたんだ。仲直りしてからでなければ、フライヤと結婚できないと言って。それでわたしに手紙を書いてほしいと頼んだんだ。自分では頑なに書こうとしなかったくせに」

「そうこうしているうちに時間切れになった」キットはつぶやいた。

「そういうことだ」

「どんなことがあっても、ジェロームは兄さんを愛していた」ずっと黙っていたシドがそばから言った。「彼だけじゃない。ぼくたちは家族なんだから。もう自分を罰するのはやめたほうがいい。もう充分じゃないか。みんな苦しんだんだ」

キットが教会の家族席についたのは何年ぶりだっただろう。祖父は幼いキットの憧れの人で、亡くなったあと何年もよく墓参りをしたものだ。だが、十八歳で軍隊に入ってからは一度も行ったことがなかった。

「ここに先祖代々の墓があるんだ」低い生垣で墓地のほかの区域から仕切られた一画にローレンを案内しながら、彼は言った。「十一年ぶりだよ、ここに来たのは」

祖父の墓は遠くからでもわかった。大理石の花瓶にきれいな薔薇が生けられていたからだ。昨日、ピクニックの帰りに、祖母が二人の息子と娘を連れて墓参りに来たのだろう。十一年前にはなかったもうひとつの墓にも薔薇が供えてあった。キットはその墓に近づいて、墓碑を見つめた。名前が目に飛び込んできた。

ジェローム・バトラー。

気がつくと、ローレンの手を痛いほど握りしめていた。手を離すと、そっと肩を抱いた。

「兄だ」ローレンにもわかっているはずなのに、言わずにいられなかった。

「ええ」

「最後までぼくを愛してくれた」

「ええ」

ここに来たら、悔恨の念にさいなまれるのが怖かった。ジェロームが死んでしまった今となっては、最後に会ったときのことはもう取り返しがつかない。だが、それはもういいような気がした。喧嘩したぐらいで愛が消えるわけではない。人と人との関係は、少しずつ積み上げていくもので、最後にあったことがすべてを決めるわけではないのだ。ジェロームとキットとシド。ぼくたちは仲のいい兄弟だった。いっしょに遊び、喧嘩しながら大きくなった。

墓の前に立って、ジェロームがもうこの世にいないことを確かめたら、取り乱して泣きくずれるのではないかと心配していた。だが、不思議なほど心は穏やかだった。

「休暇で帰ると、よくからかわれたよ」キットはほほ笑んだ。「そんなに軍功を立ててばかりいたら、そのうち英雄的な死を遂げるぞって。だが、ぼくは生き残って、英雄的な死を遂げたのはジェロームだった。今ごろ、天国で苦笑してるだろうな」

「もっと悲惨な最期もあるわ」ローレンは慰めた。

「たしかに」戦場でいやというほど見てきたから、死が老人の問題などという幻想はいだいていなかった。「さようなら、兄さん。安らかに眠ってください」

何度もまばたきして涙をこらえた。ローレンの肩にまわしていた腕から力を抜くと、彼女が寄りかかってきた。そっと彼の体に腕をまわす。

まだやり直せる力は残っている。そんな気がした。精いっぱい生きることはできるのだ。ジェロームは彼らしく生きた。そして、シドもそうしようとしている。結局、みんな自分らしく生きるしかないのだ。愚かな過ちを重ねてきたが、それが人間ではないか。生きつづけ、努力するのに遅すぎるということはない。

そう思うと、急に不思議なほど幸せな気持ちになった。

「家に帰ろう」

「そうね」

キットは彼女の手をとって、腕を自分の腕にからませた。

午後になると、知人や近隣の人たち、借地人や村人たちが続々と集まってきた。数マイル四方の住人のうち、アルヴズリーの芝生で開かれるガーデンパーティーに出ない人間は一人もいなかった。芝生の上では、ありとあらゆる競技会や品評会が行なわれていた。

ローレンは自分の役目を——ここでの最後の役目を、精いっぱいつとめた。伯爵夫妻は、針仕事や焼き菓子や木工品といった品評会の審査をした。老伯爵夫人は詩の朗読に立ち会ったが、審査はできないと言った。どの詩も老伯爵夫人を讃えるものばかりだったからだ。詩の朗読はおおぜいの聴衆を集めて、なごやかに行なわれた。ローレンとキットは、もっぱら運動競技の世話役をした。

徒競走のほかに、袋に両脚を入れて跳びながら進むサックレースや二人三脚もあった。参加者が奇数だったので、キットは幼いドリスと組んで二人三脚レースに出場した。男の子のためには、クリケットのボールとバットを使ったバッティング競技、若者のためには丸太割りやアーチェリーも行なわれた。アーチェリーで優勝したのは、唯一の女性の参加者、レディ・モーガン・ベドウィンだった。兄のアレイン卿と馬でやってきたのだが、夜の舞踏会には出られないという。どうしてだと聞かれると、ビューカッスル公爵が時代遅れの考えの持ち主で、十六歳はまだ子供だと思っているからだと憮然と答えた。アレイン卿が笑うと、眉間を射抜くと脅す始末だった。

　競技会や品評会が終わると、みんなにお茶がふるまわれた。ローレンは来客のあいだをまわって、全員に話しかけるように心がけた。暑さと気づかれでそろそろ限界だった。これで夜の舞踏会を切り抜けられるかどうか不安になってきた。
でも、それはみんなも同じようだった。伯爵は最後の客を見送ると、みんな部屋にさがって休んだらどうかと提案した。晩餐と舞踏会のために着替えをする時間を知らせるためにベルを鳴らすようにするから、と。

「散歩に行かないか？」キットが誘った。

　疲れはてていたけれど、彼とすごせるのは今日一日だけだ。それに、舞踏会では二人きりにはなれない。

　ローレンは笑顔でうなずいた。

　遠くには行かなかった。湖のほうへ歩きだしたときは、島に誘われるのではないかとひそかに期待した。最後にもう一度だけ愛し合えるかもしれない、と。それでも、彼が対岸に神殿が見える場所で足を止めたときは、がっかりはしなかった。太陽が西の空に傾きかけていて、湖岸には木陰ができていた。

「忙しい一日だったわ」草の上に並んで座った。「おばあさまは、さぞお疲れでしょうね」

「でも、本当に楽しそうだ」キットは草の上に寝そべって目を閉じた。

ローレンも麦藁のボンネットを脱いで横になった。彼が手をのばして手を握る。こうしてさりげなく触れ合っていると、心の底からほっとできた。

二人きりですごせるのは、これが最後。この時間をしっかり心に焼きつけておこう。生きる喜びを全身で味わい、思いがけない愛に目覚めた短い夏。当分は思い出すのもつらいだろうけれど、でも、いつかきっとこの気だるい暑さや冷たい草の感触や花の香りや虫の音、そして、彼の手の温かさを思い出すときがくる。

そんなことを考えながら、いつのまにか眠ってしまった。

蟻（あり）が鼻の上でもぞもぞしている。このまま静かにしていたいのに。手をのばして払おうとすると、低い笑い声がして、唇にそっとキスされた。

「あなただったの！」キットが細長い葉でくすぐっていたのだ。

「舞踏会に遅れてしまうよ、眠れる森の美女さん」

「それはシンデレラよ」また目を閉じながら言い返した。「眠れる森の美女は、舞踏会に行ったりしないわ。百年ずっと眠っていられるの」

「でも、王子がキスして目覚めさせたときは、こんなに不機嫌じゃなかったはずだよ」

ローレンは目を開けてほほ笑みかけた。「わたし、本当に眠ってた？」

ていた。

「ああ。雷みたいないびきをかいて。おかげで、一睡もできなかったよ」

「嘘ばっかり」ローレンは満足そうにため息をついた。一瞬、最後の日だということを忘れていた。

「ローレン」彼が呼びかけた。「今夜、ぼくたちの結婚式の日取りを発表したい」

完全に目が覚めた。

「それはだめよ」

「どうして？　ぼくたちは婚約してる。それに、きみもぼくを好きになってくれただろう？　ぼくの家族も。ぼくの気持ちはわかっているはずだ」

「それは……」手をのばして、彼の額にかかった髪をかきあげた。だが、手を離すとすぐまた落ちてきた。「でも、そういう取引じゃなかったでしょ」

「取引なんてくそくらえだ」

「そんな言葉を使わないで」

「どうかお許しを」彼は苦笑した。「だが、男女の間柄になるのも取引に入っていなかったはずだよ。ぼくたちは結婚すべきだ。子供ができている可能性もあるんだよ」

「そうじゃないといいけれど……。この夏は、本当に楽しかった。思っていたよりずっと。わたしたち、自由になるために助け合えたわね。そのおかげで、幸せになれた。あなたは数年ぶりに、わたしは生まれて初めて。やっと手に入れた自由を味わいもしないで、お互いを束縛するようなまねをしてはいけないわ」

キットは彼女を見おろした。遠くを見るような寂しげな目で。

「本当にそう思ってる？　ぼくたちはそれぞれ自由を手に入れた。結婚は束縛にすぎないって？」

頭ではそう思っていた。でも、心はそうではなかった。彼と取引したとき、自分の心が変わることまでは予想していなかった。好きなだけでは結婚できないと説明するのは残酷なことだ。わたしだって、一度はそれだけで結婚を決意したのだから。でも、キットはネヴィルではない。幼いときから兄妹のように育ってきたわけではない。ネヴィルなら好きというだけで充分だった。でも、今のわたしはキットにそれ以上の感情をいだいている。

「ええ」まっすぐ彼の目を見た。「最初からそういう約束だったでしょ。あなたにとって婚約はかりそめのものではなく、責任感からわたしと結婚しようとする。でも、わたしは婚約者の役割を演じているだけで、しかるべきときが来たら、わたしのほうから婚約を解消するって」

明日はここを離れると言いかけて、その言葉を呑み込んだ。

「まだそのときは来ていない」

「そうね」

彼はまた草の上に横になった。じっと空を見上げている。ゆったり流れていた時間がとぎれた。やがて、無言で起き上がると、彼は手を差し出してローレンを助け起こした。

21

晩餐会がすむと、ローレンはキットや伯爵夫妻とともに舞踏室の入口で客を出迎えた。老伯爵夫人は入口のそばの椅子に座り、そこで客の挨拶を受けて、山のように誕生祝いを贈られた。

散歩から戻ったあと、ローレンは休む暇もなかった。舞踏会のために入浴して着替え、髪を整えてもらう以外は、伯爵夫人と二人で午後のあいだに準備させておいた生け花の点検に追われた。ふんだんに花を飾った舞踏室は、まるで花園のようだった。さまざまな色合いのピンクと紫と白でまとめたのはローレンのアイデアで、緑を加えてアクセントをつけた。あなたには色彩とデザインの才能があると伯爵夫人は喜んでくれた。

ロンドンの舞踏会ほどのきらびやかさはないものの、ダンスが始まる前から、会場は着飾った人びとでいっぱいだった。舞踏会の開会を告げるためにキットと会場に入りながら、ローレンはなごやかな温かみが感じられる地方の催しが大好きになった。

白と銀と灰色で服装を統一したキットは、ひときわ端整に見える。ローレンはロンドンの舞踏会で着た菫色のドレス。初めて彼と踊ったときに着ていたから、最後にもふさわしいと思ったのだ。何人もの客や親族が、二人の服装がとてもつりあっているとか、美男美女のカップルだとか口々に褒めた。

今夜は思う存分楽しもう。ローレンはそう決めていた。二階の部屋では、メイドが荷造りをしている。でも、まだ夜は残っているのだから。

「今夜はいつにもましてきれいだ」キットが体を寄せてささやいた。「ぼくの勘違いじゃなかったら――いや、間違えっこない。ドレスが瞳と同じ色だね」目が笑っている。

「まあ」ローレンは笑い返した。この言葉を初めて聞いたときから、いろんなことがあった。あれから、まだ何カ月もたっていないなんて信じられない。あのころのキットは人の度肝を抜くようなことばかりしていて、近づきたくない相手だった。それが今では……キットはキットだ。いとしさで胸がいっぱいになった。

音楽が始まると、カドリールのステップと順番に気持ちを集中した。こんなに幸せだったときがあったかしら。そう思って、はっとした。まったく同じことを結婚式前夜の舞踏会でネヴィルと踊りながら考えた。

そして、翌日は人生最悪の日だった。

そのとき、ビューカッスル公爵が二人の弟とフライヤを伴って入ってきた。反射的にローレンは微笑を浮かべた。

眠れる森の美女。今日の午後、キットがそう呼んだ。でも、やっぱりわたしはシンデレラだ。舞踏会で王子さまと踊りながら、いつ十二時の鐘が鳴って、すべてがもとどおりになるのかとびくびくしている。

でも、わたしはガラスの靴を階段に残していくようなことはしない。

そのしばらくあと、ローレンはビューカッスル公爵とフロアに立っていた。黒と白のいでたちの公爵はエレガントだが、見るからに近寄りがたい雰囲気を漂わせている。キットは公爵が踊るのを初めて見た。おそらく、ビューカッスル一族がレッドフィールド家に恨みをいだいているという近隣の噂を打ち消すために、人前で踊ることにしたのだろう。ラナルフはグウェンと踊り、アレインはキットの祖母のほうに身をかがめて話にあいづちを打っている。

「踊っていただけますか、フライヤ」キットは手を差し出した。金のサテンにブロンドのレースを重ねたドレスをまとったフライヤは、文字どおり光り輝いていた。今夜は髪もきちんと結い上げ、金の髪飾りがシャンデリアにきらめいている。

ローレンより小柄だが、豊満といっていいほどの体つきだ。大胆でエネルギッシュで、打てば響くような反応に昔から惹かれていた。踊りながら、三年前、異常な情熱にとりつかれて彼女を追い求めたことを思い返した。彼女とは子供のころから友達だ。あの夏、求めていたのは友達だったのではないか。やっとそのことに気づいた。あのとき、やり場のない思いをラナルフにも訴えた。だが、めそめそするなとはねつけられた。軍人として義務を果たしたうえに、シドの命を救ったではないか。ちゃんと家にも連れて帰った。自分を責める必要がどこにあるんだ？　ラナルフはそう言った。フライヤが彼より同情を示してくれたわけではないが、彼女は異性だ。悲しみや怒りや罪悪感が、肉体的な情熱という形をとって彼女に向けられたのだろう。

あの夏のことで後ろめたさを感じるとすれば、フライヤを利用したことだ。悪意のない無意識のものだったとしても、事実に変わりはない。あのとき近くにいた彼女を利用したのだ。

「ここは暑いわね」音楽が終わりに近づいたときフライヤが言った。いつもの挑むような口調で。

「そうだね。だが、今日は暑かったから、外もまだ涼しくないだろう」

「少なくとも、ここよりはましよ」

「確かめに行きたいということ？」キットは笑いかけた。「熱気に当たって卒倒しそうには見えないが」

フライヤは傲慢さと軽蔑がまじりあったような目を向けた。

舞踏室は東側の一階にあって、東門まではすぐだ。今夜のように暖かい夜は門が開け放たれていて、外の空気を吸ったり、庭園を散歩したりする客の姿が見える。だが、フライヤは人影のない薔薇園に向かった。

「話があるの」

フライヤが腰かけたのは、初めて薔薇園に案内したときにローレンが座ったベンチだった。

「話って？」キットは聞いたが、返事を待たずに切り出した。「フライヤ、きみに謝らなければ。三年前のことを許してほしい。きみはぼくを愛しているとは一度も言わなかった。結婚するとも、ぼくと前線に戻ってくれるとも言わなかった。なにもかもぼくが勝手に思い込んでいただけだ。夜中にリンジー館に押しかけて、ラナルフを殴ってみっともないまねをする権利なんかなかったんだ。どうか、許してほしい」

フライヤは冷ややかに見つめた。「なにを言ってるの、今ごろになって」

「いずれジェロームと結婚すると暗黙の了解があったそうだね。最初からぼくと結婚するつもりなんかなかった」

「当たり前でしょ。あなたは次男ですもの。わたしはビューカッスル公爵家の娘なのよ」

「それならいいんだ」三年前なら打ちのめされただろうが、今はかえってほっとした。「きみを傷つけたわけじゃなかったんだね？　ジェロームを愛してた？」

「あなたって変よ、キット」口調がやわらいだ。「ほんとに変」

彼女とは長いつきあいだ。幼いころから親しい友達だった。だから、言葉で説明しなくても通じるものがあった。

「フライヤ、ぼくは――」彼は言いかけた。

「自分を追いつめるのはもうやめたら？　誰に罪悪感をいだいてるの？　シドナム？　それとも、ジェローム？　彼の鼻を折って、謝る前に彼が死んでしまったから？　だから、あんな退屈の権化みたいな女性を選んで、自分を罰しようとしたんでしょ。でも、その目的は達したわ。あとはどうやって逃げるつもり？」

一瞬、彼は目を閉じた。まさか、こんなことを言われるとは思っていなかった。彼はベンチに近づくと片足をのせ、膝に腕を置いた。

「それは違う。きみにはなにもわかってないんだ」

フライヤは決して理解力が乏しいほうではない。だが、哀願したり、醜態を演じたりするにはプライドが高すぎた。しばらく無言で見上げていたが、突然、立ち上がろうとした。

「待って」キットは肩を押さえた。「二人で帰るところを見られたら、どう思われるかわからない。さあ、ぼくの腕を取って。いっしょに戻ろう。できれば笑顔で」

「あなたという人は」わざとゆっくり立つと、腕をからませた。「地獄に落ちて焼かれるといいわ。でも、それよりあの淑女ぶった花嫁と長生きすることね。あなたのような男には、それこそ生き地獄よ」吐き捨てるように言うと、にっこりと見上げた。

キットは黙っていた。言い返したところでどうしようもない。それに、ローレンが決心を変えないかぎり、彼女と人生をともに生きることはできないのだ。この祝賀会が終わったら、全力を尽くして彼女の愛を勝ち取ろう。キットは心に誓った

〝お互いを束縛するようなまねをしてはいけない〟彼女はそう言った。

だが、結婚は束縛ではない。

この世にはさまざまな形の自由があるはずだ。

ビューカッスル公爵と踊り終えると、舞踏室からキットの姿が消えていた。グウェンがラナルフ卿の腕を取って近づいてくる。ローレンは二人に笑いかけた。グウェンを誘って冷たい飲み物を取りに行くつもりだったが、ラナルフ卿に次のダンスを申し込まれた。

こんなに背の高い男の人は初めてだ。そばにいると、小人になったような気がする。

「赤い顔をしてますね、ミス・エッジワース」彼が笑いかけた。「すぐまた踊らせるのは気の毒だ。少し外を歩きましょう」

ほかにも数人、庭を散歩しているから、二人で出ても問題はないが、よく知らない紳士と散歩などしたくなかった。だが、気づいたときは、腕を取られて出口に向かっていた。少し風に当たるのも悪くない。ローレンはそう思うことにした。

ラナルフ卿は話が上手だった。知り合いを指しては、彼らにまつわるおもしろい話をしてくれた。人間観察が巧みで、しかも、悪いことはぜったいに言わない。聞いていると、だんだん引き込まれていった。二人はいつのまにか薔薇園に向かっていた。

「おや、先を越されてしまったようだ」薔薇園に入ると、低い声でつぶやいた。「われわれより先に来た人がいる――人たち、と言うべきだな。花壇に行くことにしましょう」そう言うと、庭園に向きを変えた。

レディ・フライヤがベンチに座っていた。そのそばにキットが片足をベンチにのせ、膝の上に腕を置いたお得意のポーズで立っている。もう一方の手を彼女の肩に置き、顔を近づけて。

ローレンはその場を動かなかった。ラナルフ卿はわたしに二人を見せるためにここに連れてきたのだ。レディ・フライヤに頼まれて。

ラナルフ卿がまた話しはじめたが、ローレンはもう聞いていなかった。彼が話をやめた。

「失礼しました。こんなつもりではなかったんです」

「そうでしたの」それがローレンの精いっぱいの皮肉だった。

「あなたが想像しているようなことはなにもありません。あの二人は幼馴染(おさななじみ)で、共通点も多い。いっしょにいると実に楽しそうだ。しかし、二人のあいだには友情以上のものはない。それは保証します」

「お話の途中でしたわ、ラナルフ卿。最後まで聞かせてください。わたしがなにを想像しようと、それはわたしの問題です」

自分でも認めたくなかったが、心が揺れ動いていた。でも、これでやっと決心がついた。これ以上ここにいてはならない。これでよかったのだ。急に黙り込んでしまったラナルフ卿のそばで、ローレンは自分に言い聞かせた。

いずれ、彼とレディ・フライヤがよりを戻すのはわかっていた。でも、こうして自分の目で見て、きっぱり諦めがついた。

取り乱してはいけない。そんな理由はないのだから。ひと夏の冒険は終わった。あれだけ楽しい時間をすごしたあとだから、今は少々気持ちが沈むのも無理はない。ニューベリーに帰ったら、また元気が出るだろう。母からの手紙も届いているだろうし、エリザベスが赤ちゃんを連れて訪ねてくる。出産を控えたリリーにもお祝いを言いたい。やっとリリーを心から祝福できる。そして、わたしは一人で自由に生きる準備を進めよう。

「あなたにひどいことをしてしまった」ラナルフ卿が低い声で詫びた。「申しわけありません。こんな目に遭わなければいけないような女性ではないのに」

「こんな目って？」ローレンは聞いた。「罠にかかったこと？　この世には策略や嘘はつきものですわ」

わたし自身、たちの悪い嘘つきなのだ。

ラナルフ卿はローレンを舞踏室に連れ戻すと、クララと伯爵夫人が話しているところに連れていった。そして、手を取って唇に当てると、黙ってその場を離れた。

フライヤは薔薇園にいた。数分前に座っていたベンチに一人で腰かけている。

「来ないで」近づいてきたラナルフ卿に言った。

ベドウィン一族らしく、彼はそれを無視してそばに腰をおろした。

「どうだった？」

「さんざん」フライヤは吐き捨てるように言った。「地獄に落ちろと言ってやったけど、それでもたりないぐらい」

ラナルフは苦笑したが、諌めようとはしなかった。昔、何人もの女性家庭教師が、フライヤにレディらしいふるまいを教えようとして一人残らず失敗した。兄弟も家庭教師の味方はしなかった。

「さっさと帰って、ウルフのワインセラーをあさりたい気分。酔っ払いたいの。いっしょに飲んで」

「あんなことをさせられたあとでは、きわめて興味をそそられる提案だよ、フリー。だが、二人で馬車で帰ったら、ウルフとアレインが困るだろう。それに、酔っ払うためだけに最高級の酒を飲むのはどうかな。ウルフは安酒は置いていないし」

「ウルフがなんだっていうのよ」

兄は眉をあげた。「酔っ払ったところで悩みが解決するわけじゃないんだ。頭が割れそうにがんがんして、死にたくなるのが関の山だ」

「忠告してほしいときは、そう言うわ」

「そうか」彼は肩をすくめた。「三年前にあの男に恋したのも愚かだったが、いまだに立ち直れないのは困ったものだよ」

フライヤは右手で拳を固めると、兄の顎にパンチを食らわせた。ラナルフ卿は頭をのけぞらせたが、座った姿勢は崩さなかった。

「痛いじゃないか」穏やかに言った。「ほんとに酔っ払いたいなら、厩から馬を二頭盗んできたら、いっしょに帰ってやるよ。それができないなら、舞踏室に戻って踊ることだ。堂々とかまえて、キットを愛していないし、これまでのところレディ・フライヤ・ベドウィンの眼鏡にかなった男はいないとみんなに知らせてやればいい」

「彼のことなんか……」フライヤは立ち上がった。「愛してるどころか、憎んでるわ。あの淑女ぶった女は彼にお似合いよ。わたしが言いたいのはそれだけ。いっしょに来るの？　来ないの？」

「行くよ」彼は立ち上がって妹に笑いかけた。「それでこそおまえだ、フリー。顎をあげろ。ベドウィンの高い鼻は、こういうときは重宝だな」

フライヤはダンス靴で踏みつぶした虫でも見るように兄を眺めた。


地方の舞踏会は、どんなに盛会でも、ロンドンの大舞踏会のように夜どおし続くことはない。十一時に夜食が出たあと、ようやくその夜初めてワルツが演奏されたが、フロアに立つのは自信のある大胆なカップルだけだった。その後もダンスは続いていたが、来客は三々五々帰りはじめた。老伯爵夫人も自室に引きあげることになった。

キットはローレンと二人で祖母を部屋まで送ることにした。さっき二人でワルツを踊って、初めて彼女と踊ったときのことを思い出さずにいられなかった。あのときは、美しい仮面をはがして、その下になにがあるか見たいと思った。その願いはかなえられたが……。

祖母はよほど疲れたのか、いつもなら杖にすがって自力で歩こうとするのに、今夜は両側から二人に支えられて階段をのぼった。それでも、この祝賀会に心から満足しているのはよくわかった。

「おや……すみ」部屋にたどりつくと、祖母は二人に笑顔を向けた。

「ゆっくり休んでください、おばあさま」キットがやさしく抱き締めて頰にキスする。

「おやすみなさい」ローレンは涙ぐんだ。老伯爵夫人と会うのもこれが最後だ。

「さっきいっしょに踊ったばかりだから」階段をおりながらキットが言った。「今戻ったら、二人とも別のパートナーと踊るしかないね」

「それが礼儀ですもの」

「このまま散歩に出てしまうのは礼儀に反するかな?」

「いずれにしても、もうパートナーは決まってるでしょうから」

庭園にはまだ人影があった。若いところたちが談笑している。二人が通りかかると、元気のいい声で呼びかけてきた。二人は庭園を抜け、芝生を横切って、小川にかかる橋に出た。そこでどちらからともなく立ち止まると、欄干によりかかった。足元で水音が聞こえるが、川は木々の陰になっていて見えない。対照的に、芝生や花壇や屋敷は月明かりに浮かび上がっていた。

「長い一日もやっとおしまいだね」キットはため息をついた。

「すばらしい一日だったわ。おばあさまも満足してくださったし」

遠くから笑い声とかすかな音楽が聞こえてくる。こうしてローレンと二人きりでいるだけで、心が安らいだ。黙っていても少しも気づまりでないどころか、一人でいるときよりくつろげるような気がする。

「キット」ローレンが静かに呼びかけた。「わたしたち、正しいことをした。そうでしょう？」

なにが言いたいかすぐわかった。

「一人で帰っていたら、あなたは無理やり婚約させられたと感じて、そのことを根に持ったかもしれない。みんな心の奥を隠したまま、気を遣いながら動いていた。今みたいに和気藹々とはいかなった。だから、間違ってはいなかったのね？」

「もちろんだ」彼は欄干の上で手を重ねた。

「これで、あなたは自分で将来を決められるわ」

「ぼくの願いは、きみと結婚することだ。本気だからね。明日から全力をあげて、きみを説得するつもりだ。覚悟しておいたほうがいいよ」

「実は」短い沈黙のあと思いきって打ち明けた。「明日、クララ伯母さんやグウェンとここを発つの」

「だめだ！」彼は指をからませた。一瞬、目の前が真っ暗になった。

「それが誰にとってもいちばんいい方法よ。あなたも冷静になったら、きっとそう思うわ。伯母さまたちはわたしのために来てくれたのだから、いっしょに帰るのが当然でしょ。あなたのお母さまと伯母さまのあいだで、結婚式はニューベリーで挙げるという相談ができているから、わたしが帰るのはちっとも不自然じゃない。みんな準備のためと思うでしょうから。婚約を解消したいという手紙が届くころには、お客さまはとっくに帰っているから、ご両親にだけそっと知らせればすむわ。あとは、おばあさまとシドナムに」

落ち着いた静かな声だった。悲しみも、無念さも、なんの感情もこもっていない。

「あと一週間でいい。一週間あったら、きみの決心を変えさせてみせる。だから、明日発つのだけは……」

「ここに来た目的は果たしたわ。約束どおり、忘れられない夏をすごさせてもらった。思い残すことはなにもないわ。そのときが来たのよ、キット。あなたにもわかってるでしょう」

「あと少し」キットはまた言った。「せめて、子供ができていないかわかるまで」

「もしそうなっていたら、すぐ手紙で知らせるわ。そうでなかったら、婚約解消の手紙を書く。ニューベリーにいてもできることよ。それに、できていないと思う。二度だけだったし」

正確には、そのチャンスは一度だけだった。「ぼくはそう思いたくない」キットは握った手に力をこめた。

「どうして？」

愛、い、い、愛しているから。きみのいない人生など考えられないから。だが、言えなかった。愛していると告白したら、彼女はやっと手に入った自由を捨てて、ぼくを選ぶかもしれない。そうするのが自分の義務だと思って。彼女を縛ることはできない。

「ああいう関係になったから？　ああなった以上、結婚という形をとるのが義務だから？　そんな必要はないのよ。わたしにとって、あれも忘れられない夏の冒険だったの。後悔なんかしていない。むしろ、よかったと思ってるぐらい、知ることができて。そして、相手があなたで。だからこそ、あんなにすばらしい体験だったのだと思う。責任なんか感じないで。わたしに一生を捧げることなんかないわ。あなたは自由よ。そして、わたしも」

　自由に生きる以上の喜びはないと確信しているような言い方だ。一カ月前まで、キットもそう信じていた。

　ぼくの負けだ。これ以上なにが言えるだろう。

「つまり、きみに決心を変えさせるためにぼくにできることはなにもないというわけだね」

「そう」

　彼はゆっくり息をついた。

「ありがとう、ローレン。ぼくと家族のために尽くしてくれたことは忘れないよ。心から感謝してる」

「お礼を言いたいのはわたしのほうよ」ローレンは彼の腕に手を置いた。「生まれて初めて泳いで、木登りして、競走して、そして――。得がたい経験ばかりだった。おじいさまから母の手紙のことを聞き出してくれたのもあなたよ。言葉にできないほど感謝してる」

　彼女の唇を頬に感じると、キットは抱き締めたいという衝動を抑えるのに苦労した。

「明日の朝は」彼は固く目を閉じた。「できるだけ明るい顔をしよう。しばらく離れるのはつらいけれど、結婚の準備のためだという顔を。きみにキスするよ。唇でいいね。婚約者なんだから」

「ええ。みなさん、見送ってくださるでしょうから」

「でも、今は」彼女の手をとって唇に当てた。「二人きりになれるのは、これが最後だ。さようなら、きみはすばらしい友人だったよ、ローレン」

「さようなら」ローレンは声を震わせた。「どうか、お幸せに。あなたのことは一生忘れないわ」

彼はしばらく無言で立ちつくしていた。目を閉じて彼女の手に唇を当てたまま。柔らかい感触や石鹸の香りを胸に焼きつけるために。それから、舞踏会の客を見送るためにローレンを促して屋敷に向かった。

22

気だるい暑い夏は、九月になってもまだ居座っていた。それでも、季節は明らかに秋に向かっているようだ。今日はさわやかな空気が感じられたし、空では雲が低く垂れ込めていた。どうやら雨になりそうだ。

今日ここに来たのは間違いだったかもしれない。ローレンはちょっぴり後悔した。こんな天気の日に海岸ですごそうなんて。それも、巨人が黄金色の砂浜めざして投げ落としたかのように浜辺に鎮座している大岩の上で。マントにくるまって膝を立て、潮風に髪をなびかせながら、白波の立つ青みを帯びた灰色の海を眺めた。ボンネットは風に飛ばされないように岩の割れ目に手袋といっしょに押し込んでおいた。引き潮で砂浜が遠くまで続いている。

ほとんど幸せといっていい気持ちだった。〝ほとんど〟と限定したのは、気持ちを偽っているかぎり、本当に幸せにはなれないと気づいたからだ。もっと、自分の気持ちに素直になりたい。完璧なレディでなくてもいい。

だから、一人で海岸に出て、初めてこの大岩に座ってみた。子供のころは登ってはいけないと言われていた。禁止されるとかえってやってみたくなるもので、ネヴィルとグウェンは何度も登っていたが、ローレンは言いつけに従った。大人になってからは、もちろん、そんなはしたないまねはしたことがない。リリーがこの岩に座っているのを見たときのショックは今でも忘れられない。

でも、今はボンネットもかぶらずに、こうして岩の上で風に吹かれている。潮風は肌にも髪にも悪いのは承知のうえで。ローレンは挑むように顔をあげた。雨に濡れたら、ボンネットも靴もだいなしになるけれど、降るなら降ればいい。

結局、身ごもってはいなかった。アルヴズリーから戻って一週間とたたないうちにそれがわかったときは、一人でこっそり泣いた。でも、同時に心からほっとした。そして、翌日にはキットに手紙を書いて、婚約を解消した。あんなつらい手紙を書いたのは初めてだった。やっと書き上げた手紙を出したときのことを思い出すと、胸がつぶれそうになる。でも、今はまだ無理でも、いつかアルヴズリーですごした短い夏を——人生でいちばん輝いていた夏を懐かしく思い出せる日が来るだろう。それまでは、〝ほとんど幸せ〟で満足しておこう。

明日はバースに行く。といっても、すぐに向こうで暮らすわけではない。まず、その準備のために家を探しに行く。ネヴィルとグウェンがいっしょに行ってくれることになった。不動産業者が探しておいてくれた数軒のうちから、どれかに決めるつもりだ。最初、エリザベス以外は反対したが、ローレンの決心が固いとわかって、協力してくれることになったのだ。これからは傍観者ではなく、積極的に自分の人生を生きよう。

水しぶきが飛んできた。雨が降りだしたのかもしれない。濡れると髪が縮れてしまうから、あとでメイドをてこずらせることになりそうだ。目を閉じて風の音に耳をすませた。荒々しい自然が元気をくれるような気がする。

祖父は約束どおり、母の手紙を送ってくれた。ローレンはむさぼるように読んだ。勢いのある雑な筆跡から、人生を楽しんでいる様子が伝わってきたが、不満も多い女性だった。とりわけ、いっしょに暮らしている男性については、手放しで褒めたかと思うと、次の手紙では愚痴ばかりつづられていた。そして、いつもローレンから返事が来ないことを嘆き、いっしょに暮らせないことを悲しんでいた。二、三カ月前だったら、母のこんな生き方を受け入れられなかったにちがいない。でも、今は、みんな自分らしく生きるしかないのだと素直に受け入れられる。記憶にない母がせつないほど恋しかった。長い手紙を書いてインドに出した。年内に返事が届くのは期待できないにしても、母とのあいだにやっとつながりができたような気がした。

そろそろ帰ろう。岩に登るときは考えなかったけれど、おりるほうがずっと大変そうだ。ぐずぐずしていて土砂降りになったら、もっと滑りやすくなって、おりられなくなってしまう。

ふと、アルヴズリーで木からおりたときのことを思い出した。一人でおりられると強がってみせたけれど、結局、キットが後ろから支えてくれたっけ。あわてて記憶を押しやった。

今はまだ思い出すのはつらすぎる。

目の隅になにかが見えた。振り返ると、川が海に流れ込む少し先にかかっている橋を誰かが渡ってくる。長いくすんだ色の乗馬用のコートを風にはためかせ、シルクハットを目深にかぶって。

きっと幻だわ。ローレンはうつむいて自分の膝(ひざ)を見つめた。走ったあとのように心臓がどきどきしている。ネヴィルがクララ伯母さんに頼まれて、わたしを探しに来たのだ。でも、あれはネヴィルではない。それなら、ポートフレイ公爵かしら。エリザベスとリリーに頼まれて。いいえ、公爵でもない。そもそも、誰も探しに来るはずがない。一人になりたいと言って出てきたのだから。

もう一度、思いきって顔を上げた。海岸にも橋の上にも誰もいなくても、がっかりしないと自分に言い聞かせながら。

幻ではなかった。海岸を急ぎ足で近づいてくる。

ローレンは膝を抱えた腕に力をこめた。

祝賀会の二週間後には滞在客は一人残らずいなくなった。そして、その一週間後には、シドナムがビューカッスル公爵のウェールズの荘園に発った。希望に顔を輝かせている弟を見て、キットはこれでよかったのだと思った。

アルヴズリーに静けさが戻り、穏やかな生活が続くはずだった。キットは父の信頼を取り戻し、後継者として必要なことを教えられた。長い軍隊での経験が役立つことも少なくなかった。母もやさしく接してくれたし、シドナムがいなくなったあとは、祖母のお気に入りの孫息子の座に返り咲いた。ラナルフ・ベドウィンとは何度か馬で遠乗りに出て、少年時代の友情を復活させた。

だが、なぜか満たされなかった。ローレンのことがいつも心から離れなかった。予告どおり、彼女はニューベリーから婚約解消を告げる手紙を送ってきた。約束どおり、原因は自分の気まぐれで、彼にはなんの責任もないと説明されていた。彼が家族に見せることを前提に書かれた手紙だった。妊娠についてはひと言も触れていなかった。彼の一縷(いちる)の望みは断たれた。

手紙を読んだあと、キットは湖に行って服を脱ぐと向こう岸まで泳いだ。なにも考えられなくなるまでエネルギーを使い果たしたかった。対岸に泳ぎ着いたときはふらふらで、岸に上がると、そのまま野の花の上に倒れこんだ。そして、そのまま放心状態で何時間も横たわっていた。

家に帰ってからも、手紙のことは誰にも言えなかった。婚約を解消した理由を聞かれたり、説明を求められたり、同情されたりするのに耐えられそうになかったからだ。夜になったら言おう。いや、明日の朝……そうこうしているうちに、どんどん時間がたってしまった。

結局、そのまま言えなかった。

ある朝、収穫物の視察に出かけた帰り道で、父がフライヤとの縁談を進めたのはキットを喜ばそうと思ったからだったと言った。だが、結局のところ、はるかに望ましい相手を選んでくれてうれしいとも。ミス・エッジワースなら、申し分のない子爵夫人になるし、いずれは伯爵夫人として立派にやっていけるだろう。

そして、シドがウェールズに発った朝、今度は母が涙をふきながらキットを散歩に誘い出した。そして、実は、フライヤと暮らすことに一抹の不安をいだいていたと打ち明けた。フライヤには好意を寄せているけれど、ベドウィンの子供たちは母を早く亡くしたせいで、野放図に育ったところがある。その点、ローレンなら安心だ。正直なところ、会う前はどうなることかとずいぶん気を揉んだけれど、今では、現実には持つことのできなかった実の娘のような気がしている。

祖母もローレンがそばにいないのを寂しがった。朝の散歩にもつきあってもらえないし、夜、暖炉の前に座っていても、話し相手をしたり、こわばった手をマッサージしてくれていたローレンはもういない。なによりも、キットがいつも沈んだ顔をしているのが気にかかると嘆いた。

キットはますます言い出せなくなった。ローレンと結婚することはないし、二度と会うこともないのだと家族に打ち明ける勇気はなかった。

九月も半ばをすぎると、母が毎日のように結婚式の日取りを聞くようになり、祖母はクリスマス前に式を挙げれば、ローレンも休暇をいっしょにすごせるから好都合だと言いはじめた。生まれてくる二人の子供のために、レッドフィールド一族が代々着てきた洗礼式の衣装も虫干ししておかなければ。ここへきてキットもやっと行動を起こす決心をした。今度こそ、家族に伝えよう。

ある晩、夕食の席で、思いきって切り出した。

「ニューベリー・アビーに行って来ようと思うんです」気づいたときはこう続けていた。「明日にでも。どうしてもローレンに……会ってこないと」

自分でもびっくりしたが、両親も祖母も驚きながら喜んでくれた。ずっとそう思っていた。いつまでもぐずぐずしていたら、ローレンも心配するだろう。みんなが口をそろえて言った。

引っ込みがつかなくなった形だったが、なぜ手紙のことを打ち明けられなかったかやっと気づいた。夏のあいだに大切なことを学んだ。それは愛する人に心を開くことだ。そのおかげで、気まずくなっていた両親とも弟とも仲直りできた。

なのに、ローレンにはまだ本当の気持ちを伝えていない。伝えることで負担をかけたくなかったからだが、このまま気持ちを偽りつづけることはできない。

彼女にも知る権利があるのではないだろうか。そのうえで選択するのが真の自由ではないか。ひょっとしたら、ローレンもぼくに負担をかけまいとしているのかもしれない。彼女に会って、それを確かめなくては。

その二日後にはニューベリーに着いて、村の宿屋に部屋をとった。絵のように美しい村で、丘のふもとから海岸近くまで小さな家が立ち並んでいる。宿の窓から見える海は灰色で荒々しかった。

最初からニューベリー・アビーの本館を訪ねてもよかったが、まずはアルヴズリーで親しくなった先代伯爵未亡人のクララが住む別館を訪ねることにした。だが、応対に出た召使から、みなさん本館にいらっしゃいますと告げられた。それで、うねうねと続く長い小道を馬で進んで本館に着くと、キルボーン伯爵夫人にお目にかかりたいと言った。

待つ間もなく客間に通された。数人の男女が立ち上がって出迎えたが、ローレンの姿はなかった。

キットとちがって、ローレンは婚約を破棄したことを知らせていた。ここにいる全員が知っているのは明らかだ。レディ・ミュアは青ざめ、クララは深刻なおももちで黙っている。ポートフレイ公爵は無表情だ。そこへ愛らしい顔立ちの金髪の女性が近づいてきて、ほほ笑みながら手を差し出した。

「レイヴンズバーグ卿、よくいらっしゃいましたわ」

「初めまして」キットは会釈した。

「ようこそ」キットと同年齢の背の高い金髪の男性がそばに来て会釈したが、手は差し出さなかった。

「キルボーン伯爵ですね」

これがローレンの人生を狂わせた男か。キットは心の中でつぶやいた。土壇場で彼女との結婚を中止した卑劣な男を彼女はいまだに愛している。そして、この小柄な美女が、ローレンから幸せを奪ったリリーだ。

「お知らせくだされぱよかったのに。でも、いらしてくださってうれしいわ。さあ、どうぞおかけください。外は寒かったでしょう。みなさん、もうご存じですわね」

女性たちは膝を折って挨拶し、ポートフレイ公爵は頭をさげた。公爵は赤ん坊を抱いていた。

「やっぱり、来てくださったのね、レイヴンズバーグ卿。わたし、いらっしゃるって予言してたんですのよ」公爵夫人のエリザベスが笑いかけた。

「本当によかった」リリーがキットの腕を取った。「ローレンたら、誰にも——グウェンにすら相談しないで、婚約を解消してしまったんですもの。グウェンや義母の話では、お二人は愛し合っていて、ご家族も温かく受け入れてくださったというのに。ローレンはなにも説明してくれないの。自分で決めたことで、あなたにはなんの責任もないと言うだけで。でも、わたしたちとしては、それではおさまらないわ。こうしていらしたからには、きちんと説明をしていただけるんでしょうね」

「リリー！」伯爵が諫めた。「レイヴンズバーグ卿には説明する義務などない。そもそも、ご訪問の目的もまだわからない」

「うかがったのはローレンと話すためです」キットは言った。「彼女はどこにいるんですか？」

「なにを話すんです？」伯爵が問い返した。「彼女は婚約を解消したんですよ。理由は誰にもわからないが、これ以上あなたと会うつもりはないでしょう」

「そっとしておいてやってください」クララも言った。「よくよく考えたうえだと何度も言っていました。アルヴズリーでなにがあったか知りませんが、あの子はあなたと結婚するより世間から婚約解消の汚名を着せられるほうを選んだんです。儀礼訪問なら、姪に代わってお礼を申しあげます。でも、そうでないなら、わたしども親族は力を合わせて、あなたからあの子を守るつもりです」

「お気の毒なレイヴンズバーグ卿」エリザベスが笑った。「敵陣に一人で乗り込んでらしたのに。あなたを責めるのはお門違いね。ローレンはあなたにはなんの責任もないとはっきり言ってるんですもの」

「海岸にいます」レディ・ミュアが穏やかな口調で言った。

キットは顔を向けて軽く頭をさげた。まだ立ったままだった。

「教えてくださってありがとう」

「一人になりたいと言って出かけたんです」伯爵が言った。「邪魔しないでほしいと言って」

「きっと、あなたも」リリーがほほ笑みかけた。「誰にも邪魔されずにローレンと話すためにいらしたんでしょう？」

「彼女の意思を尊重したいんです」キルボーン伯爵は言った。

「ローレンは二十六よ、ネヴィル」リリーが夫に言った。「誰よりも思慮深い人で、自分の人生は自分で決めたいと何週間もかけてわたしたちを説得したわ。彼女なら、レイヴンズバーグ卿と話したくないなら、自分でそう言えるわ」

伯爵夫妻のやりとりを聞いて、キットは二つのことに気づいた。ひとつは、ローレンがニューベリー・アビーでみんなに愛されていること。もうひとつは、伯爵がローレンに深い罪悪感を抱いていて、二度と彼女を傷つけまいと全力を尽くすつもりでいることだ。

「道順を教えていただけたら、海岸まで行ってみます」キットは言った。

「雨になりそうだ」伯爵が窓の外に目を向けた。「早く帰るように伝えてください」

リリーが夫に輝くような笑顔を向けた。「それよりコテージで雨宿りするようにおっしゃって。そっちのほうが近いから」

「芝生を横切って、右側の道をまっすぐ進むと、崖の小道に出ます」レディ・ミュアがまた教えてくれた。

キットはみんなに会釈して客間を出た。

崖の小道に出たときは、まだ雨は降っていなかった。それでも、顔や手袋をはめていない手がじっとり濡れていた。この感じでは、いつ雨が降り出してもおかしくない。

急坂を少しさがると、ローレンから聞いていたとおり、滝があって、そのそばに絵本から飛び出してきたようなコテージがあった。キルボーンと新婚の妻がふざけあっているのを見てショックを受けたのはここだったのだろう。ローレンの姿はない。目の上に手をかざして、黄金色の砂浜を見渡した。

見つけた瞬間、頬がゆるんだ。そして、この夏が無駄ではなかったと確信した。マントこそ着ていたが、この荒天にボンネットもかぶらず、切り立った大きな岩の上に座っている。彼女は一人であの岩に登ったのだ、誰の助けも借りないで。遠目で見ても、ゆったりとくつろいでいるのがわかる。一人で生きる決心をして、そのことに自信を持っているのだろう。

もうぼくを必要としていない。

とっさに引き返そうかと思った。だが、どうしても言いたいことがあった。それを言わずに帰ることはできない。そう思い直した。

風に背中を押されるようにして、浅い川にかかった橋の上に出た。吹き飛ばされないように帽子を押さえながら、うつむいて海岸を進んだ。ふと、顔を上げると、ローレンがこちらを見ていた。膝を抱えて岩に腰かけたまま、彼が近づくのを見守っている。たどりつくまでの時間の長かったことといったら。

「ひょっとして、おりられなくなった?」岩の前に立つと、彼は笑いかけた。「ぼくの助けが必要かな」

「いいえ」落ち着き払った声だった。

岩の上で向きを変えると、ローレンは反対側からおりようとした。こちら側ほど切り立っていないから、はるかにおりやすそうだ。それでも、じれったくなるほど慎重に動いている。登っていって助けたいという思いをキットはかろうじて抑えた。やっとのことで砂の上におり立つと、ローレンは無言で彼を見上げた。

キットは口を開きかけたが、どう切り出すか考えていなかったことに気づいた。

ローレンはきっかけを作ろうとはしない。

二人は黙って見つめ合った。

なにも言えないまま、彼はかがんでキスした。柔らかい唇がかすかにキスを返してくれた。

「ローレン」

「なぜ？　なぜ来たの？」

いつのまにか霧雨が降りだしていた。

「早く帰るように伝えに来たんだ、キルボーンに言われて。伯爵夫人の忠告に従って、コテージで雨宿りしてもいいが」

「あなたとは二度と会わないつもりだった」

ぐっと息を呑んで、キットは岩に手を当てて体を支えた。うつむいて足元を見つめながら、乗馬ブーツが砂でだいなしになるが、磨いてくれる従者も連れてこなかったとぼんやりと考えた。

「まだここにいてくれたんだね、ニューベリーに」ひょっとしたら、もうここにいないかもしれないと覚悟していた。

「明日はバースに発つわ。住む家を決めに。向こうで暮らすつもりよ」

「きみがしたかったのはそういうことだったのか？」

「知ってたはずよ、キット。なのに、どうして？　レディ・フライヤはどこにいるの？」

「フライヤ？」キットは眉を寄せた。「リンジー館にいるはずだが、なぜ彼女が……」そう言ってから、はっと気づいた。「フライヤとのあいだにはなにもない。たしかに、一時は彼女に夢中だったが、あれは昔の話だ。今はなにもないし、それはこれからもずっと変わらない」

「あなたがた、お似合いのカップルだわ」

「共通点があるだけで、理解し合えるとはかぎらないよ。まさか、フライヤとのことを誤解して、婚約を解消したんじゃないだろうね」

「まさか」ローレンはため息をついて岩にもたれた。「わたしのほうから婚約破棄を申し出るのは、レディ・フライヤに会う前から決まっていたことでしょ。なぜ今になって来たの？」

「どうしても言いたいことがあったからだ。きみがアルヴズリーを発つ前に言うべきだった。それを知ったうえで決めてほしかった。それさえ聞いてくれたら、そして、ひと言だけ返事してくれたら、ぼくは来た道を引き返して村に戻って、二度ときみに迷惑はかけないし、会ってほしいとも言わない。約束する」

「キット――」

唇に指を当ててさえぎると、彼は目をのぞきこんだ。

「ぼくと結婚してほしい。こんなに思いつめたのは生まれて初めてだ。理由はいくつもあるが、ぼくにとって大切なのはひとつだけ。それを今まで言えなかったのは、きみが役割を完璧に演じてくれたあとで、言い出すのはずうずうしすぎると思ったからだ。愛している、ローレン。何度もそう言おうとしたが、言えなかった。かえってきみを傷つけることになるんじゃないかと心配だった。負担に感じなくていいんだよ。ぼくは気持ちを伝えたかっただけで、きみがそうしてほしいなら、今すぐ帰る」

ローレンはなにも言わなかった。頭を岩に押しつけて、大きな菫色の目で見つめていた。霧雨が小雨に変わって、雨滴が顔に降りかかる。だが、目が濡れているのは雨のせいではなかった。

「帰れと言っていいんだ」彼はつぶやいた。

ローレンはなにか言いかけたが、言葉にならなかった。二度目にやっと声が出た。「あなたにそばにいてもらう必要はないわ」

「ああ、わかってる」

「わたしは一人で生きることにしたの。これまでずっと人の目ばかり気にして、期待を裏切らないようにしてきたのは、自分の居場所がほしかったから。愛してくれる人のそばで安心して生きたかったからよ。ずっと誰かに頼って生きてきた。でも、もうそんなことはしない。あなたのおかげよ、キット。あなたのおかげで強くなれたの。もう助けはいらないの」

「ああ」彼はうなだれて目を閉じた。

「わたしは自由よ。愛するのも、愛さずにいるのも自由。愛していても、その人に頼ろうとは思わない。だから、あなたのこともそんなふうにしか愛せないの。わたしを守るために来たのなら、帰ってちょうだい。誰かほかの人と幸せになって」

「きみを愛している」彼は繰り返した。

ローレンは涙にうるんだ目で長いあいだじっと見つめていた。それから、ゆっくりと輝くような笑顔になった。

キットは彼女を抱き上げて宙でくるくる回した。ローレンは彼の肩に手を置いて天を仰ぐと、顔に雨を受けながら、声をあげて笑った。

感きわまってキットはおたけびを上げた。そして、崖からこだまが返ってくると、頭をのけぞらせて何度も何度も喜びの声を上げた。

23

「おばあさまはお元気？」

「ぼくたちの子供のために洗礼式の衣装を用意してるよ」

「まあ」

「クリスマスまでに結婚して子供をつくろう。来年の今ごろには、ぼくは髪をかきむしりながらアルヴズリーの廊下をそわそわ行ったり来たりして、ぼくらの初めての息子の誕生を待ち受けている。これは命令だからね。ぼくがなんのために来たと思う？　愛していると言いに来ただけだとでも？」

「ええ、愚かにもそう信じてた」

狂おしいほどの熱情がおさまったころには、雨は本降りになっていて、二人は手に手をとってコテージに走った。中に入ると、ローレンはマントと靴を脱ぎ捨てた。ボンネットと手袋は岩の割れ目に押し込んだまま忘れてきた。キットは乗馬用の上着を脱いだだけで、暖炉の前にうずくまって火をおこそうとしている。

これが夢なら、ずっと覚めないでほしい。このまま一生、夢を見ていたい。

「お母さんの手紙は読んだ？」キットが聞いた。

「ええ、全部。尊敬できる女性というわけじゃなかったわ。いえ、そんな控え目な表現じゃだめね。でも、あっけらかんと楽しそうで、読んでいて胸が痛くなるぐらい。よく考えたほうがいいかもしれないわよ、わたしを伴侶にするのは。そういう母の娘なんだから」

「そういうことだったのか」彼は火口箱をとると薪に火をつけた。「やっとわかったよ。そういう母の娘だから、アルヴズリーの湖で裸で泳いだあげく、ぼくにしがみついて危うく溺れさせるところだったんだね。猟場の番小屋まで追いかけてきて、朝まで二人きりですごしたのも、そのせいだったんだ。積極的すぎると思ったよ」

「キットったら――」

立ち上がって手から埃を払い落とすと、からかうような笑顔を向けた。ローレンはタオルで髪を拭いた。

「それに、ほら、今だって」

そう言われて自分の姿を見おろすと、濡れたドレスが貼りついて体の線がくっきり見える。ローレンは笑いだした。

「風邪を引かれては困るよ」キットは開いたドアから小さな寝室をのぞいた。「結婚式のあいだじゅう、花嫁が咳き込んだり鼻をぐすぐすさせてたら、さまにならない」寝室に入って毛布を持ってきた。「さあ、火のそばにおいで」

ローレンがおずおずと火の前に立つと、彼は賞賛のまなざしを向けながら身につけているものを脱がせて毛布でくるんでくれた。

「公爵は赤ちゃんを抱いてたよ。乳母が雇えないわけでもないだろうに」

ローレンは笑った。「本当にかわいい赤ちゃんなの。みんな、だらしないほど夢中よ。あんな幸せそうなエリザベスは見たことがないし、公爵もすっかり打ち解けて。リリーは生まれたばかりの異母弟を放そうとしないの」

「その感じでは、伯爵夫人を許す気になったようだね」

「状況が違っていたら、大好きになれたとはずっと思ってたの。明るくて、気取りのないやさしい人ですもの。わたしにはいつもやさしく接してくれるわ。だんだん愛せるようになってきた」

「キルボーンは？」

彼が抱き寄せた。上着や乗馬ズボン越しに体温が伝わってくる。

「愛してるわ。ずっとそうだったし、これからもずっと。でも、彼に対する気持ちは、妹が兄を慕うようなものだとやっと気づいたの。ずっと不思議だった。どうして彼に情熱をいだけないのかって。たぶん、わたしがそういうタイプなんだろうと思ってた」

「でも、そうじゃなかった？」彼はローレンに顔を近づけて、答えを探ろうとした。

「ええ」

「ぼくにも情熱を感じない？　だから、そのつもりでいてほしいということかな？」

ローレンは笑いだした。そして、彼女にしては驚くべき行動に出た。自分からすりよって、なかば目を閉じて彼を見つめたのだ。痛いほど欲望を感じながら。

「いまいましい雨だ」彼は嘆いてみせた。「おかげで、寂しいコテージに、ぼくに欲望をいだいている女性と二人きりで取り残されてしまった。誰もぼくを助けに来てくれない。きみは邪魔しないようにと言ったそうだからね。ぼくはどうすればいいんだ？」

いかにも心外そうな表情で、目だけで笑いながら冗談をいう彼がローレンは好きだった。

「なにもしなくていいのよ」声をひそめて、上着の一番上のボタンに手をかけた。「今はまだ」

キットが身震いしてみせる。

「最近、気づいたんだが、自分から進んで愛することのできる女性も悪くないね」

「わたしも気づいたの」ローレンは低い声でささやいた。「あなたはそういう女性に夢中になる運命にあるって」

「そうかもしれない」

上着を肩から落とし、袖を抜くあいだ、彼はじっとしていた。チョッキにはどうしてこんなにボタンが、それも小さなボタンが多いのかしら。おまけにボタンホールはもっと小さい。ローレンは急がなかった。手を動かしながら、彼の喉から首に羽のように軽いキスをした。顎の下の長い傷跡に唇を這わせると、彼が貴婦人には聞かせられないような言葉を発した。なかば開いた彼の唇に唇を重ね、裏側のやわらかい肉の感触を舌先で味わってから、舌を深く差し入れた。

「軍では何度も表彰されたが」唇を離すと、彼が話しだした。「今日の午後ほど勇気が必要だったことは一度もなかった。この並みはずれた英雄的行為を褒めてもらいたいな」

いつのまにか毛布が床にずり落ちていたが、ローレンは気にしなかった。暖炉の火は勢いよく燃えて、体はすっかり乾いたし、室内は暑すぎるほどだ。

「ひとつ忠告をしよう。三十年近くぼくの服を脱がせてきた人間として。まずブーツに取りかかるといい。そろそろ、ぼくも参加しようか？　きみの代わりに引っ張ってもいいよ」

「いいの」そう言うと、床に膝をついた。

「刺激的で服従的な姿勢だ」ため息をつくと、彼は片足をあげた。「服従どころか、主導権を握っているというのに。もっと強く引っ張っていい。ぼくの足首はそう簡単に折れないから。きみを急かせて先を急ぎたい気もするが、どうやらきみに新しい歓びを教えられたらしい。こうしてじれったいほどのろのろ誘惑されると、耐えきれないほど気持ちがいいよ」

「まだまだこれからよ」まつげの下から見上げると、もう一方のブーツも脱がせて、ようやく立ち上がった。

「意地悪だな」彼はつぶやいた。「初めて舞踏会で会ったときは、きみのことをなにもわかってなかった。完璧な貴婦人に見えたよ、無害で、隙がなくて、上品で」

「取り澄ましてて」

「たしかに」

「やっと勘違いに気づいたようね」そう言うと、まず乗馬ズボンを、そして下穿き（したばき）をおろした。

彼が見おろしたのと彼女が触れたのは同時だった。両手でそっと包み込んでから、彼女は自分の大胆さに驚きながら、抑えきれない欲望になかばわれを忘れた。彼が顔をあげ、二人の目が合った。

「きみがそうしたいなら、もっと続けてもかまわないよ。こういうゲームは楽しい。これから一生、二人でいろんな楽しみを見つけていこう。だが、どうしてもというんじゃなかったら、向こうの部屋のベッドに入るのはどうかな。早くきみとひとつになりたい」

なにより意外なのは、彼にまったく触れられていないのに、ぞくぞくするほど昂っていることだった。彼はまだ両手を脇にたらして突っ立ったままだ。目からは笑いが消えて、欲望に曇っている。その目で見つめられただけで、急に膝から力が抜けるのを感じた。

「レディは自分から誘ったりしないわ」

ローレンが毛布を引き上げてベッドに入るまで、キットは触れようとしなかった。それでも、手を差しのべると、腰の下に手を入れて持ち上げるなり体を重ね、いきなり強く深く突き上げた。

ローレンは何度かゆっくり息をついた。

「こういうあっさりした方法もあるよ」彼が顔を上げて、いたずらっぽく笑いかけた。「それとも、最高の名誉勲章を狙って、長く険しい道をたどることにしようか？　その覚悟があるなら。どっちがいい？」

「天に昇る思いがするのはどっち？」両脚をからませると、もっと深く彼を感じられるように体を少しずらせた。

「あとのほう」

「じゃあ、長く険しいほうを」低い声でささやきながら、背中に手をまわすと、彼の目からまた笑いが消えた。「お願い、覚悟はできてるわ」

彼の言葉は嘘ではなかった。気がつくと、二人とも汗にまみれて荒い息をしていた。ひとつに溶け合った二人の体が発する湿り気を帯びた音が、規則的なベッドのきしみと混じり合う。

この至福のときがあまりにも早く終わってしまうのではないか。湖の野の花の中で初めて味わったような快楽の絶頂に達する前に終わってしまうのでは。ローレンは霞のかかったような頭の中で、それだけを恐れていた。でも、しばらくすると、愛と信頼で結ばれた者の本能で、彼が欲望をこらえて、待ってくれているのに気づいた。湖畔で愛し合ったときもそうだったように。

その波はゆっくりと押し寄せてきた。溶け合っているところから背筋に快感が走り、脚から下腹部に、胸に、喉にひたひたとのぼってくる。あまりにもゆっくりなので、いつ満たされるのかまた不安になってきた。

「なにも考えないで」彼が耳元でささやいた。「あとはぼくに任せて。力を抜いてごらん、ぼくを信じて」

同じ言葉を前にも聞いたような気がする。ぼくを信じてほしい。たしかに、彼はそう言った。思いきって崖から飛びおりてごらん。必ず受け止めてあげる。そんな思いだったにちがいない。でも、ずっと前から、心のどこかで彼を信じていた。彼を愛しても自由を失うことにはならないと頭ではわかっていたのだ。

思いきって飛びおりよう。自分のすべてを捧げよう。

「そう、それでいい」彼の動きがもっと深く速くなった。

激しく体を震わせながら、彼女は落ちていった。彼が声をあげて、しっかりと抱きとめると、マットレスに押しつけた。心臓の音が耳の中で鳴り響いている。彼の鼓動も聞こえる。二つの鼓動がひとつになった。

彼はとても重かった。息ができないほど。ずっと広げていた脚が突っ張って、体の奥もひりひり痛い。それでも、こんなに満ち足りた気持ちになったのは初めてだった。

「次の日曜に」彼が言った。「最初の結婚予告を出そう。これ以上きみに嘘をつかせたくない。それに、八カ月で子供が生まれても予定より早かったですむかもしれないが、七カ月や六カ月では言いわけのしようがないからね」

「たしかに」ローレンは満足そうにため息をついた。「そういうことなら日曜に」

「一カ月後には盛大な式を挙げよう、きみがそれでよければ。ぼくには注文をつける元気は残ってないよ」

「盛大な式はうれしいわ」

「じゃあ、決まりだ」彼はこめかみにキスした。「これから一生をともにするうえで、うれしい発見をしたよ。きみなら、申し分のないマットレスになってくれる」

「あなたも毛布代わりには悪くないわ」ローレンは言い返すと、からませた脚をほどいて、ものうげにあくびをした。「話はまたあとで。少し眠りましょう」

「眠るつもり？」彼が頭をあげて笑いかけた。ローレンはぎくりとした。「二人とも汗まみれで、すぐ外におあつらえ向きの滝壺があるというのに？」

「だって……」

彼は笑っているだけだ。

「いやよ、泳ぐなんて。雨なのに」

「きみの言うとおりだ」そう言うと、ベッドから起き上がり、ローレンも起き上がらせた。

「濡れたら大変だ」

そこで吹き出さなかったら、泳がずにすんだかもしれない。いえ、たぶん同じことだった。数分後には、凍るほど冷たい水の中に裸で飛び込んだ。キットの手を固く握ったまま浮かびあがりながら、こういうときに悪態がつけたらと思った。歯がかちかち鳴っていたから、どっちにしても無理だっただろうけれど。

頭を振って目から水滴を払いのけながら、自分でも驚くほど愚かな提案をした。滝まで競走しようと言ったのだ。もちろん、彼は承知した。勝ったら、もう一度コテージで愛し合うという条件で。

彼が勝ったら！

ローレンが懸命に腕を振り足を動かしているうちに、彼はあっさりと滝に着いて、満足そうな笑みを浮かべていた。


ニューベリー・アビーでは、昔から結婚式前夜に舞踏会が開かれる。結婚式にそなえて新郎新婦はできるだけ睡眠をとったほうがいいはずなのに、不思議な伝統だとキットは思った。代々の花婿は精力旺盛なほうではなかったのだろうか。それとも、花婿の精力を発散させるために代々の花嫁が考え出した策略だろうか。

いずれにしても、彼とローレンの結婚式前夜の舞踏会は大盛況だった。屋敷にはキルボーン家とレッドフィールド家の親族や友人がつめかけ、村の宿も満員。舞踏室はもちろん、フランス窓の外のバルコニーにも階段の踊り場にも人があふれ、社交シーズンのロンドンの舞踏会にもひけをとらない混雑ぶりだ。明日、これだけの人数が村の教会におさまるのだろうかと心配になるほどだった。

花婿は一度しか花嫁と踊れない決まりで、その割り当てはもう使ってしまった。ローレンは生き生きと頬を紅潮させて、次々と申し込んでくる相手と踊っている。紫に近い濃い菫色のサテンのドレスをまとい、キットの両親から結婚祝いに贈られたダイヤモンドのネックレスをつけて、文字どおり光り輝いていた。彼が贈った結婚指輪は精巧なカットを施したダイヤモンドで、今はサットン伯爵夫人となった辛辣なレディ・ウィルマによると、あまりにも大きくて悪趣味だとか。

「こんなに混んでいては、次のダンスの相手を探すのもひと苦労だよ」ファリントン卿がぼやいた。

「まったくだ」キットは機嫌よく応じた。

「麗しのレディ・ミュアに申し込んでみたいんだが、足が不自由なようだから、失礼だろうか」

「だいじょうぶ。いつも踊ってるから」

春のあいだ、マクリンガー夫妻に花婿候補として追いまわされていたファリントンは、なんとか逃げきって、また気ままな身分に戻ったらしい。

「それでは、さっそく運だめしだ。あのバイキングみたいな金髪の大男から、彼女を奪えるかな」

「あれはラナルフ・ベドウィンだよ」キットは笑った。そのとき、従僕がそっと彼の袖を引いた。レイヴンズバーグ卿にお目にかかりたいという紳士が、階下で待っているという。

「まだ到着していない客がいたかな?」キットは階段に向かった。

訪問者はまだ若い紳士だった。背は高いが、細すぎるほどの体はまだ大人になりきっていない。髭も毎日剃るほど濃くはなさそうだ。顔立ちはとても端整だ。軍隊時代に何度も新兵の評価に立ち会ったキットは、反射的に判断した。

「ようこそ」

「レイヴンズバーグ卿」青年は近づいて右手を差し出した。「招待状を読んだのが、つい先週でして。新聞に結婚広告が出ていました」キットにまじまじと見られて、彼は頬を染めた。「申し遅れました。ウィットリーフ子爵です」

「初めまして」キットは差し出された手を取った。「招待状というのは、アルヴズリー館で開いた婚約披露のことですね。あれは祖母の誕生祝賀会だったんですが」発送したのは、ローレンの祖父のゴールトン男爵に出したのと同時で、まだローレンはアルヴズリーには着いておらず、父方の親族とつきあいのないことは知らなかった。結局、ウィットリーフ側からは誰も来なかったが、かえってほっとしたぐらいだった。

「春にオックスフォードを出たあとスコットランドをまわっていたんです。恩師や友人たちと」

〝それはともかく、それまでにローレンのことを少しでも考えたことがあったのか？〟

だが、キットは内心の思いを呑み込んで、背後で手を組んだ。

「招待状を読んだあと、母にローレン・エッジワースとは誰かと聞いたんです。親族なのは確かですね。ぼくもエッジワースですから」

「知らなかったんですか？」

「子供のころ、名前ぐらいは聞いたかもしれないが、覚えていません。アルヴズリーのお祝いにうかがえなくてすみません。今回は新聞で広告を読んで、結婚式でいとこに敬意を表するのも悪くないと思ったんです」

「悪くない？」キットは眉をひそめた。

若い子爵はまた顔を赤らめた。「ぼくの訪問を快く思っていらっしゃらないようですね」

「爵位を継いでどれぐらいかな？」キットは聞いた。

「父が亡くなったのは、ぼくが三歳のときです。ぼくは六人きょうだいの末っ子で。まだほんの子供だった。この一月で成人になりました。やっと後見人たちから解放されたんです。やれやれですよ。ぼくは歓迎されていないんでしょうか？　招待状に返事も出さなかったのをいとこが怒っているのなら、このまま帰ったほうがいいでしょうか」

「後見人がついていたんですね、三歳のときからずっと」

「ええ、三人も。堅物ぞろいで、うんざりだった。それに、母もそれほどわからず屋ではありませんが、あれこれ口を出したがりますからね。物心ついたときからずっとがんじがらめに縛られてましたよ」

「後見人がきみの名前で手紙も書いていたのを知っていますか？　ローレンが小さいころ、母親が外国に出かけたまま帰らなかったとき、父親であるウィットリーフ子爵の――つまり、きみの伯父さんの親族に手紙で相談した。彼女自身、十八歳のときに――八年前のことだが――親戚づきあいができたらと手紙を書いたが、困窮した親類の世話はできないとはねつけられた」

若い子爵は困った顔になった。「子供のぼくが自分宛ての手紙や彼らが書いた返事を見せてほしいと頼んだところで、相手にしてもらえなかったでしょう。だが、いかにもあの連中のやりそうなことだ。先週、母から聞いたんですが、ぼくの伯母、つまり、ミス・エッジワースのお母さんは、あまり評判のいい女性ではなかったそうですね。母に言わせると、異性に対して見境がなかったとか。しかも、伯父が亡くなってすぐ再婚している。こういう噂もあるんですよ。いや、黙っているべきかもしれないが。ただの噂ですよ、暇な老婦人たちが根拠もなく流しているだけの。つまり、彼女の娘——ミス・エッジワースは、伯父の子供ではなく、再婚した夫の子ではないかと」

キットは憤慨しかけたが、思い直して笑いとばすことにした。「それでも、彼女に敬意を表するのも悪くないと思ったんですか？」

「ええ」子爵は笑顔になった。「一族が隠したがっているなら、おもしろい人物に決まってますよ。独善的で退屈な連中よりよっぽど」

「ここで待ってもらえますか。ローレンは誰かと踊っているでしょうから、体が空きしだい連れてきます。それから、これだけは言っておきます。ぼくの花嫁は間違いなくエッジワース家の人間です」

「そうでしょうとも」子爵はこだわらない性格のようだ。「だが、そうでなくても、ぼくは気になんかしませんよ」

「きみと同じ色の目をしてる」キットは笑いかけた。「ひと目見て、きみが誰か気づくべきだったが、ちょうど逆光だったから」

「ああ、エッジワース家の目ですね。これは女性向きですよ。男はどうもさまにならなくて」

キットは階段に向かった。すれちがう客と挨拶を交わし、祝福を受けながら、心の中で思った。あと三、四年もすれば、あの若い子爵も、エッジワース家の菫色の瞳が女性にどんな威力を発揮するか気づくだろう。

24

化粧室がやけに狭くなったような気がした。五分ほど前に涙の止まらないメイドをさがらせたばかりなのに。ローレンの着付けを手伝い、髪を整えながら、メイドはずっと鼻をぐすぐすさせていた。こんなうれしい日はないと言ってはしゃくりあげ、ニューベリーの母にそうそう会えないのは寂しいけれど、アルヴズリーに移って、レイヴンズバーグ卿に仕えるのは楽しみだと言って泣いた。

感情が昂るのも無理はない。それはわかっていた。

婚礼の日だった。

最初に入ってきたのは伯母のクララだ。婚礼衣装に皺ができないように気をつけながら、そっとローレンを抱き締めた。

「ローレン」感きわまって、あとは笑顔で見つめているだけだ。

婚約を解消したとき、クララは誰よりもがっかりしていた。そして、一カ月前のあの雨の日、キットと戻ってきたローレンを見て、涙を流して喜んだ。いつまでも涙が止まらなくて、ネヴィルとリリーになだめられるありさまだった。説明する必要はなかった。二人が仲直りしたのはひと目見ればわかった。二人が海岸からなかなか戻ってこなかった理由も誰の目にも明らかだったから、ばつが悪いのはどうしようもなかったけれど。

次に来たのはグウェンだった。

「まあ」戸口で立ち止まって感嘆の声をあげた。「なんてきれいなんでしょう。シンプルなのにエレガントを絵に描いたようだわ。そんなすてきな装いができる人は、あなたのほかにはエリザベスぐらいよ。並びたくないわ。野暮ったく見えるから」

ローレンは笑った。グウェンは小柄でふくよかな体つきだが、およそ野暮とは無縁なのに。

次にウィットリーフ子爵——いとこのピーターがドアをノックした。グウェンがドアを開けると、いそいそとのぞきこんだ。

「教会に行く前にちょっと朝のご挨拶とお祝いをと思って。父方の親族はぼくだけなので。急に押しかけてきてご迷惑じゃなかったでしょうか。ゆうべの舞踏会は楽しかったですね」

ローレンは若いいとこの手を握った。「あなたのおかげで、申し分なく幸せになれたわ」

「そう言っていただけると」若い子爵は顔を輝かせた。「では、そろそろ行きます」そう言うと、ドアのそばにいるグウェンに頭をさげた。「もう一度お礼を言わせてください、ゆうべはぼくのために部屋をあけていただいて」

屋敷にもクララが住む別館にも村の宿屋にも、もうどこにも空いた部屋はなかった。それで、グウェンは自分の部屋を提供して、化粧室に予備のベッドを入れて寝たのだった。

　子爵が姿を消して二分とたたないうちに、今度はネヴィルとリリーが来た。

「ひと目会いたくて」リリーが申しわけなさそうに言った。「まあ、ローレン、なんてすてきなの。よかったわね。本当にうれしいわ」張り出してきた大きなおなかを押しつけて、固く抱き締めた。

「あなたが大好きよ、リリー」ローレンはささやいた。

「そうでしょうとも」リリーは平然と言い返した。「わたしがいなかったら、今日の日はなかったんですもの」

　こんなことを堂々と言えるのはリリーぐらいのものだろう。

　ネヴィルが近づいてきた。クララと同様、なにも言わない。名前すら呼ばなかった。黙って胸に抱き寄せただけだった。ローレンは彼の背に腕をまわして目を閉じた。

ネヴィル。これからもあなたを兄のように慕う気持ちは変わらない。でも、これでやっと、二人ともそれぞれの幸せを見つけた。これでやっとあなたは罪の意識から解放される。

「末永く幸せにね」ネヴィルは体を離すと、ほほ笑みかけた。「約束だよ」

「ええ」ローレンはほほ笑み返した。「彼と幸せになるわ」

「わたしたち、そろそろ行かないと」クララが急かせた。「花嫁のほうが先に教会に着いたら、みっともないわ」

みんな笑いだした。クララは最後にもう一度ローレンを見つめてから、ネヴィルとリリーといっしょに出ていった。

グウェンと二人きりになると、ローレンの顔から笑みが消えた。

「やっぱり、アルヴズリーで式を挙げたほうがよかったのかもしれない」

二十三年も姉妹のように暮らしてきたグウェンには、ローレンの気持ちが痛いほどわかった。

「あなたならだいじょうぶ。ずっと勇気と誇りを失わずにがんばってきたじゃないの。きっと乗り越えられるわ」

メイドがそっとドアをノックして顔をのぞかせた。そして、目をうるませたまま、ゴールトン男爵が下でミス・エッジワースとレディ・ミュアをお待ちですと告げた。

あのときもそうだった。

あれは春——三月だった。そして、今は十月の末。今日も晴れたさわやかな日だけれど、屋敷の木々も村の並木も鮮やかに色づいている。屋敷の車寄せは落ち葉の絨毯（じゅうたん）を敷きつめたようだ。

広場には村人の姿が見える。教会に近づくにつれて、その数がどんどん増えていく。広場の周囲の道には、さまざまな形や大きさの馬車が止まっていて、派手な色のお仕着せ姿の御者たちが外に出て、華やかな婚礼につどう人びとを眺めていた。

なにもかも、あのときと同じだ。

教会に着くと、グウェンがかがんでウェディングドレスの長い裾を直してくれた。教会の中は、見渡すかぎり参列者でいっぱいだ。司祭が祭壇の前で待っている。そして、シドナムに付き添われたキットが。外では村人たちが集まって、結婚式がとどこおりなく終わったことを告げる鐘の音が鳴るのを、そして、腕を組んで出てくる新郎新婦をひと目見ようと待ちかまえていた。

今にも、粗末な身なりの小柄な女性が駆け込んでくるような気がする。わたしのそばを駆け抜け、祭壇に向かっていく。そして、次の瞬間、世界が音をたてて崩れる。

祖父はにこやかに笑いかけながら、辛抱強く待っている。

気を失ってしまったら、どうしよう？　いえ、いてもたってもいられなくなって、この場から逃げ出してしまったら……。グウェンが顔を上げた。はっとして立ち上がると、手を取って固く握った。

「落ち着いて」低い声で励ましてくれた。「すんだことよ。過去は忘れましょう。明るい未来が待っているの。今日があなたの婚礼の日、今日こそ本当の日」

パイプオルガンの音が鳴り響いた。祖父が腕を差し出した。三人は教会の長い身廊を進んだ。

参列者の顔が見えた。振り返って、花嫁が近づくのを笑顔で見守っている。いとこのジョゼフがウインクしている。クロードとダフネ・ウィラード夫妻、伯母のセイディと夫のウェブスター。ビューカッスル公爵とラナルフ・ベドウィン卿、エリザベスと夫のポートフレイ公爵、いとこのピーター、キットの祖母は満面に笑みを浮かべてうなずいている。リリーとネヴィル、伯母のクララ、そして、レッドフィールド伯爵夫妻。

やがて、視線が身廊の突き当たりに吸い寄せられた。そこで待ち受けている男は、両側に控えた司祭やシドナムほど長身ではないけれど、信じられないほど端整で優雅だ。黒い燕尾(えんび)服(ふく)に象牙(ぞうげ)色のサテンの半ズボン、刺繍(ししゅう)を施したチョッキに真っ白なリンネルのストッキングといういでたちで、襟元と袖口からレースがのぞいている。

キット!

さすがに今日は厳粛な顔をしている。でも、近づいたら、目が笑っていた。でも、いつものいたずらっぽい笑みではなく、はっと息を呑むほど真剣な光が浮かんでいる。離れていた丸一カ月のあいだ、彼の愛情を疑ったことは一度もなかった。彼は毎日——ときには一日に二度も三度も手紙を書いて愛していると伝え、おおげさに美辞麗句をつらねてはローレンを苦笑させた。

彼がじっと見つめている。愛情と賞賛のこもった目で見つめられると、全身が温かくなって、緊張がほぐれていく。わたしには魅力がある、心から望まれていると信じることができる。

ふと気づくと、いつのまにかローレンはほほ笑んでいた。

ゆうべは一睡もできなかった。婚礼のために身支度をしているあいだも、馬車で教会に来るあいだも、入口に立ったときも、ずっと恐れていた。今こうして祖父が司祭の問いかけに答え、ローレンの手を取ってキットにゆだねようとしていても、まだなにかが起こるのではないかという恐怖が心から離れなかった。結婚式が始まっても、まだ安心できない。最後までちゃんと立っていられるだろうか。

キットはほれぼれとローレンを眺めた。光沢のある白いサテンのウェディングドレスは、長い裳裾や半袖の深い襟ぐりに、繊細なスカラップ模様と銀糸の刺繍、そして無数の小さな真珠が飾られている。ボンネットも靴も長手袋もすべて白で、ボンネットのレースのベールが、花嫁の顔を覆っている。唯一の色はドレスの胸元から裾まで届く菫色のリボンと、手にした濃い緑の葉に縁どられた菫の小さな花束だけ。

結婚式が人生最良の日だと言われても彼は信じていなかった。結婚の夜はともかく結婚式は、花婿には退屈で気恥ずかしいだけだと思っていた。だが、今日はそんな月並みな文句が身にしみる。ローレンは出会ったころの大理石の彫像のような女性ではない。ほほ笑みながら、近づいてくる。

胸が熱くなった。これも月並みな反応だが、結婚式はこういうものかもしれない。一カ月も会えなかったし、昨日もろくろく近づけなかった。だが、今日は……たしかに、今日は人生最良の日だ。

笑顔の奥に恐怖を押し殺しているのに気づいたのは、向かい合ってからだった。握った手からも緊張が伝わってくる。こうなることを恐れていた。ニューベリーの教会で挙式するのが、彼女にとって望ましいことかどうか思い悩んだ。いやでも最初の結婚式のことを思い出さずにいられないだろう。しかし、それを乗り越えれば、やっと過去の亡霊を葬ることができると信じた。愚かにも、これほど彼女にとってつらいことだとは考えがおよばなかった。握り合った手で、見合わせた目で、だいじょうぶだと伝えようとした。ありったけの愛情で注いで、心配しなくていいと励ましたかった。司祭の声が遠くに聞こえた。

「汝らに問う」司祭は語っていた。「すべての人間の心の秘密があばかれる最後の審判の日に、神の前で答えなければならないように、どちらかにこの婚姻を合法的なものとできない障害があるなら、今、それを告白しなさい。神の祝福を受けない婚姻は、決して合法的なものではないのだから」

ローレンの手に力が入るのがわかった。

〝だいじょうぶ、沈黙を破る者はいない。この婚姻にはなんの障害もない。もうすぐ終わる。勇気を出して。もう少しの辛抱だ〟

「この女性を妻としますか?」

終わった。やっと終わった。体からふっと力が抜けて、ローレンは晴れやかにほほ笑みかけた。

これで、死が二人を別つまで夫婦としてともに生きられる。彼はベールを上げてボンネットのつばにかけると、やさしくほほ笑みかけた。

ようやく恐怖が――いわれのない恐怖が消えた。誓約書に署名し、教会の鐘が晴れやかに鳴り響き、オルガンが祝福の曲を奏でるなか、新婚夫婦は親族や知人の笑顔に迎えられながら身廊を出口に進んだ。

両家の若いいとこたちが先回りして待ちかまえていた。村人たちの喝采を受けながら、二人はリボンや吹流しで華やかに飾られた馬車に向かった。これから屋敷に戻って、祝宴が開かれる。いとこたちは紅葉した木の葉を手一杯持って、小道の両側に並んでいた。

「あれをぼくらに投げつける気だ」キットが幸せに顔を輝かせている花嫁にささやいた。「走って逃げようか？」

「だめよ。せっかく楽しみにしているのに」

「やれやれ。だが、がっかりさせるわけにもいかないな」

「そういうことね」ローレンは腕をからませた。二人は色鮮やかな木の葉を浴びながら、ゆっくりと小道を進んだ。

馬車に乗り込むと、二人は集まった村人たちに手を振った。御者が手綱をとると、村人たちは道を開け、キットは座席の下に用意してあった硬貨を窓から投げた。教会から参列者が出てくる。

馬車は広場をゆっくりと回ってから、屋敷に向かって走り出した。

「やっと二人になれたね」キットが言った。「厳密には二人きりじゃないが。この一カ月は本当に長かった」

「終わったわ」ローレンの目に涙があふれた。「結婚式も無事に……」

彼は握った手に力をこめた。「もうなにも怖がらなくていいんだよ。きみはぼくの妻だ。命のあるかぎり、いっしょにいられる」

「ええ」ローレンは笑顔になった。「あの日、あなたが公園でばかな喧嘩をしてよかったわ、ちょうどわたしが散歩していたとき。そのあと、お友達とばかばかしい賭けをしてくれてよかった。それから――」

キットは顔を寄せて唇を重ねた。

後ろで大きな喝采が上がった。誰が吹いたのか、鋭い口笛も聞こえる。

教会の鐘が晴れやかに鳴り響いていた。

訳者あとがき

メアリ・バログといえば、イングランドの保養地バースにある女学校の四人の教師をそれぞれヒロインとした〝シンプリー・シリーズ〟四部作がこれまで三作目までヴィレッジブックスで紹介されています。本書はその〝シンプリー・シリーズ〟第二作『ただ愛しくて』(*Simply Love*)と、時系列的にほぼ同時期の第三作『ただ会いたくて』(*Simply Magic*)より五年ほど前の物語です。

ヒロインのローレン・エッジワースは幼くして貴族の父を亡くし、母が再婚相手と出奔したあと血のつながらない親族に育てられました。そして、ともに育った従兄との結婚式当日、死亡したはずの彼の妻が突然現われて破談。故郷にいづらくなって、ロンドンの親戚のもとに身を寄せることになりました。

一方、ヒーローのキットは、レイヴンズバーグ子爵という肩書きを持ち、いずれは父の跡を継いで伯爵となる身。軍人として数々の勲功を立てながら、過去の苛酷な記憶から逃れようとロンドンで自堕落な生活を送っています。

心の傷を抱えた二人がめぐり合ったのは、キットが親の決めた婚約者と結婚したくないばかりに、未来の伯爵夫人にふさわしい相手として、会ったこともないローレンに白羽の矢を立てたのが始まりでした。

一生独りで暮らす決心をしていたローレンは、「思い出に残る夏」をすごせるならという条件で、かりそめの婚約者になることを承知します。契約結婚ならぬ契約婚約というわけです。ひと夏の冒険は、二人にどんな思い出を残すのでしょうか。

揺れ動く二人を取り巻くのは、いかにもメアリ・バログらしい善意あふれる人々です。そして、物語の舞台となるのは、社交シーズン中のロンドンや田園にある壮麗な貴族の館。伴侶探しのために上流階級の子女がつどう大舞踏会、お屋敷の庭で楽しむクリケットやピクニック、古きよき時代の華やかな世界を存分にお楽しみください。

ここで、これまでのバログ作品に登場した人物と本書の主人公との関係を少し説明しておきましょう。

『ただ会いたくて』のウィットリーフ子爵は、ローレンの母方のいとこに当たります。本書では、まだ成人したばかりの青年として登場しています。

『ただ愛しくて』のヒーローであるシドナム・バトラーは、本書の主人公キットの弟。半島戦争で兄とともに偵察将校として活躍しました。そのとき捕虜になって右目と右腕を失ったいきさつや、そののち血のにじむような努力を重ねて立ち直った様子が、キットや本人の口からくわしく語られています。シドナムは本書では父の屋敷の執事見習いをしており、『ただ愛しくて』でビューカッスル公爵の荘園の管理人として働くための準備をしています。

そのビューカッスル公爵は、キットの父の隣人。三人の弟と二人の妹がいて、『ただ愛しくて』では、全員すでに伴侶がいましたが、本書ではまだ六人とも未婚です。そして、戦場に赴いている一人をのぞき、さながら中世の家族の肖像のように勢ぞろいして、キットとローレンに対面します。

メアリ・バログは、ビューカッスルの六人を主人公としたシリーズも書いています。その〝スライトリー・シリーズ〟一作目 *Slightly Married* のヒーローは、公爵のすぐ下の弟のエイダンで、近々みなさんの前に登場する予定です。どうかご期待ください。

二〇一〇年二月

忘れえぬ夏を捧げて

著者　メアリ・バログ

訳者　矢沢聖子（やざわせいこ）

2010年2月20日　初版第1刷発行

発行人　鈴木徹也

発行所　株式会社ヴィレッジブックス
〒108-0072 東京都港区白金2-7-16
電話 03-6408-2325（営業）03-6408-2323（編集）
http://www.villagebooks.co.jp

印刷所　中央精版印刷株式会社

ブックデザイン　鈴木成一デザイン室＋草苅睦子（albireo）

 ISBN978-4-86332-219-6 Printed in Japan

本書のご感想をこのQRコードからお寄せ願います。
毎月抽選で図書カードをプレゼントいたします。

メアリ・バログ

山本やよい＝訳

ただ忘れられなくて

精妙に織り上げた傑作ヒストリカル・ロマンス!

19世紀前半の英国。美しい女教師フランシスは
クリスマス休暇からの帰途にハンサムな子爵ルシアスと
知り合い、互いに心を奪われた。しかし、熱く燃え上がった
ふたりの愛は、身分の差により阻まれてしまう……。

924円（税込）ISBN978-4-86332-865-5

ただ愛しくて

『ただ忘れられなくて』に続く珠玉のロマンス!

故あって未婚の母になった美貌の教師アン。
戦争で右目と右腕を失った端整な男シドナム。
苛酷な体験をしてきたふたりがはぐくむ
崇高な愛の軌跡を流麗に描く。

903円（税込）ISBN978-4-86332-954-4

ただ会いたくて

**夏の日に生まれた愛の思い出が
いまもこの身を焦がす…**

女教師のスザンナは、夏休みに訪れた地で端整な
容姿の子爵ピーターと知り合い、たがいに惹かれあう。
しかし、彼女には秘められた過去があり、そのために
ピーターとは絶対に結婚するわけにはいかなかった……。

924円（税込）ISBN978-4-86332-178-6